W0248687

Kid Jésus

J'AI LU

PIERRE PELOT	*ŒUVRES*
LES BARREAUX DE L'ÉDEN	*J'ai Lu* 728**
LE PAYS DES RIVIÈRES SANS NOM	
LES LÉGENDES DE TERRE	
LE PAIN PERDU	
LES ÉTOILES ENSEVELIES	
UNE AUTRE TERRE	
L'ÎLE AUX ENRAGÉS	
DELIRIUM CIRCUS	*J'ai Lu* 773***
TRANSIT	
CANYON STREET	
PARABELLUM TANGO	*J'ai Lu* 1048***
LE SOMMEIL DU CHIEN	
LA RAGE DANS LE TROUPEAU	
BLUES POUR JULIE	
LE CIEL BLEU D'IROCKEE	
LA GUERRE OLYMPIQUE	
KID JÉSUS	*J'ai Lu* 1140***
Sous le pseudonyme de Pierre SURAGNE	
LA SEPTIÈME SAISON	
MAL IERGO LE DERNIER	
L'ENFANT QUI MARCHAIT SUR LE CIEL	
LA NEF DES DIEUX	
MECANIC JUNGLE	
ET PUIS LES LOUPS VIENDRONT	
MAIS SI LES PAPILLONS TRICHENT	
LE DIEU TRUQUÉ	
UNE SI PROFONDE NUIT	
VENDREDI, PAR EXEMPLE...	
LA PEAU DE L'ORAGE	
DUZ	
JE SUIS LA BRUME	
SUICIDE	
BROUILLARDS	
BALLADE POUR PRESQUE UN HOMME	
ELLE ÉTAIT UNE FOIS	
LE SEPTIÈME VIVANT	

PIERRE PELOT

Kid Jésus

Éditions J'ai Lu

© Éditions J'ai Lu, 1981

HIVER 2353

Kid se redressa, les reins douloureux. Il souffla lentement, longuement; un gros nuage de condensation filtra entre les mailles lâches de son vieux passe-montagne. La laine de la cagoule déformée était blanchie, durcie par le gel au niveau de la bouche. Kid tira sur le passe-montagne pour en agrandir l'ouverture et découvrir son visage. La sueur qui coulait sur sa peau fraîchit immédiatement; il l'essuya avec son gant, effaçant du même coup les cristaux de glace qui s'étaient formés dans les poils roux de sa moustache, sous les narines, et dans sa barbe. Il soupira.

Cela faisait une bonne heure, sinon plus, que Kid-le-maigrichon (ou encore Kid-le-coup-de-vent, comme certains fouilleurs de l'équipe le surnommaient parfois) se bagarrait avec ce bloc de béton gelé, au milieu du carré de ruines délimité par quatre pieux de fer entre lesquels se balançait une ficelle roidie. Plus d'une heure, oui, c'était sûr. Kid donna un coup de brodequin ferré dans l'arête du bloc, mais sans y mettre de force, négligemment. Il dit à haute voix :

– Salaud... et dans pas longtemps la nuit va tomber. Je ne t'aurai pas aujourd'hui, allez!

Le gros pavé de béton resta ce qu'il était, c'est-à-dire une saloperie de bloc de deux mètres sur un demi, un bloc comme il en existait quelques autres dans ce carré de ruines.

Kid débita quelques jurons tout en faisant grincer

ses dents. Pourtant, il n'y avait nulle trace de colère dans le ton de sa voix, comme si lancer des obscénités était la seule chose qu'il pût encore se permettre à ce stade.

Il y avait beau temps que Kid ne gâchait plus son énergie à s'énerver pour rien. Pendant un court moment, il demeura immobile, comme si le froid l'avait d'un seul coup transformé en statue. Il regardait ce monstrueux pavé qu'il tentait de soulever depuis trop longtemps sans succès. Son regard délavé était calme. Il était probablement en train de calculer, pour le lendemain, la meilleure façon de s'y prendre.

Il soupira une fois de plus, bougea, fit un pas de côté et dit :

– J'ai vu trop grand, voilà la vérité. On déblaie un coin, et on s'imagine que c'est du tout cuit, du gâteau. On se fait avoir. Demain, je remettrai le Trax au boulot, à l'assaut de ces satanés blocs de béton. Nom de Dieu, oui, c'est ce que je ferai.

Il ramassa sa barre à mine, considérant pendant quelques secondes sa courbure (il l'avait tordue en essayant de l'utiliser comme levier); il hocha la tête et fit une grimace, légèrement ennuyé.

– A reforger, dit-il. De toute manière, elle en avait besoin...

La première fois que Kid s'était surpris à parler à haute voix, seul dans un carré de fouilles, s'adressant à lui-même, il avait eu peur. Il s'était dit qu'il devenait cinglé – il y avait de quoi le devenir rapidement sur le Territoire F. Mais non! Dans la gamme ô combien étendue des symptômes très diversifiés annonçant l'imminence d'une crise psychotique chez le fouilleur, un grand nombre étaient autrement plus sérieux et révélateurs que le soliloque. C'était peut-être au fond une manière de conserver en bon état de fonctionnement ses facultés de raisonnement... Se faire une tranquille conversation à soi-même pour lutter contre la solitude, l'isolement, et les effrayants assauts de paranoïa provoqués par cette situation... Oui, qui sait, c'était peut-être un moyen! En tous les cas, Kid l'utilisait généreusement depuis plusieurs années, et il ne s'en portait pas plus mal. Il n'était pas fou. Du moins l'espérait-il!

Il ramassa également les deux pioches, la masse, les pointerolles. Les bras chargés de ces outils qui s'entrechoquaient, il traversa au pas de course un faible espace relativement dégagé de pierrailles gelées, s'arrêta devant une portion de mur et ouvrit les bras. Pics et pointerolles touchèrent le sol dur dans un grand bruit fait de tintements divers : des sons de cloche fêlée égrenés dans l'air cassant. A un mètre de là, contre ce morceau de mur, se trouvait le fusil. Kid saisit l'arme d'un geste machinal et la tint serrée contre sa poitrine, après avoir vérifié, du bout du pouce ganté, que le percuteur jouait correctement et que le gel n'en avait pas figé le mécanisme.

Le vent souffla plus fort, pendant quelques secondes. Plus froid aussi. Un long coup de couteau. Kid plissa davantage les paupières, s'efforça de respirer lentement, par saccades. Le vent tournoya et s'en fut, du côté des Tri-pelles en action, là-bas, vers la crête de la pente douce.

C'était l'hiver le plus méchant que Kid ait connu en Territoire F., de toute sa vie également. Il était en Territoire F. depuis cinq ans seulement.

Le plus jeune (en tout cas, parmi les plus jeunes) de tous ces fouilleurs malades qui se brûlaient la vie à la barre ou au volant de leurs monstrueuses machines, ou encore mains nues sur le manche d'un pic, le plus jeune de tous ces hommes lancés dans une aventure innommable, gigantesque et dérisoire à la fois. (Le premier symptôme sérieux de la folie était là, dans le fait qu'un individu prenne un jour la décision de se consacrer à la fouille de territoires non encore colonisés! C'était bien là le premier signe, parole!)

Kid laissa courir son regard alentour. A moins de vingt pas, en contrebas de l'amoncellement de pierres, son Trax-avant attendait, les trois pots d'échappement en éventail à l'arrière, quinze mètres au-dessus du niveau du sol, étrillant les bourrasques de vent. Un monstre. Enorme et caparaçonné de métal luisant sous le gel, balafré de rouille là où la peinture protectrice avait éclaté. Impressionnant : dix bons mètres de long, de la pointe de l'étrave à l'extrémité des pots d'échappement, six mètres de diamètre pour les roues avant, montées sur pneus, et neuf pour les roues arrière, motrices, métalliques, avec des pales comme de véritables crocs. Un vieux modèle, comparé aux Tri-pelles de maintenant, mais toujours efficace, toujours vaillant. L'outil de Kid, depuis cinq ans. Son abri, également : sa maison, son terrier, son univers.

Quand son moral était au creux de la vague, Kid se demandait combien de temps encore le véhicule tiendrait le coup. Il lui avait mené la vie dure. Qu'une pièce maîtresse casse, et il était fichu : il ne pourrait compter sur aucun service de réparations des Volants. Déjà, lorsqu'il avait acheté l'engin, celui-ci était déclassé. On ne trouvait ce genre de modèle que chez les casseurs de périphérie, en lisière des Territoires de fouilles. Combien de temps, encore, le Trax-avant (*avant* pour *avant le déluge*) serait-il en mesure de jouer son rôle? A cette interrogation mêlée d'angoisse sourde, une seule réponse possible, chargée d'un unique espoir : le temps nécessaire pour que Kid s'extirpe de cet univers des fouilleurs, qu'il devienne autre chose, quelqu'un, en quittant l'anonymat des gratte-sol. Il n'y avait pas d'autre réponse.

Il était environ 15 h 30. Le soir approchait. La lumière du jour avait péniblement supporté le poids du ciel, depuis l'aube; tandis que cette lumière faiblissait, épuisée, nuages et brumes mêlaient leur pesanteur et tombaient jusqu'au sol, réduisant progressivement les limites de l'horizon.

Kid entendit ronfler et pétarader le moteur de l'intrus, bien avant de l'apercevoir. Tout de suite, habitué depuis des mois aux ronronnements des véhicules de ses compagnons de fouilles, il sut qu'il s'agissait d'un intrus. Le bruit venait du nord. Il mâchonnait le brouillard sombre, derrière la crête où les deux Tri-pelles de Jim Naidoc et Pol Vurdin évoluaient. Kid se redressa lentement; il eut un geste machinal, dérisoire, glissant son index ganté sur la détente de sa carabine.

La Tri-pelle de Naidoc s'immobilisa et alluma ses phares. La seconde d'après, ce fut au tour de Vurdin. Les engins de Maltew, Bob Tander et Viliane évoluaient plus au sud.

– Qu'est-ce que c'est que ce truc? marmonna Kid.

L'intrus approchait, pétaradant de plus en plus nettement, mais on ne le distinguait toujours pas. Rien. Pas l'ombre d'une silhouette, ni le moindre éclat de phares dans le brouillard.

Kid passa le bout de sa langue sur sa moustache gelée. Une nouvelle saute de vent balaya en tournoyant son carré de fouilles. La bourrasque était porteuse de paillettes de neige.

Kid jeta un coup d'œil en direction de ses outils, au pied du pan de mur. Il haussa les épaules et courut vers son Trax. Les semelles de ses brodequins glissaient sur les pierres et débris gelés; il faillit s'étaler plusieurs fois, reprenant son équilibre au dernier moment. L'échelle de coupée était déjà manquante lorsqu'il avait acheté le Trax : Kid gravit les pales de la roue arrière, utilisant celles-ci comme un escalier. Arrivé au sommet, il sauta sur le palier de ronde courant autour de la cabine, manqua une fois de plus de tomber : les plaques métalliques qui formaient la passerelle étaient recouvertes de plusieurs centimètres de glace. Il entra dans la cabine de conduite et referma la porte derrière lui.

Le chauffage de sécurité fonctionnait en permanence, et la température ambiante devait plafonner aux alentours de quinze degrés au-dessus de zéro : une fournaise. Kid posa son arme sur la petite table encombrée du poste, retira son passe-montagne tout en se dirigeant vers le tableau de bord. Il avait un visage maigre, marqué par cinq années difficiles en Territoire de fouilles, certes, mais qui ne parvenait pourtant pas à trahir l'âge du jeune homme : vingt ans, tout rond, en dépit de quelques rides bien creuses. Kid déboutonna sa grosse veste de mouton et se laissa tomber sur les coussins éclatés du siège. Il fit de la lumière. La vitre panoramique de la cabine était extraordinairement sale, maculée de vieille poussière et de frises glacées. Kid enclencha le contact télé-radio et la voix éraillée de Naidoc fusa immédiatement de la grille poussiéreuse située sous l'écran :

– ... vois rien de rien, nom de Dieu. Mais il s'approche.

– Hé! dit Kid. Qu'est-ce que c'est?

Sur l'écran pâle de T.R. le visage de Naidoc apparut : une boule de poils d'un noir absolu, avec un nez qui émergeait comme une antenne, pour soutenir les lunettes de neige.

– C'est toi, gamin? fit Naidoc. T'as pas entendu?

– Si, justement, dit Kid.

– Eh bien, nous aussi. Seulement, on ne voit rien. Regarde.

Naidoc lui passa en relais les images transmises par ses caméras. De la grisaille, rien d'autre. Puis ce fut le visage de Vurdin qui s'inscrivit sur l'écran, dès que Kid eût appuyé sur le contact enclenchant la communication avec ce dernier. Autant de poils sur cette figure que sur celle de Naidoc, mais du poil gris. Vurdin était le plus ancien sur cette aire de fouilles qui tournait aux alentours de six ou sept cents kilomètres de diamètre.

– C'est une visite, dit Vurdin. La visite d'un sacré

petit marrant, à ce qu'il semble. Pas d'image, pas de phares. Et le silence : on essaie le contact radio, mais c'est une tombe.

– Un téléguidé?

– Téléguidé, mon cul! Je crois pas à ces histoires, et j'en ai jamais vus. C'est bon pour les temps d'avant, peut-être... Non. Au bruit, ce serait même un très vieil engin.

– Sa radio peut être en panne, alors.

– On ne s'aventure pas sur une aire de fouilles occupée avec un engin défectueux. Ou alors on est cinglé. Ou bien on mijote un sale coup puant le trafic et le pillage.

– Et les autres? Maltew... Viliane...

– Rien. Sont trop loin. On les a prévenus. Je crois que Viliane est en route.

– Bon, dit Kid.

Il coupa la transmission de l'image mais resta en contact radio. Il alluma ses phares géants et mit en marche le Trax. En quelques minutes, il fit pivoter l'engin, contourna son carré de fouilles et roula sur plusieurs dizaines de mètres avant de l'immobiliser. Le double pinceau de ses phares tranchait l'obscurité et la brume en lambeaux pour venir s'écraser sur l'écran laiteux qui tombait derrière la crête. Les Tri-pelles de Naidoc et Vurdin encadraient très précisément cette faille de lumière blanche et crue. Kid ramassa un chiffon qui traînait et essuya la vitre. La vision directe, tout compte fait, le servirait mieux que la retransmission des images captées par ses deux camarades. Il s'assura que la mitrailleuse était armée, à l'extrémité droite du tableau de bord : l'écran de tir fonctionnait et il mit en marche, par sécurité, le système de réchauffement de l'arme située au-dessus de la passerelle d'étrave, entre les phares. Tout allait bien de ce côté. Si l'intrus avait de mauvaises intentions, et si d'aventure Naidoc ou Vurdin n'en venaient pas à bout (par extraordinaire!), il serait là, lui, Kid, pour l'arroser copieusement.

La voix de Naidoc couina soudain dans le haut-parleur de bord :

– Le voilà!

– Vu! glapit à son tour Vurdin. Il s'amène droit sur nous, le cochon d'hiver!

– Qu'est-ce que c'est? interrogea Kid.

Tandis que Vurdin essayait d'entrer en contact avec l'intrus, Naidoc renseigna :

– Une puce! nom de Dieu, une pauvre et véritable puce. Un bull-une-place ridicule, d'après ce que je vois. Cette connerie roule droit sur nous... Par le ciel, je te jure que je n'ai pas vu d'engin pareil depuis une éternité. Ton foutu Trax *d'avant le déluge* est battu, question ancienneté, gamin! Il ne répond pas, cette andouille!

– Une puce? (Kid retira ses gants, essuya son visage en sueur, sa barbe humide de glace fondue. Les vibrations du Trax se répercutaient dans tout son être, s'ajoutant à d'autres, provoquées, celles-là, par une soudaine et très vive excitation – eh quoi! ce n'était pas si souvent que la monotonie du train-train habituel était rompue par un événement inattendu qui tranchait sur la tension *normale...*) Qu'est-ce que ça signifie : une puce?

– Je te le dis, gamin. Un engin comme on en verrait dans les musées, s'il existait des musées pour ce genre de machins. Un bull qui date d'au moins cinquante ans, sinon davantage – voilà à quoi ça ressemble. Parole, je lui roulerais dessus sans effort avec ma pelle, si je le vou... Cette chose est muette comme un tombeau, pas vrai?

La voix de Vurdin renseigna :

– Comme dix tombeaux, malheureux. Le cinglé aux commandes cherche la mort, ce n'est pas possible autrement! Pas possible! Tu as vu cette antiquité?

– Je le disais au gamin...

– C'est bel et bien un bull-une-place, avec une cabine

toilée, roues motrices à l'avant, et une seule lame articulée. Qui peut se balader dans une épave de ce genre? Et s'amener comme ça, en plein secteur occupé...

– Un cinglé... ou un petit malin, fit Naidoc.

– Vous le distinguez nettement? demanda Kid.

Il n'obtint aucune réponse, les deux fouilleurs poursuivant entre eux leur conversation. Vurdin disait :

– Un petit malin, oui, qui essaie de ruser. J'en ai connu de plus loufoques, mais ça n'a jamais marché avec moi : c'est pour ça que je suis toujours vivant. Je lui envoie une rafale?

– Hé! cria Kid dans son micro. Attendez un peu! ce n'est peut-être pas...

Les deux autres n'écoutaient pas – ou alors ils se moquaient totalement de ce qu'il pouvait dire. Kid hésita, sur le point de se mettre en mouvement vers la crête : il voulait voir, lui aussi, à quoi ressemblait l'intrus. Il voulait voir avant qu'une salve de 30 tirée par l'un ou l'autre de ses acolytes réduise « l'antiquité » en vulgaire tas de ferraille fumante.

– Laisse-le venir, dit Naidoc. Essaie encore de le contacter, ce con. Gamin!

Kid figea sa main droite sur la manette de mise en marche.

– Oui?

– On va le laisser approcher. Il arrive droit sur nous, entre nous deux. Cent mètres, pas plus, et s'il ne bifurque pas, tu vas le voir surgir sur la crête, en plein dans tes phares.

– D'accord.

– Ta mitrailleuse n'est pas gelée, au moins?

– Non. Je suis prêt.

– Alors ouvre l'œil. Au moindre signe de...

– T'inquiète pas, Jim. J'attends.

Il positionna le collimateur. La ligne de champ de tir était vierge. Kid posa sa main sur le bouton-détente, après avoir repoussé le cran de sûreté. Un filet de sueur froide coula le long de son dos. Une fois, une seule fois en cinq ans, le groupe s'était coltiné avec deux engins de pilleurs. Ç'avait été grandiose, et deux fouilleurs de l'équipe – telle qu'elle était constituée lorsque Kid y était entré – avaient laissé leurs os dans l'histoire. Une fois seulement... mais un bonhomme comme Vurdin se souvenait de tout une kyrielle d'empoignades plus ou moins heureuses avec les pilleurs et maraudeurs de toutes sortes.

– Bon Dieu, merde! je l'arrose! cria Vurdin. Il joue au sourd!

– Peut-être qu'il l'est, renvoya Naidoc. Attends... Fais gaffe, gamin, le voilà!

L'instant d'après, l'engin fit irruption au sommet de la crête, en plein dans les phares de son Trax, à distance égale des Tri-pelles de Vurdin et Naidoc. D'abord, Kid aperçut le sommet de la cabine toilée, puis le capot rouillé, la lame relevée dont les dents, malgré tout, râclaient ici et là les pierres du sol inégal. Une vision étrange. Effectivement, l'engin avait des allures de puce, comparé aux masses imposantes des Tri-pelles – il n'avait pas trois mètres de haut, alors que les deux bras articulés de ces dernières s'élevaient à plus du double au-dessus du sol. D'ailleurs, même à côté du Trax-avant de Kid, une Tri-pelle, bien que deux fois plus petite, n'en paraissait pas moins formidable d'aspect.

Le bull minuscule donna l'impression de ralentir, au sommet de la crête. Comme une bestiole à carapace de rouille éblouie par les phares du Trax et ceux des Tri-pelles qui convergeaient pour l'emprisonner dans les mailles de ce filet de lumière aveuglante. Alentour, c'était maintenant la nuit noire, caillée. Le vent balayait toujours des guirlandes de flocons rares.

Coup d'œil au collimateur : l'écho de la cible dérisoire scintillait en pleine croix de visée. Kid comprit qu'il ne pourrait jamais tirer. Pas sur cette chose minuscule, aveugle et muette, surgie là exactement comme on tombe dans un piège. Que le conducteur de cet engin agisse par ruse était totalement impensable... ou bien alors il fallait être paranoïaque au dernier degré, style Vurdin, pour envisager sérieusement une telle éventualité. Ou encore... quoi donc? une manœuvre de diversion? Une espèce de kamikaze lancé en avant, en appât? tandis que le gros de Dieu sait quelle troupe de maraudeurs agissait ailleurs, dans l'ombre?

Kid n'eut pas le loisir de répondre à ces interrogations : sur la crête, la Tri-pelle de Naidoc s'était mise en mouvement. L'engin avançait, lame d'avant levée et les crocs de sous-lame disséminés en protection devant les roues labourant le sol. Des blocs de pierre gelés étaient retournés comme de simples caillasses.

— Bouge pas! cria Naidoc dans le micro. Je vais le coincer.

Il n'avait pas fini de prononcer le dernier mot que le petit bull se remettait en marche et fonçait en avant, biaisant légèrement sur sa droite pour éviter l'assaut du mastodonte.

La main de Kid se crispa sur le bouton de mise à feu, mais il ne tira point : le mouvement amorcé par le bull intrus le plaçait dangereusement près de la Tri-pelle de Vurdin. De deux choses l'une : ou bien il s'agissait là d'une manœuvre calculée, et très adroite, ou alors, plus simplement, le type au volant de cette puce rouillée paniquait en voyant foncer sur lui le monstre d'acier, lame levée à bonne hauteur pour broyer sa cabine.

— Il essaie de se tirer! Il cherche à nous avoir! brailla Naidoc.

Puis il poussa un fort juron : à cinq ou six mètres de l'intrus, les crocs de protection devant ses roues motrices butèrent contre une aspérité rocheuse imprévue. La Tri-pelle trembla en rugissant, pivota d'un quart de tour pour se dégager. Quelques secondes de perdues... mais c'était tout juste ce qu'il fallait pour que le petit bull échappe à la charge furieuse. Il n'était pas sauvé pour autant : de son côté, Vurdin s'était mis en marche afin de couper la fuite de l'intrus.

– Arrêtez! cria Kid dans son micro. On ne risque rien avec ce... ce truc! On ne risque rien!

C'était flagrant! Comment pouvaient-ils craindre cet engin terrorisé lancé sur la pente en zigzags désordonnés? Comment pouvaient-ils encore croire que le conducteur de cette épave pût représenter ne serait-ce que l'ombre d'un danger!

Il s'aperçut qu'il avait mis en marche son Trax, lui aussi, et qu'il gravissait la pente douce, au-devant du petit bull. Ce qui dut être proprement terrifiant pour le conducteur invisible dans la cabine toilée... voir bondir sur lui ce géant de métal brinqueballant, dont la masse était bonnement le double de celle d'une Tri-pelle. Kid ralentit trop tard. Le bull avait viré très sec, trop sec, sur le champ de pierres et de ruines incliné. Au même moment, la Tri-pelle de Vurdin le rejoignait. La lame de l'excavatrice attrapa le bull à hauteur de sa roue arrière gauche. Un choc, un bruit grinçant, net, de métal déchiré. Le bull fut soulevé à deux mètres au-dessus du sol, retourné dans un gros nuage de givre et de fumée crachée par les pots d'échappement crevés. Il retomba sur le toit de la cabine – aplati tout net. Deux secondes avant, Kid vit jaillir de l'habitacle fragile une silhouette désarticulée qui boula sur le sol, dégringola parmi les pierres. Le bull fit plusieurs tonneaux, dans un vacarme assourdissant et des jets d'étincelles rouges, jaunes, blanches, des traits de feu... et la machine disloquée, lame tordue, moteur éclaté, passa par-dessus la silhouette allongée, l'avala dans le bruit de sa chute, rebondissant encore sur une dizaine de mètres avant de s'écraser définitivement contre un ergot de roc. La roue arrière arrachée par le coup de boutoir de Vurdin vola dans les airs, traversant la zone éclairée par les phares pour se perdre dans l'obscurité. Au bout de son bras articulé, la lame du petit bull se replia, détachée, et tomba. Avant qu'elle ne touchât terre, le moteur explosa; cela fit un curieux geyser, très droit, une flamme rouge de plusieurs mètres de haut, puis la gerbe flamboyante retomba en pluie, dessinant une corolle renversée de dix à douze mètres de diamètre.

Kid aperçut Naidoc et Vurdin qui bondissaient avec un ensemble parfait hors des cabines de leurs engins respectifs. Lui-même traversa son poste de commandes au pas de course, raflant sa carabine au passage. Il fut sur la passerelle et referma la porte d'un coup de talon, courut jusqu'à l'échelle, en bout de palier de ronde, qui descendait le long du capot et des moteurs. Il prit pied sur la seconde passerelle d'avant, au-dessus de la lame, enjamba le garde-corps et se laissa glisser sur l'étrave, le long de deux ou trois mètres d'acier glacé, franchit la barre de lame du refouloir et mit finalement pied à terre. L'air sec puait le caoutchouc brûlé et le carburant; des flammes ronflantes, cardées par le vent, léchaient ce qui n'était déjà plus qu'une carcasse démantelée de métal tordu. Kid dépassa le brasier, courut vers la forme couchée parmi les pierres. Vurdin et Jim Naidoc dévalaient la pente dans cette même direction.

Kid tomba à genoux près du corps et posa sa carabine à terre. Il s'attendait à découvrir un cadavre, après avoir vu le bull passer littéralement sur le type... Mais ce n'était pas le cas. L'homme paraissait intact, étendu sur le ventre, son bras gauche replié sous lui. Une goutte de carburant enflammé achevait de se consumer sur sa veste de gros drap, entre les épaules. D'une claque, Kid étouffa la flammèche.

– Un chanceux, fit Naidoc.

Il venait d'arriver, le vieux Vurdin sur les talons. Ils regardaient l'homme étendu dans les pierres.

– Apparemment, dit Kid. Vous avez fait tout ce que

vous avez pu, on dirait, pour qu'il ait besoin de cette chance au maximum...

– Hé! gronda Vurdin. Tu nous emmerdes, tu sais, gamin, depuis quelque temps. J'ai pas attendu tes leçons pour rester en vie.

Kid ignora la remarque. Il retourna le corps de l'homme. Le visage de celui-ci était très pâle, dans l'éclat mouvant de l'incendie proche du petit bull. Très jeune, l'âge de Kid, à peu de choses près, maigre, le poil blond-roux, pareil. Une frappante ressemblance.

– Il n'a pas eu tout à fait la chance qu'on croyait, murmura Kid – et il désigna la main gauche de l'individu, tranchée aux deux-tiers, au niveau du poignet, et le sang qui giclait, qui éclaboussait les cailloux avec un petit bruit sourd.

– Voici Viliane, là-bas, dit Vurdin.

– Nom de Dieu, ragea Kid, je me fous de Viliane! On pourrait peut-être s'occuper de celui-là, non, avant qu'il ne perde tout son sang!

Les deux fouilleurs échangèrent un coup d'œil, puis regardèrent l'homme à terre, puis Kid.

– Elle est foutue, sa main, dit Jim Naidoc.

– Sa main, peut-être bien. Mais lui, il n'est pas encore mort.

Jim Naidoc haussa une épaule.

– Il a de la chance, mais ça ne lui servira à rien. S'il est encore vivant, ça ne durera pas. Il a aucune espèce de... il est foutu, gamin, et tu le sais. Foutu, sans arme, avec une main en moins, sans véhicule ni rien, au beau milieu d'un Territoire de fouilles.

Kid supporta leurs regards un instant avant de dire, très calmement :

– Je crois que vous méritez de crever comme des loups. Sans blague.

Puis il détacha la bretelle de son fusil et confectionna un garrot, serrant le bras de l'homme. Il tira son couteau, acheva de sectionner la main en deux coups de lame et la jeta au loin. L'homme, toujours évanoui, ne broncha point. Kid alla ensuite du côté du brasier, revenant quelques minutes plus tard avec un morceau de ferraille fumante prise entre deux pierres. Il appliqua sans hésiter le fer chaud sur la plaie du moignon. Cela grésilla, le vent dispersa une forte odeur de chair brûlée.

Le type ouvrit les yeux une seconde, retomba évanoui aussitôt après avoir poussé un cri aigu.

Lorsque Kid se redressa, la sueur gelait sur son visage. Jim Naidoc, Vurdin, ainsi que Viliane qui avait rejoint le groupe depuis quelques instants, le regardaient sans comprendre, l'air inquiet.

– Tu serais pas en train de devenir cinglé, gamin? murmura Jim Naidoc – sa voix portait un accent désolé, sincèrement désolé.

Kid se baissa. Il empoigna le corps inconscient de l'homme amputé et le jeta sur son épaule. Le gaillard avait beau être maigre, c'était tout de même un poids. Viliane ramassa le fusil de Kid et le lui donna. Mais ni lui ni Naidoc ni Vurdin ne firent un geste pour l'aider. Ils le regardèrent s'éloigner en direction du Trax, dans la lumière des phares et les lueurs rousses de l'incendie finissant. Ils le regardèrent grimper, avec beaucoup de peine, sur les pales de la roue, marcher sur la passerelle, puis entrer dans la cabine.

C'est ainsi que Julius Port, que les fouilleurs avaient surnommé Kid – mais qui n'était pas encore Kid Jésus –, rencontra Alano Teeshnik. Enfin, c'est ce qu'on dit. Si c'est exact – en tout cas, c'est vrai qu'Alano a une main coupée –, n'allez pas chercher plus loin : on comprend que par la suite Alano se soit dévoué corps et âme pour celui qui lui avait sauvé la vie. Parce que Kid lui a sauvé la vie, naturellement. C'était si peu courant, dans le milieu des fouilleurs... rien qu'avec cette histoire, on a commencé à parler de lui sur le Territoire F.

ÉTé 2363

Il avait une manière à lui de boire sa bière. Plus exactement, il buvait comme n'importe qui, mais c'était quand il reposait la chope que le geste devenait personnel – jamais Noc M'Mamby n'avait vu quelqu'un faire ça, de cette façon, et pourtant Dieu sait qu'il avait connu pas mal de buveurs de bière dans sa vie! Voilà : ce type (il s'appelait O'Quien, c'était le nom qu'il avait donné : Dyran O'Quien) ne reposait pas sa chope à plat, comme l'aurait fait n'importe qui, mais un peu de biais, sur un « point du bord du cul », si l'on peut dire, et en même temps il imprimait un léger mouvement de rotation. Ce qui fait que la chope, pleine ou non, tournait sur elle-même en balançant – un peu à la manière d'une pièce de monnaie lancée pour un pile ou face, et qui tourne avant de se stabiliser. Cela n'a l'air de rien, mais, sûrement, la chose n'était pas à la portée de n'importe qui...

O'Quien reposa la chope, et il fit ce truc infernal une fois de plus; quand la chope s'immobilisa, il essuya d'un revers de main la mousse blanche qui ourlait sa lèvre supérieure. Il dit :

– Comment peut-on être certain de ce que vous me dites?

Le vieux Noc leva vers lui un regard sans couleur. L'espace d'une seconde, la couperose qui marbrait ses pommettes, au-dessus de la barbe blanche, devint écarlate.

– Ça veut dire quoi? fit-il entre ses dents. Que je suis un menteur?

Assis de l'autre côté de la table, O'Quien sourit de toutes ses dents – dont plusieurs étaient couronnées d'or. Il hocha la tête et eut un mouvement apaisant de la main.

– Certes non, dit-il. Certes non...

– Pourquoi je vous aurais raconté tout ça, alors? bougonna Noc M'Mamby.

– Une des raisons possibles est que je vous ai offert cent dolcus, fit O'Quien, accentuant encore son étincelant sourire. (Pour prévenir la réaction de mauvaise humeur de Noc, il fit un nouveau geste de la main; son sourire tomba et tout à coup il fut très sérieux :) Non, rassurez-vous, M'Mamby. Je ne mets pas en cause votre parole, ni votre sincérité. Mais il existe tellement de versions différentes... n'est-ce pas? Je voulais dire ceci : existe-t-il, par quelque extraordinaire hasard, une preuve tangible, matérielle, de ce que vous avancez?

Noc réfléchit un instant, tassé sur sa chaise et sans quitter des yeux la silhouette élancée de Dyran O'Quien, en face de lui. La chaleur était infernale, dans le bar. Le soir en venant n'avait rien arrangé, au contraire, et l'atmosphère semblait encore plus lourde, moite, visqueuse, que dans la journée. Les mille et une odeurs qui planaient sur la ville en construction pénétraient à loisir dans les habitations par les portes et fenêtres généreusement ouvertes. Avec les bruits, tout cela amalgamé, pétri, formait un cocon de grasses lourdeurs qui rendaient le moindre effort héroïque et la respiration pénible.

– J'ai pas de preuves, comme vous dites, laissa tomber finalement Noc M'Mamby.

Il s'appuya au dossier de sa chaise, mit les mains dans les poches de son pantalon de toile sale et regarda tourner les pales grinçantes du ventilateur, au plafond : l'air qu'il brassait était une sorte de pâte lourde, invisible, qui se hâtait de redevenir compacte dans le sillage des pales. Des gouttes de sueur roulaient sur les tempes de Noc. Dyran O'Quien soupira, tendit pesamment sa main vers l'enregistreur posé sur la table et, d'une pression de l'index sur la touche rouge, interrompit le déroulement du fil magnétique.

– Je suis désolé, dit-il. Pardonnez-moi si je vous ai froissé, ce n'était pas mon intention. Je pense que cette chaleur collante me rend nerveux.

– Elle serait plutôt du genre à endormir...

– Peut-être. Mais je ne suis pas habitué.

Noc abandonna la contemplation du ventilateur et reporta son attention sur O'Quien, avec comme un semblant de lueur amusée au coin de l'œil.

– Pas habitué... C'est vrai. Vous venez de quel coin? Je ne me souviens plus de ce que vous m'avez dit, hier soir – je devais être un peu saoul, non?

O'Quien découvrit une fois de plus sa denture. C'était plutot bizarre, voire inquiétant, cette façon qu'il avait de sourire à tout bout de champ. Cela lui composait un masque dont les yeux, eux, ne s'accordaient pas aux sourires : ils étaient verts, froids, donnant l'impression de transpercer littéralement les choses.

– Je ne sais pas si vous étiez ivre, dit O'Quien. Mais soyez sûr de votre mémoire : en vérité, je ne vous ai rien dit. (Il marqua un temps, puis renseigna :) Je viens du Territoire voisin, du Territoire Nord. Le Pays des Lacs de Mer, comme on dit. Le climat n'est pas tout à fait le même.

– C'est plus frais?

– Plus frais. Plus... aéré, disons. Principalement sur les côtes.

– En Territoire F. également, dit M'Mamby. Je ne parle pas d'ici, de l'intérieur. Mais sur les côtes, oui, c'est comme vous le dites.

– Vous connaissez les côtes du Territoire F.?

Ce fut au tour de Noc M'Mamby de sourire :

– S'il existe un endroit quelconque de ce sacré pays, un endroit quelconque, hein, n'importe lequel, où je n'ai pas mis les pieds, je veux bien qu'on me pende sur-le-champ. A la seconde.

Il sortit les mains de ses poches, fit craquer ses articulations et se redressa sur sa chaise. Il posa les coudes sur la table. Un groupe de colons, plutôt dépenaillés, suants, bruyants, entra dans le bar. Ils étaient une demi-douzaine et prirent possession du zinc. Un moment, Noc M'Mamby et O'Quien regardèrent et écoutèrent les nouveaux venus. C'était l'avant-garde de cette marée nocturne et tapageuse qui allait bientôt envahir l'établissement. Sans plus tarder, la musique éclaterait, les filles descendraient, la fumée des cigares empèserait davantage encore l'atmosphère pâteuse si difficilement respirable; il y aurait des verres brisés, des éclats de voix, probablement des bagarres au couteau, et même des coups de feu. Et ce serait la même chose dans chacun des vingt ou trente débits de boissons, hôtels, bordels plus ou moins francs que comptait la ville en construction, et dans toutes les autres villes en construction qui s'alignaient sur la frontière de la colonisation du Territoire F.

– C'est vrai, reprit Noc M'Mamby, avec un hochement de la tête. Vous avez finalement raison : cette chaleur énerve tout le monde. Cette chaleur et le reste.

– Le reste?

Les paupières de Noc se plissèrent, à demi fermées par son regard malicieux. Il fit aller et venir sa chope vide entre les paumes ouvertes de ses mains posées sur le plateau de la table, ne bougeant que l'extrémité de ses doigts.

– Vous avez certainement entendu parler du « reste », dit-il. Ces boules de feu dans le ciel. Ils recommencent, avec ça. Ils recommencent, avec toutes ces histoires...

O'Quien ne dit rien. Mais il ne souriait plus. Il était attentif, sans plus. Ni trop, ni trop peu.

– Moi, dit Noc, je me suis demandé si ce que vous

cherchez n'était pas en rapport avec ça. Oui, je me suis demandé.

— Vous voulez dire : les boules de feu célestes?

— C'est ce que je veux dire, parfaitement. Et le fait qu'on reparle des Migrants, de tout le cirque — et même de Kid Jésus. Oui, je me suis demandé... je me demande toujours.

Là-dessus, on pouvait s'attendre à revoir les dents en or de ce Dyran O'Quien. Et hop! ce fut chose faite.

Mais il avait également la manière de ne pas répondre aux questions trop directement posées; il n'éludait rien, faisait tout simplement dévier le trait en contre-attaquant par une question de son cru :

— Vous avez vu ces... boules de feu? Personnellement, Noc, les avez-vous vues?

— Non, dit Noc. Et vous?

— Moi non plus. J'en ai effectivement entendu parler, depuis quelques jours et durant mon voyage jusqu'ici. C'est tout. Je vous avoue que je n'y crois guère... pas plus que vous, à ce qu'il semble.

Noc hocha lentement sa tête chevelue.

— C'est vrai. C'est vrai aussi, je pense, que la majorité des gens n'y croient pas. Mais ça n'empêche que quelques cinglés ont sauté sur l'occasion pour remettre ça, comme il y a huit ou neuf ans. Je dis quelques cinglés, mais ça signifie qu'ils sont tout de même une bonne centaine, ici, dans cette ville. Une bonne centaine, peut-être davantage. Et ils font du bruit comme mille, ils électrisent tout le monde. On entend reparler de Kid comme jamais, je vous le dis, et de ses théories, ses prophéties — appelez ça comme vous voudrez.

— Vous n'avez jamais été un de ses adeptes, à ce qu'il semble... pas vrai?

Noc regarda sa chope vide en grimaçant. O'Quien appela un des serveurs nouvellement arrivés en renfort pour faire face à la meute des clients futurs; il agita la bouteille de bière vide au-dessus de sa tête jusqu'à ce qu'on le remarque. Un type incroyablement long, tout en os, le visage constellé de verrues, apporta une bouteille pleine, qu'O'Quien paya immédiatement. Il la versa dans les chopes et regarda monter la mousse.

– Si vous voulez savoir, dit Noc en posant son doigt crasseux sur le bord du verre, pour empêcher la mousse de déborder, si vous voulez savoir, j'ai jamais été l'adepte de personne, sauf de Noc M'Mamby. Déjà du temps d'avant ce Kid Jésus – K. J., comme ils disent –, les théories de tous ces types sur la Migration, l'Ancienne Terre et la Nouvelle Terre, tous ces trucs, et les histoires qui prétendent que les Migrants auraient été aidés ou non par des Natifs de la Nouvelle Terre... et même la théorie de Blackswitch concernant l'effacement de mémoire : tout ça c'était du bruit autour de moi. J'avais autre chose à faire qu'écouter ces salades. C'était bon pour les flemmards qui avaient leurs places assises dans les Territoires colonisés. Pas pour moi. J'avais à fouiller, moi. Je m'occupais de ça – et pas d'un cinglé qui s'appelait Kid Jésus. C'était pas son vrai nom, du reste.

– Je sais. Néanmoins, il a tout de même beaucoup œuvré pour le statut social des fouilleurs. Il s'est battu pour vous... Et vous ne pouvez pas l'ignorer.

Noc M'Mamby grimaça encore.

– Est-ce qu'il a fait en sorte que les fouilleurs ne soient plus obligés de fouiller pour survivre? Non. Alors...

Il leva la chope et la vida en trois gorgées, la reposa, laissa les petites bulles de mousse éclater en paix dans les poils de sa moustache. L'espace d'une seconde, son regard vacilla, comme s'il accusait le coup, déjà, provoqué par ce quart de litre de bière avalé d'un trait. Il rota bruyamment, et poursuivit :

– Bien sûr, il a fait passer cette loi, et les fouilleurs qui ont particulièrement trimé sur un Territoire, ceux qui ont fait de belles découvertes, sont particulièrement avantagés, proportionnellement à leurs peines, dans l'attribution de terrains ou de postes, quand le Territoire passe à la colonisation. D'accord. C'est une loi, c'est mieux que rien, mais ce n'est tout de même pas une loi juste. Un fouilleur peut trimer comme une bête toute sa vie sans avoir *la chance.* Qu'est-ce qu'il peut faire contre ça? Contre la poisse et la déveine? Il peut bosser jusqu'à la mort et ne ramasser que de petites conneries qui n'intéressent ni les coopératives, ni les trafiquants, ni les services officiels des Volants, ni personne. Sinon les antiquaires. Le fouilleur survit péniblement, s'il n'a pas la chance. Et quand le Territoire sur lequel il a sué toute sa vie passe à la colonisation, loi K.J. ou pas, le fouilleur malchanceux se retrouve comme un con, le bec dans l'eau. On ne l'avantagera pas, en regard du résultat comptabilisé de ses fouilles, puisqu'il n'y a pas de résultat spectaculaire. On ne comptera pas sa sueur versée pour rien.

– C'est votre cas, dit O'Quien.

Noc acquiesça. Le temps d'un hochement de tête, une véritable explosion de douleur silencieuse creva son regard vitreux. Une fraction de seconde, pas davantage, puis il se cacha de nouveau derrière une crâne mimique désinvolte.

– Ça ne me gêne pas, personnellement. Depuis deux ans, je suis en première ligne, sur la frontière de la colonisation. Je regarde les villes pousser. Il y a des tas d'occupations possibles, de l'argent à gagner. C'est plus facile que la fouille.

Il saisit la bouteille et emplit sa chope, clignant de l'œil. A ce rythme, c'était sûr, compte tenu de tout ce qu'il avait ingurgité depuis le matin (en plus des trois bouteilles offertes par O'Quien depuis le début de la conversation...) le vieil homme n'allait pas tarder à rouler sous la table.

– C'est pour ça, dit-il, après avoir avalé une nouvelle gorgée; je me disais que vous et vos questions vous étiez en rapport avec ces histoires de boules de feu. C'est ce que je me disais.

– Non, affirma O'Quien. Une coïncidence, tout au plus.

– Mais vous recherchez tout de même Alano. Vous me questionnez sur ses rapports avec K.J., vous voulez savoir comment ils se sont connus, et où se trouve Alano maintenant.

– C'est vrai. Je cherche Alano Teeshnik parce qu'il fut le compagnon de Kid Jésus pendant deux ans, son disciple le plus convaincu, le témoin direct de ce que fut la vie du prophète.

– C'était pas un prophète.

– Je l'appelais ainsi par pure facilité. J'admets.

Noc remua encore lentement sa tête ébouriffée. Ses doigts se serrèrent en tremblant autour de la chope.

– Vous avez trop bu, dit O'Quien, sur un ton plat.

– Pas d'importance. J'ai plus besoin d'avoir la tête claire. Je vous ai dit ce que je savais, et je pense que j'ai mérité mes cent dolcus, même si je ne vous apporte pas de preuves... comment vous dites? tangibles. Des preuves tangibles. Ouais.

– Vous avez mérité vos cent dolcus, c'est vrai. Tant pis pour les preuves tangibles.

– Je vous ai dit ce que je savais, c'est tout! s'énerva soudain, et incompréhensiblement, Noc M'Mamby. Je le tiens de la bouche même du vieux Vurdin, qui faisait équipe avec Kid, en ce temps-là. Vurdin était pas menteur. C'est dommage qu'il est mort. Vous le rechercheriez, et vous le cuisineriez...

– J'espère rencontrer Alano – ce sera encore mieux.

– Y en avait d'autres, aussi, continua Noc, isolé dans ses pensées. Un certain Naidoc, que je connaissais bien. Mais je sais pas ce qu'il est devenu. Et d'autres... je me souviens plus. C'étaient tous des fameux durs. Une équipe de fer. Le Kid avait quinze ans à peine lorsqu'il est entré dans leur clan. Quinze ans! Il s'est amené sur son Trax d'*avant le déluge,* comme on disait. Quinze ans... C'est pour ça que Vurdin et les autres l'ont accepté. A cause de ses quinze ans et de son Trax. Fallait être cinglé, parfaitement, déjà bien confortablement cinglé, à cet âge-là, pour s'amener sur un Trax en Territoire de fouilles! Vous voulez savoir mon avis? Mon avis, c'est que Vurdin et les autres ont dû regretter, par la suite, d'avoir pas simplement flingué le Trax et son capitaine de quinze ans, au lieu de l'accueillir parmi eux et de l'admirer.

– Regretter?

– Ça ne leur a valu que des ennuis, par la suite, quand le môme s'est métamorphosé en Kid Jésus, avec toutes ses fadaises, cette histoire de signes qu'il aurait trouvés, je sais pas quoi : bref, tout ce bouleversement.

Noc porta la chope à ses lèvres, la reposa sans avoir bu. Il grimaça et aspira à grand bruit, comme s'il voulait déloger des débris d'aliments nichés entre ses chicots. Il dit, plissant une fois de plus ses paupières de façon caractéristique :

– Qu'est-ce que vous avez après Kid Jésus? Ça va servir à quoi, ce que vous faites? On n'en a pas déjà parlé suffisamment, de cet illuminé?

– J'essaie de réunir le maximum de documentation sur sa vie, je vous l'ai dit. Le maximum de vérités.

– On la connaît, sa vie!

– Très mal, Noc. Très mal. C'est ma conviction.

– Très mal, répéta sourdement Noc M'Mamby.

Il soutint un instant le regard vert de O'Quien, puis il fut secoué par une série de hoquets et détourna les yeux.

D'autres colons étaient entrés dans le bar. La quasi-totalité des tables étaient occupées. Les odeurs étaient plus fortes, mélanges de sueur et de fumée de cigares, parfums âcres. A un moment donné, la musique du j.b. avait éclaté sans que M'Mamby ni O'Quien ne lui accordent d'attention – à présent, tous deux prenaient conscience du vacarme ambiant : Noc M'Mamby encaissait le déferlement de décibels avec un sourire béat, les yeux écarquillés, quant à O'Quien, il opposait à la vague houleuse un visage empreint de stoïcisme tranquille, ses yeux verts et glacés enregistrant les moindres détails du spectacle. Trois filles se trouvaient déjà dans la salle, subissant les conversations des clients du comptoir en attendant de passer aux choses sérieuses.

Dehors, le soir s'installait.

O'Quien sursauta lorsque la voix de Noc perça le vacarme.

– Je vous demande pardon?

– Je disais, répéta laborieusement Noc (qui saoulait tout à coup, véritablement, à une allure record), je disais qu'Alano est ici. Dans cette putain de ville. Quelque part, dans cette ville qu'ils appellent, avec beaucoup d'imagination, *Rivière Bleue.* Le dernier des foutus noms possibles pour une ville... pas vrai?

– Peu importe, dit O'Quien. Je sais qu'il est ici : c'est ce qu'on m'avait signalé. Et on m'avait dit également que vous étiez un de ceux qui pourraient me renseigner avec plus de précision.

– Est-ce que ce renseignement est compris dans les cent dolcus de prime, ou bien la somme valait juste pour l'histoire de la rencontre entre Alano et K.J.?

– Disons... cinquante de mieux?

Noc éclata d'un rire gras, qui se coinça, puis termina en une nouvelle série de hoquets; les yeux mouillés de larmes, apparemment dégrisé dans la seconde, il fit face à O'Quien, sérieux :

– Je sais pas si le renseignement vaut cinquante pièces. Il est bancal.

– Dites toujours.

Noc M'Mamby oscilla sur sa chaise, serra ses poings l'un contre l'autre, croisa ensuite ses doigts, les décroisa, regarda ses paumes calleuses et sales.

– Je sais pas si je dois. Je ne suis pas certain que ce que vous m'avez raconté est la vérité. Peut-être que vous faites partie de ces cinglés d'adeptes qui sont en train de se réveiller à cause des boules de feu... Ils cherchent Alano, eux aussi. Et Alano ne veut pas les voir. Il en a ras le cul. Il se planque.

– Je ne suis pas de ces fanatiques, je vous l'ai dit... Tout à l'heure, je vous ai demandé des preuves concernant cette histoire de la rencontre d'Alano et Kid. Vous n'avez pu m'en donner, néanmoins je vous crois. Je ne peux davantage vous fournir des preuves de ce que j'avance. Ma parole vaut la vôtre.

Noc se râcla la gorge, comme s'il allait cracher, mais ravala bravement sa salive.

– Vous ne m'aurez pas au baratin, genre « ma parole vaut bien la vôtre ». Ça ne marche pas, avec le vieux Noc, qui a tenu le coup cinquante ans sur les Territoires, et qui va peut-être remettre ça un de ces quatre matins, ailleurs, sur ceux qui restent à fouiller. Vous n'avez pas besoin d'utiliser ce genre de salades... Disons que je vous fais confiance...

– Tant mieux. C'est la vérité. Je ne veux aucun mal à Alano. Il m'intéresse en tant que témoin. C'est tout.

– Il est... dérangé, vous savez?

– J'imagine qu'il...

– Vous n'imaginez rien. Il est fou. C'est un fou, voilà. Qui a sauvé sa peau de la catastrophe, par miracle, et qui, depuis huit ans, traîne ici et là en se planquant. Il croit qu'on en veut toujours à sa peau. Pour l'affaire de Kid, d'une part, mais aussi pour d'autres histoires qui se sont passées avant sa rencontre avec Kid. Il avait fait des sales coups, c'est pour ça qu'il se cachait en Territoire F. Il est fou, malade. Il croit qu'on veut toujours lui faire payer ces imbécillités. J'ai jamais compris exactement de quoi il parlait : il est totalement déglingué, et c'est impossible d'avoir une conversation normale avec lui, pendant plus d'une demi-heure.

– On m'a dit qu'il était choqué, oui.

– Choqué? Complètement court-circuité, oui, que je vous dis! Huit ans, ça fait huit ans qu'il se balade à droite et à gauche. Six ans sur le Territoire F., ou ailleurs, on ne sait même pas, et depuis deux ans, depuis la colonisation, il fait comme moi : il suit l'avance de la Frontière, parce que ça remue pas mal de monde, n'importe qui, n'importe quoi, un cloaque, et que c'est encore le meilleur genre de planque possible. Mais il est fou, mort-vivant. Cette histoire de renouveau, de boules de feu, cette histoire à la noix lui a filé un méchant coup. Un de plus. Il sait que les illuminés le traquent, le recherchent, et qu'on voudrait peut-être bien encore se servir de lui en tant que premier disciple. Il a une trouille bleue. Verte. Innommable, et à sa place, je chierais moi aussi dans mon froc.

Pour la première fois, O'Quien parut contrarié, agacé. Il dit, sans presque bouger les lèvres :

– Ces élucubrations sont ridicules. Parce que certaines personnes ont vu une pluie de météorites embraser l'atmosphère, on imagine des vaisseaux spatiaux. C'est proprement aberrant! Quelle est la position officielle du gouverneur Maltus? Le silence! Et s'il s'agissait d'autre chose que des météorites, croyez-vous sincèrement que Maltus ne serait pas le premier à utiliser l'événement?

Noc subit la rafale de phrases sèches bouche bée. Puis il frissonna.

– Bon. Mon renseignement ne vaut peut-être pas cinquante pièces. Je sais plus, je sais pas où Alano se terre. Mais quelqu'un que je connais sait sûrement : là-bas.

D'un mouvement du menton, il désignait le bar. O'Quien regarda dans la direction indiquée.

– La plus grande des trois, dit Noc M'Mamby. En pantalon noir, à poil sous sa blouse brodée, avec ses cheveux rouges. Là. Elle s'appelle Lolies. Tous ceux qui bandent encore dans cette saleté de ville vous affirmeront que c'est une des meilleures, de toutes les cinq ou six cents putes que vous trouverez sur la Frontière.

O'Quien retrouva son sourire en or.

– Et comment une des meilleures prostituées de la Frontière pourrait-elle me venir en aide pour retrouver Alano?

– Posez-lui la question, dit Noc. Baisez-la d'abord, payez-lui une ou deux passes pour rien, en prime, et discutez le coup. Vous êtes peut-être son type d'homme.

– Alano est son type d'homme?

– Merde, encore une fois, l'ami, demandez-lui. Elle ne vous plaît pas? Vous seriez du genre à ne pas aimer une pareille paire de fesses?

– Rassurez-vous, dit O'Quien. A ce sujet, elle m'inspirerait plutôt...

A son tour, Noc M'Mamby découvrit ses dents, tout en égrenant un petit rire flûté, mais là où celles de O'Quien étincelaient, les siennes étaient noirâtres, entartrées ou, plus simplement, manquantes. Il referma sa bouche quand O'Quien lui tendit les cinq billets de dix.

Les billets disparurent prestement dans la poche de chemise du vieux fouilleur. Il dit :

– Maintenant, c'est moi qui vous offre à boire.

– Vous n'en avez pas suffisamment avalé?

Noc cligna de l'œil.

– Il y a un quart d'heure, j'étais saoul, mais ça va. Je peux saouler quatre ou cinq fois, comme ça, dans une soirée, avant que les choses ne deviennent désespérées... On va boire, et puis manger. Je régale. De toute façon, si vous voulez bavarder avec Lolies, mieux vaut attendre et laisser passer un bon morceau de nuit, faut lui laisser gagner son pain.

O'Quien accepta. Ils mangèrent donc, et ils burent. Le vacarme était grand, pulsait non seulement dans ce bar, en bordure de rivière, mais sur toute la ville de Frontière. Il roulait et rebondissait à ras de terre, sous l'épaisse nuit noire, trop gluante, refermée comme un piège au fond duquel, quelque part, tremblait Alano Teeshnik, premier disciple de Kid Jésus. Devenu fou, disaient certains.

Il roula de côté sur le lit, le souffle court, paupières closes. Au centre du plafond de planches brutes pendait la chaîne qui soutenait l'unique lampe à pétrole – pour quelque mystérieuse raison, l'électricité n'était pas installée dans les chambres d'étages. Cela donnait un rond de lumière jaune orange, un rond tremblotant, au milieu de la pièce, et pour le reste, une pénombre plutôt agréable. Entre les lèvres entrouvertes de O'Quien, les dents couronnées d'or brillaient.

La fille se leva, quitta le lit dont les ressorts du sommier grincèrent. O'Quien ouvrit les yeux, mais il ne bougea point. Il la regarda traverser la pièce, élancée et légère, dans cette lumière de cuivre roux qui caressait sa peau de bien belle façon et flamboyait dans sa splendeur. Bon sang! Noc M'Mamby n'avait pas exagéré... il était même très largement en-dessous de la vérité lorsqu'il vantait les mérites et qualités de Lolies – mais il avait reconnu parler par ouï-dire... Lorsqu'il avait parlé des fesses de Lolies, c'était au plus un bel exercice d'imagination : il n'avait pas mentionné les deux mignonnes fossettes qui soulignaient la chute des reins... Ces deux fossettes, à elles seules, valaient le déplacement.

Lolies disparut pendant quelques minutes dans le minuscule cabinet de toilette attenant.

Au rez-de-chaussée, la musique tourbillonnait encore et toujours, traversant planchers, plafonds et cloisons, filtrant par les plus petits interstices, ou au contraire, roulant comme un déluge par les portes et fenêtres ouvertes. Dans cette marée s'ébouriffaient les cris des hommes, fusaient mille interjections, claquaient des quaient des rires, des jurons, tournoyaient quelques fragments de chansons reprises en chœur par des chorales pour le moins improvisées... Tant d'énergie, de folie débridée, comme si la fête ne faisait que commencer, alors que dans quelques heures à peine s'achèverait la nuit...

O'Quien s'assit sur le bord du lit. D'un regard plutôt vague il fixait un point quelconque, sans importance, au delà du cercle de lumière. Son visage était marqué par la fatigue, les stigmates soulignés nettement par l'éclairage. Entre l'instant où il était entré dans la chambre en compagnie de Lolies et maintenant, O'Quien avait pris cinq ou six ans d'âge. Mais ce n'était pas uniquement la faute de Lolies...

Des phalènes tricotaient leurs vols hallucinés autour du verre brûlant de la lampe. L'un d'entre eux, les ailes carbonisées, tomba en chute libre aux pieds d'O'Quien. Il ramassa la bestiole, la tint un instant au creux de sa main, puis la posa sur le lit. Il leva les yeux et rencontra le regard de Lolies.

Elle avait passé sa chasuble courte de toile fine, largement échancrée sur la poitrine, dont le bas flottait au ras de son pubis; uniquement cette chasuble, et elle se tenait dans l'embrasure de la porte du cabinet de toilette, appuyée d'une épaule au chambranle, bras croisés. Elle regardait O'Quien.

– Vous pouvez le tuer, dit-elle. Ce papillon. Il souffre.

O'Quien soutint le regard bleu de la fille, deux secondes – un regard si bleu! une peau si dorée! des cheveux si rouges! Il haussa les épaules, cacha le phalène sous un pli du drap et, entre pouce et index, il pressa. Cela ne fit même pas de bruit.

O'Quien se leva. Tout nu, grand, mince, le corps admirablement proportionné, musclé. Il enfila un sous-vêtement, puis son pantalon, sa chemise, dont il laissa flotter les pans hors de la ceinture. Il dit :

– Lolies... c'est votre véritable nom?

Lolies ne l'avait pas quitté des yeux, tandis qu'il s'habillait : regard bleu, si bleu! réduit à une mince fente, sous les longs cils englués de fard.

– Quelle importance?

Elle avait presque souri. Presque. Du bout de l'ongle – rouge – de son auriculaire, elle toucha la commissure de ses lèvres – rouges –, fit une grimace.

– Aucune importance, c'est vrai, dit O'Quien. Pourtant, j'ai envie de vous poser une autre question... sans importance, elle aussi, probablement... Pourquoi faites-vous ce que vous faites?

– Sans intérêt, effectivement... Par contre, moi, je vais devoir vous demander quelques éclaircissements. Vous êtes un homme curieux, O'Quien. Ce qu'a pu me dire le vieux Noc, tout à l'heure, quand il a fait les présentations, ne me suffit certainement pas. Vous êtes un homme étrange... vous ne collez pas très bien à ce décor... et pourtant les figures typiques ne manquent pas, sur la Frontière.

– Qu'est-ce qui vous fait dire ça?

– Disons... une impression.

O'Quien soupira. Il leva les bras et les laissa retomber en un geste d'impuissance.

– D'accord, dit-il. Je vous écoute... Nous avons combien de temps devant nous?

– Vous avez payé pour le reste de la nuit. Voulez-vous boire quelque chose?

– Diable non!... ou plutôt, si : de l'eau. De l'eau fraîche, si possible. Je suis crevé, j'ai trop bu avec Noc et j'ai avalé une espèce de ragoût dont je garderai longtemps le souvenir.

– Je ne garantis pas la fraîcheur de l'eau, dit Lolies. Mais elle sera liquide...

Elle tourna les talons, et O'Quien la rappela.

– Lolies!

– Oui?

– Achevez de vous habiller, s'il vous plaît.

Elle le regarda comme s'il parlait soudain une langue étrangère, puis elle hocha la tête.

– Un homme bizarre, vraiment, sourit-elle.

Quelques minutes plus tard, elle fut de retour. Elle avait enfilé un pantalon de simili cuir très moulant, de teinte fauve, mais portait toujours cette tunique qui n'avait rien d'un vêtement. Laissant dans la pénombre la table en demi-lune poussée contre une cloison, elle posa au sol le plateau, la carafe et les verres. Debout devant la fenêtre, O'Quien regardait la rue; il revint dans le cercle de lumière et se baissa pour éviter que son front cogne la lampe à pétrole. Il s'agenouilla sur le tapis de mauvaise laine élimé, saisit la carafe et versa l'eau dans les verres.

– C'est votre chambre, ici?

Lolies le regardait faire. Elle acquiesça.

– Mm-mm.

Elle prit le verre qu'il lui tendait, et s'assit sur le bord du lit.

– Vous ne buvez pas? demanda O'Quien.

Les lèvres rouges de la jeune femme dessinèrent furtivement un nouveau sourire amusé.

– Un homme bizarre... et méfiant, dit-elle.

Elle but une gorgée d'eau.

O'Quien lui rendit sa mimique, leva son verre comme s'il trinquait dans le vide. Il but.

Et il attaqua :

– Donc, vous êtes chez vous. Mais Alano est ailleurs.

– N'oubliez pas : c'est moi, d'abord, qui interroge. Entre parenthèses, ce serait une bien mauvaise cachette. Qui êtes-vous, O'Quien? Que voulez-vous, réellement? Qu'attendez-vous d'Alano?

– Je l'ai déjà dit à Noc, et à d'autres.

– C'est exact. Toux ceux qui se trouvent dans le bar, sous nos pieds, en ce moment, savent que vous cherchez

Alano. Ils savent aussi que vous êtes avec moi, comme ils savent que je suis... très proche d'Alano.

– Et c'est ennuyeux?

– Ça se pourrait. Principalement depuis que cette bande de cinglés recommence à parler du retour des Migrants, avec cette histoire de boules de feu dans le ciel.

O'Quien reposa son verre vide sur le plateau. Il étira ses longues jambes, s'appuya sur ses mains, dans une posture qui lui remontait les épaules au niveau des oreilles.

– Des météorites, dit-il. Il n'y a pas de quoi fouetter un chat. Quelle est l'opinion d'Alano à ce sujet?

Lolies ne répondit pas directement.

– Ces cinglés ne sont pas des chats. Ils s'agitent et ils font beaucoup de remous. Pour la plupart de vieux adeptes de K.J., mais aussi des jeunes, tout nouvellement illuminés. Comme s'ils avaient besoin de croire très fort, une fois de plus, au retour des Migrants... et à leur existence. Ils voudraient manipuler Alano et se servir de lui.

– Je sais. Mais ce n'est pas mon cas. D'une certaine manière, ce n'est pas Alano qui m'intéresse, mais Kid Jésus. Et Kid Jésus est mort.

Lolies croisa ses jambes gainées de fauve. Elle avait les pieds nus, du vernis noir sur les ongles des orteils. Une légère nuée de transpiration brillait entre ses seins, dans l'échancrure de la tunique, sur son front également.

– Pourquoi vous intéressez-vous à Kid Jésus? Il est mort, vous l'avez dit. Et depuis huit ans.

– Pour le ressusciter, dit O'Quien.

Il laissa tomber les mots et attendit la réaction de Lolies. Elle pâlit à peine. Mais le coin de ses lèvres trembla; une ombre, plutôt dure, traversa son regard bleu.

– Ne vous alarmez pas, dit O'Quien.

– Vous vous moquez de moi?

– Certainement pas. Je m'explique. Quand je dis que je veux ressusciter Kid Jésus, cela signifie que j'aimerais lui rendre son identité véritable. Finalement, c'est davantage de Julius Port que je voudrais parler. C'est cet homme-là qui m'intéresse, sous le masque de Kid Jésus. Et ce serait, me semble-t-il, rendre service à un grand nombre de gens. Principalement à Alano.

Lolies fronça les sourcils.

– Je ne comprends pas.

– C'est simple. Kid Jésus est mort, après avoir fait trembler une bonne partie de la planète pendant deux années. Deux années bien remplies... On garde le souvenir d'une sorte de fou, prophète illuminé, que sais-je... On a écrit quelques mauvais livres à ce sujet. Jamais personne n'a touché la vérité. Il y avait deux Kid Jésus. Je pense qu'on a étouffé le bon, le vrai, pour ne conserver que la caricature, le fou, l'arriviste forcené, que sais-je... Il y avait l'homme social, et de poids, et le guignol mystique. On a préféré mettre l'accent sur le mystique. Je pense que Kid Jésus a été en partie manipulé, comme peut-être on voudrait manipuler aujourd'hui son premier disciple et son seul ami : Alano. Je voudrais écrire ce livre qui n'a jamais été écrit : le portrait de Julius Port, à travers l'itinéraire étrange de Kid Jésus. Vous pouvez comprendre que si je parviens à démontrer ce que je crois être la vérité, si j'arrive à gommer des souvenirs la carapace mystique, et mythique, du personnage, pour n'en faire qu'un homme passionné, vous comprendrez que cela rendrait service à Alano. Les cinglés le laisseraient en paix. Vous comprenez?

– Mais vous ne faites pas cela pour rendre service à Alano.

– Non, évidemment. Je veux dire que, du même coup, cela lui rendrait service. Je fais cela pour la vérité. Parce que la vie de Julius Port m'a toujours passionné.

Et parce que je pense que cela aura une grande portée sociale. A une époque de son existence, Kid Jésus a condamné irrémédiablement toutes ces théories fumeuses, planétaires, concernant l'Histoire de la Terre, et les Migrants – même, en partie, la théorie de l'endormissement de Blackswitch. C'est alors qu'il est devenu réellement dangereux pour beaucoup, je crois. Et c'est alors qu'il est redevenu le fou, le prophète, l'élu touché par la grâce ou les révélations d'une mémoire retrouvée, bref : le pitre gesticulant dont il s'était plu à jouer le rôle au début de sa carrière. N'empêche : il reste cette période de révolte absolue, dans la vie de K.J., cette période pendant laquelle il fut réellement lui-même. Voilà ce qui m'intéresse.

Lolies garda le silence, un long moment. Petit à petit, la fièvre passionnée quitta le regard de O'Quien. Il passa plusieurs fois sa langue sur ses lèvres sèches, se servit et but un second verre d'eau. Lolies l'imita. Les phalènes tournoyaient toujours. En bas, dehors, ailleurs, le brouhaha avait peut-être baissé d'un ton.

– D'où venez-vous, O'Quien? interrogea Lolies. Est-ce que vous êtes un révolutionnaire?

Il montra ses dents dorées, secoua la tête et passa sa main dans ses cheveux bruns coupés court.

– Je ne suis qu'un homme qui veut écrire un livre, parce qu'il pense que ce livre rétablira la vérité à propos d'un personnage historique. En espérant que ce livre, qui sait... en espérant aider d'autres hommes qui liront ce livre. Voilà. C'est tout. Je m'appelle Dyran O'Quien, je viens du Pays des Lacs de Mer, c'est la première fois que je mets les pieds sur un Territoire en cours de colonisation, et sur la Frontière, plus précisément. Dans mon Territoire natal, j'exerce la profession de chroniqueur, occasionnellement, dans un journal local. Je suis aussi écrivain de contes pour les enfants, et champion du Nord-nord de tir au pistolet, depuis l'année dernière. Et si j'écris ce livre sur Kid Jésus, j'espère bien, du même coup, me faire une place dans le domaine des lettres. Je suis célibataire, j'avais jusqu'à la semaine dernière, une maîtresse qui s'appelait Evvie – mais nous avons rompu. Et je ne vois pas quoi vous dire d'autre.

Lolies écouta la tirade en conservant un visage de marbre. Elle posa son verre au sol, pressa le tissu de sa chasuble contre sa poitrine, comme pour éponger la sueur qui brillait sur sa peau.

– Vous pouvez faire du mal à Alano. Vous ne le connaissez pas. Vous ne savez rien de lui, vous ne savez pas comment il a vécu depuis huit années, ni ce qu'il a enduré.

– C'est vrai. Mais je ne crois pas, très sincèrement, que je puisse lui faire du mal. Au contraire. Je vous l'ai expliqué.

– Je ne suis pas certaine d'avoir bien compris, et je ne sais pas ce qu'il en pensera. Il est très déprimé, en ce moment, avec ces cinglés qui tournent autour de lui.

– Je vous le répète, dit O'Quien, en s'efforçant visiblement de ne pas s'énerver (apparemment, il était du genre à s'emballer facilement). Je vous le répète... s'il veut bien, je le protégerai plutôt contre ces individus.

– Vous êtes armé?

– Non. Mais je...

– Bon. Je vous prêterai une arme.

Elle se redressa, cambra les reins. Selon toute évidence, brutalement, elle avait pris une décision. La pointe brune de ses seins tendait l'étoffe translucide de la tunique. O'Quien hocha lentement la tête, mais s'abstint de sourire à la victoire. Il dit :

– Vous l'aimez?

Lolies se leva, fit quelques pas, toujours cambrée, mains plaquées sur ses hanches. Elle se laissa aller en soupirant.

– Qui sait? dit-elle.
– Je ne comprends pas.
– Mais vous avez fait un grand voyage pour tenter de comprendre des choses... Non?
– Exact.
Elle regarda du côté de la fenêtre. Le feu vibrait dans ses cheveux et elle avait l'air un peu triste. Un peu.
– Vous savez, dit-elle, si vous avez une idée quelconque au sujet d'Alano, abandonnez-la. Tout de suite.
– Un manchot, qui ressemblait assez à son maître. Coureur de filles, bon vivant, le poing facile...
Lolies le regarda et sourit amèrement.
– Un manchot, oui. C'est tout. Je crois que vous serez déçu et je ne sais pas si vous pourrez écrire votre livre. Ecoutez-moi : si vous ne parvenez pas à vos fins... je veux dire, si Alano ne veut pas coopérer, par exemple... jurez-moi que vous ne lui en tiendrez pas rigueur, que vous n'essaierez pas de vous venger.
– Comment voulez-vous que...
– Jurez.
– D'accord. C'est promis.
– Sinon, souffla Lolies, je suis capable de vous tuer.
Il soutint son regard, sans ciller. Après quelques secondes, il se leva à son tour, essuya son front moite sur l'avant-bras de sa chemise.
– Je crois, dit-il sur un ton inhabituel, que vous êtes une brave fille, Lolies.
– Foutez-moi la paix avec ça. C'est bien plus simple. Et vous pourrez le mettre dans votre satané livre, si ça vous chante. Il y a un an, dans un bar du genre de celui-ci, sur la Frontière, quatre pauvres cons s'amusaient à faire chanter un débris humain, pour un verre de rhum rouge. J'ai eu le malheur de dire à haute voix ce que je pensais de ce genre de bêtise, et les pauvres types se sont retournés contre moi. Alors, le débris s'est métamorphosé en fauve. Voilà comment s'est formé le tandem de la pute et du manchot. Le plus drôle, c'est

que ce coureur de filles n'a jamais essayé une seule fois de coucher avec la pute – le seul de toute la Frontière, c'est certain. Ça ne fait pas un beau cliché pour votre grand livre?

O'Quien garda le silence un instant, puis il souffla :

– C'est un livre sur Kid Jésus, n'oubliez pas ça, Lolies.

Elle rejeta ses cheveux en arrière et poussa un petit rire acide.

– Bon, dit-elle. Attendez une seconde : je passe une veste, je vous donne ce flingue que je n'ai jamais su utiliser.

– Je ne pense pas qu'une arme...

– S'il vous plaît, coupa Lolies. Essayez de ne pas dire trop de conneries.

La nuit s'achevait.

Dans la salle du bar, la foule des clients était réduite au tiers de ce qu'elle était lorsque O'Quien était monté avec Lolies. Cela faisait encore une bonne quarantaine de personnes, et sur ce nombre la moitié étaient affalés sur les tables, ou même à terre. Noc M'Mamby était de ceux-là. Le long du bar, un groupe de cinq ou six indéracinables assuraient à eux seuls le tapage, et trois filles leur tenaient compagnie. Les serveurs avaient des mines de cadavres ambulants. Les trois j.b. étaient silencieux, plus personne ne songeant à glisser de nouvelles pièces dans leurs bouches fendues – ou ils étaient débranchés. La fumée était à couper au sabre, des odeurs de vomissures alcoolisées s'ajoutaient aux puanteurs ordinaires.

O'Quien traversa la salle sur les talons de Lolies. Deux gaillards débraillés et sérieusement imbibés, l'œil torve, la lippe salivante, tentèrent de barrer le chemin de la fille : elle n'eut qu'à les pousser du bout des doigts pour qu'ils s'écroulent avec fracas, dans un tonnerre de rires.

Dehors, avec le petit matin naissant, un semblant de fraîcheur tombait du ciel encore gris. Les dernières étoiles achevaient de brûler.

Sur le perron de la maison d'en face, deux hommes étaient couchés dans les bras l'un de l'autre. Un des deux hoquetait laborieusement une chanson à la mode. Il y avait cette voix éraillée, quelques accents lointains de musique échappés d'autres bouges, le rire fatigué d'une fille dans le bar, derrière eux, une bordée de jurons lancée sur un ton traînant. Un chien traversa la rue de boue séchée.

– Venez, dit Lolies.

O'Quien la suivit.

Ils remontèrent la rue sur trois ou quatre cents mètres. Mis à part ces résidus sonores qui voletaient parfois comme des mouches au-dessus du cadavre de la fête nocturne, c'était le silence. Le bruit de leurs pas, sur les planches et les tôles des trottoirs. Quelque part, des chiens se battaient rageusement; cela dura quelques minutes, puis plus rien. Un oiseau se mit à crier.

Ils obliquèrent, dans une ruelle étranglée, après que Lolies eut regardé derrière elle. Le sol était jonché de détritus divers, d'excréments. Ils traversèrent plusieurs saignées profondes – des tranchées qui recevraient, probablement, les buses des différentes canalisations souterraines, quand la ville serait une ville. O'Quien aida Lolies à franchir ces passages difficiles.

Puis ce fut un terrain vague encombré de machines de terrassement, et encore un autre terrain vague qui servait de dépôt de matériaux. Les tas de poutres et de bastaings étaient hauts de plusieurs mètres. Ils quittaient ce labyrinthe de poutres entassées et de planches quand les trois hommes surgirent devant eux.

Lolies poussa un cri de surprise. O'Quien sursauta et grogna.

– Où est-il? dit le premier des trois hommes.

Ils s'étaient matérialisés comme par miracle, émergeant d'un reste d'ombre engluée dans une touffe de hallier échappée du défrichage. Tous trois vêtus de combinaisons une pièce, en toile claire. Ils n'étaient pas ivres, mais peut-être aurait-il mieux valu qu'ils le soient. Des anneaux d'argent perçaient leurs oreilles et tiraient sur les lobes.

– Où est-il? répéta l'homme, le plus grand des trois.

La main de O'Quien, dans la poche de sa veste, se referma instinctivement sur la crosse du pistolet. Lolies recula d'un pas, il fit de même.

– On sait, dit l'homme. On sait qui tu es, la fille. Et toi aussi. On sait qu'Alano est séquestré, que tu le caches, putain.

Il parlait sans colère, d'un ton parfaitement détaché.

– Nous avons besoin de lui. Le monde entier a besoin de lui! Les Temps sont venus, et les signes! Il est la parole de Kid Jésus le béni. Mène-nous à lui, la fille.

Lolies recula encore, lentement. Elle lança un coup d'œil en direction de O'Quien.

– Sauvez-vous, dit O'Quien.

Sa voix tremblait un peu. Il répéta :

– Sauvez-vous.

Le bavard du trio secoua la tête. Sa boucle d'oreille lança quelques éclairs.

– Vous entravez le cours de l'Histoire, dit-il. Ne comprenez-vous pas? Alano doit nous guider, nous conseiller. Les Temps sont là, son martyre est fini. Vous devez nous le rendre.

– Foutez-moi le camp, dit O'Quien. Dépêchez-vous.

– C'est ridicule. Dérisoire. Vous devez coopérer. Nous savons que cette fille cache notre maître et guide. Elle bâillonne la Parole de l'Envoyé. Vous-même, monsieur, pourquoi cherchez-vous Alano? Si vous n'êtes pas des nôtres, vous êtes un ennemi, la main qui peut-être lui donnera la mort. Car ils sont nombreux, ceux qui veulent le silence éternel, ceux qui pensent être de taille à empêcher les Temps d'arriver. Ils sont nombreux, mais ils ne pourront rien! Les signes sont revenus! Ils ont illuminé le ciel.

– Des météorites, dit O'Quien. Ça suffit, maintenant. Débarrassez le plancher.

L'homme garda le silence un bref instant, puis il fit un mouvement, comme s'il voulait s'élancer, mais s'immobilisa aussitôt. On le sentait vibrer d'une énergie farouche, mal contenue.

– Toi, la fille souillée! tu veux la mort de notre guide! Tu veux sa mort, mais tu n'y parviendras pas! Nous te donnons une dernière chance.

Les deux autres bougèrent en même temps, derrière le meneur. Ils avaient sorti leurs mains de leurs poches : des lames brillèrent dans la nuit qui s'effilochait.

– Tirez! cria sèchement Lolies.

Le cri fit sursauter O'Quien. Il perdit une seconde. L'homme de droite sauta en avant, sa lame brandie.

Un « plop! » sec, même pas une détonation – O'Quien comprit qu'il avait appuyé sur la détente. L'homme pivota sur la pointe des pieds en râlant, puis il poussa un cri aigu et s'écroula. Son couteau tinta sur une pierre. Le type se tordit au sol, mains pressées sur son ventre.

O'Quien poussa une sorte de râle, lui aussi, braquant son pistolet sur le second individu armé. L'élan de celui-ci fut coupé net. Il y eut un grand, un interminable moment de temps suspendu, avec le bruit terriblement enflé de la rivière, en contrebas du talus. L'homme armé jeta son couteau, tourna les talons. Il s'élança à toutes jambes vers l'extrémité du terrain vague, suivi dans la seconde par celui qui avait parlé.

– Bon Dieu, tirez dessus! Tirez dessus!

O'Quien regarda Lolies. Il gronda quelque chose, se décida à mettre en joue les fuyards, mais trop tard. Ils avaient disparu.

Le bras de O'Quien retomba.

– Achevez celui-là, dit Lolies.

O'Quien posa sur l'homme à terre un regard ahuri. Avant qu'il réagisse, Lolies lui arrachait le pistolet et de la main, posait le canon sur le crâne rasé du blessé et tirait.

Elle garda le pistolet, empoigna O'Quien par la manche et le tira vers la rivière. Elle marchait vite, et il suivait en trébuchant à chaque pas. La rive du fleuve était sablonneuse, encombrée de racines, de branchages. A un moment, Lolies s'arrêta. Elle saisit O'Quien aux épaules, le secoua. Sans rien dire.

Il demeura hébété, puis porta la main à son front.

– Je l'ai tué...

La rivière chantait à ses pieds. L'eau vive emporta le gémissement d'O'Quien. Lolies l'obligea doucement, fermement, à la regarder en face. Ses lèvres peintes faisaient une tache dans la pâleur de son visage. Elle avait une mèche de cheveux, sur le front, qui se balançait.

– C'est moi qui l'ai achevé, dit-elle. Et mettez-vous dans la tête qu'ils étaient bien décidés à utiliser leurs couteaux.

– Bon Dieu! gronda O'Quien. On a tué ce type comme... comme ce sacré papillon qui...

– Fermez-la, O'Quien. Ecoutez-moi : vous êtes sur la Frontière, et ce n'est pas n'importe où. Des hommes, des femmes, sont abattus tous les jours, toutes les nuits. Ceux-là n'auraient pas hésité. Ce sont les cinglés dont on parlait il n'y a pas si longtemps, et vous vous êtes fait fort de protéger Alano contre eux. Rappelez-vous.

O'Quien soutint le regard de la fille un moment, ensuite il laissa exprimer un long soupir et regarda la rivière. Vers l'est, le ciel au-dessus des collines ramassées devenait blanc laiteux.

– Vous êtes venu de votre plein gré, O'Quien. Vous voulez faire la lumière sur un personnage qui a drainé des dizaines de morts derrière lui. Vous êtes en plein dedans, O'Quien, et il va falloir tenir le coup. Vous m'entendez? Vous croyez tout savoir, mais vous ne connaissez rien. Vous voulez Alano : vous venez de payer votre billet d'entrée dans le cirque.

O'Quien pressa ses deux mains sur sa poitrine, comme s'il étouffait. Il respira profondément.

– Ça va, dit-il. Ça va. D'accord.

– Venez, dit doucement Lolies.

Il la suivit.

Un quart d'heure plus tard, O'Quien était en face d'Alano Teeshnik. Le jour se levait franchement.

Initialement, les Territoires de fouilles étaient au nombre de quinze, de superficies variables, disséminés sur les cinq continents de la planète. Ils étaient plus ou moins riches en vestiges intéressants, plus ou moins faciles à exploiter et leur histoire s'accompagnait de légendes plus ou moins maléfiques. C'était ainsi dans les premiers temps de la Confédération des Pays et Territoires, immédiatement après ces périodes floues que l'on appelait, faute de mieux, le Chaos.

La Confédération avait pris corps, s'était structurée efficacement, en 2300. (Mais l'année 2300 de quelle ère? Personne n'en savait rien. Plus personne. Evidemment, la planète Terre était beaucoup plus âgée... 2300, cela ne voulait rien dire. C'était juste une base référentielle creuse, mais une base : il en fallait bien une. On aurait pu tout aussi bien dire : l'an 1. Mais non. Cette datation mensongère n'aurait pas été crédible psychologiquement. Il y avait le passé, et le passé comptait, pesait lourd, même s'il était totalement inconnu. Il y avait eu le Chaos. Les ruines et les décombres existaient : on essayait de les inventorier, de les recoller, de les lire, et cela donnait des résultats incompréhensibles. Mais tout ceci *existait.*) Soixante-trois ans plus tard (2363), sur les quinze Territoires de fouilles originaux, il n'en restait plus que neuf. Six étaient devenus des Territoires colonisés, habités, des Pays représentés par un gouverneur territorial sur les bancs du C.C.P. (Conseil Confédéral Planétaire); ils avaient été fouillés et retournés, labourés en long et en large, essorés, pressés, on avait extirpé de leurs ruines d'avant le Chaos tous les renseignements, toutes les informations possibles, et les hordes des fouilleurs avaient, du même coup, lavé ces espaces sauvages de leurs diverses réputations maléfiques : ils avaient été décrétés bons pour la colonisation, bons pour leur entrée dans la Confédération en tant que pièce intégrée du grand puzzle.

Le Territoire F. était le sixième et le dernier (présentement) des Territoires de fouilles convertis. Le décret datait de 2361. Depuis deux ans, sur cette immense étendue de plusieurs milliers de kilomètres carrés, la Frontière de la « civilisation » avançait vers l'ouest, vers la mer.

Entre l'instant où un décret d'intégration était décidé et celui où le Territoire admis au sein du C.C.P. était effectivement ouvert aux colons, il se passait généralement un certain laps de temps mort, quelques semaines ou quelques mois, suivant les cas. Une période transitoire pendant laquelle des équipes officielles d'occupation des sols agissaient, donnant un dernier coup de balai, veillant à ce que les fouilles s'arrêtent et préparant, canalisant au mieux la future ruée. Les sites des principales villes à bâtir, par exemple, étaient étudiés, compte tenu de la géographie, des futurs programmes économiques étudiés et désignés. Des cartes étaient dressées, des plans, bref, toute une série d'anticipations à plus ou moins long terme que les colons devraient s'efforcer de concrétiser.

Ces équipes d'études et de prospective établissaient des camps de base, des Q.G. fixes à travers tout le Territoire et à partir desquels ils rayonnaient, couvrant une aire de travail de plusieurs dizaines de kilomètres de diamètre. Par la suite, le plan d'occupation établi, ces camps de base servaient généralement de repères et de « fondations » pour les principales villes futures à construire – on y trouvait par exemple les structures des premiers centres-relais énergétiques en liaison directe avec le réseau couvrant les Territoires voisins civilisés, ce qui n'était pas négligeable, en attendant mieux.

Rivière Bleue se construisait autour d'un de ces postes occupés deux ans plus tôt par les équipes de planification.

Le poste avait été bâti en dur, fer et bois, et comprenait plusieurs bâtiments; le délai d'alternance des saisons chaudes et froides n'était pas suffisamment long pour avoir sérieusement détérioré les constructions – lesquelles seraient naturellement démolies en temps voulu, laissant la place à la ville neuve.

Certains de ces bâtiments avaient servi de hangars de dépôt de matériel, d'autres étaient des logements-dortoirs, d'autres encore avaient abrité, et abritaient toujours, les épaves de bulls, Trax et excavatrices diverses abandonnées par les fouilleurs.

C'était là, dans ces anciens dépôts, que se cachait Alano.

Une des baraques s'était effondrée, ses décombres s'entassaient pêle-mêle sur la berge et, partiellement, dans l'eau. Il avait fallu escalader ces poutrelles, planches et bastaings; Lolies se déplaçait au milieu de tous ces pièges sans problème, et ses chaussures à talons hauts ne l'handicapaient nullement : visiblement, ce n'était pas la première fois qu'elle empruntait ce passage. O'Quien suivait, comme un somnambule – il s'était pourtant ressaisi, en partie, après le choc émotif provoqué par la mort brutale de l'« illuminé » à boucle d'oreille d'argent. Il glissa plus d'une fois, s'écorcha même l'avant-bras sur les crocs tordus des décombres.

Ils se retrouvèrent sous un vaste hangar très encombré d'épaves de véhicules fouilleurs en tout genre. La rouille avait une odeur étrange qui se mêlait à des relents de moisissures. Ils louvoyèrent parmi ces cadavres de monstres aux stades les plus divers de la décrépitude ou de la désagrégation et se retrouvèrent finalement au pied d'un escalier métallique, toujours à l'intérieur du hangar, et qui grimpait contre une paroi vers une espèce de guérite suspendue à quatre ou cinq mètres de hauteur, sous le toit. Plusieurs marches étaient piégées : Lolies les lui indiqua. Il y avait, au sommet de l'escalier, une sorte de petit palier muni d'un garde-corps. Lorsqu'ils arrivèrent à ce niveau, O'Quien soufflait très fort. Lolies lui adressa un coup d'œil goguenard. Le jour entrait sans problème dans le bâtiment par une profusion de trous percés dans la toiture. Le visage de la jeune femme était gris, avec cette tache trop sombre des lèvres peintes, et, seule marque de l'effort qu'elle venait de fournir, peut-être une légère rougeur aux pommettes. Elle dit :

– Vous êtes peut-être champion de tir, mais pas de course à pied...

O'Quien essaya de sourire. Il demanda :

– A quoi servait cette construction? Et cette cabine?

Pour toute réponse, Lolies haussa les épaules – ce pouvait être un signe d'ignorance, ou alors elle jugeait la question sans intérêt. Elle frappa à la porte de la guérite et dit, la joue appuyée contre le battant :

– Lano... C'est moi. Tout va bien. C'est Lolies.

Elle ouvrit la porte.

La pièce mesurait approximativement quatre mètres sur quatre, mais la pente raide du toit formant plafond réduisait singulièrement son espace : deux mètres au sommet de la pente, quatre-vingt centimètres à son niveau bas. Une fenêtre était découpée juste au centre, plus exactement une trappe vitrée, et le carreau brisé était remplacé par une feuille de matière plastique en lambeaux. Ce n'était pas une pièce; un réduit... et un réduit très encombré, qui plus est. Débris de caisses, emballages de carton, paillasses de mousse, une chaise aux pieds sciés, un réchaud à gaz avec son détendeur qui pendait dans le vide, sous l'étagère bricolée.

Lolies referma la porte derrière eux. Ses premières paroles, en guise de présentation, furent :

– C'est un ami, Lano. Il s'appelle O'Quien et en venant ici on est tombés sur une bande de cinglés. O'Quien en a descendu un.

Le ricanement, sec, monta d'un tas de matelas roulés, dans l'angle droit, sous le toit. Un des matelas roula en avant, découvrant le minuscule espace au fond duquel l'homme était accroupi. Il tenait un fusil à canon scié; l'arme était braquée très exactement sur le ventre de O'Quien.

– J'ai soif, nom de Dieu, couina Alano. Et j'ai chaud, et je n'ai pas dormi. Qu'est-ce que tu foutais?

Sans se démonter, Lolies passa devant O'Quien et se planta directement dans la ligne de mire du fusil. Pendant quelques secondes, elle regarda au dehors, écartant un lambeau de plastique. Puis elle eut un soupir satisfait. Elle retira ses chaussures, saisit dans une caisse une bouteille d'eau qu'elle donna à Alano. Elle recula, courbée en deux, et se redressa dans la partie haute de la pièce.

– Tu aurais pu sortir de sous tes matelas, non? Et boire un coup.

D'une main, Alano tenait la bouteille – et de l'autre, toujours le fusil braqué sur O'Quien. Il fit sauter la capsule d'un coup de pouce, but goulûment. Du liquide coula sur sa chemise. Il reposa la bouteille entre ses jambes, dit :

– J'ai pas bougé de la nuit. Il y a eu des bruits, en-dessous. Ces salauds me cherchent. Ils vont finir par me trouver.

– Pas encore, fit Lolies, adossée à la cloison. Il n'y a

pas encore de danger. Dans les temps qui viennent, on démontrera peut-être officiellement qu'il s'agissait de météorites, et tout sera fini.

– Météorites? couina Alano.

Il se remit à rire, secoué tout entier par une série de sursauts brefs – curieusement, son fusil ne bougeait pas.

Alano Teeshnik! Le premier compagnon fervent et dévoué de Kid Jésus! Le disciple efficace, bourré d'énergie... là, vieillard de vingt-neuf ans, tassé dans cette encoignure entre deux matelas roulés, hirsute, le front dégarni, les yeux fiévreux, la barbe bientôt blanche! Ce presque mort squelettique aux os saillants sous les vêtements crasseux, puant l'urine rance et la sueur...

– Je suis... très content de vous rencontrer, Alano, dit O'Quien d'une voix plutôt vacillante.

– Qu'est-ce qu'il a? éructa Alano. Je lui fais peur?

– Je crois qu'il est encore secoué par ce qu'il vient de faire, dit Lolies. Il a descendu un de ces cinglés, je te l'ai dit.

Le canon du fusil s'abaissa. D'un seul coup.

Alano émit un curieux bruit de gorge, une sorte de gloussement satisfait.

– Un de moins! Assieds-toi, là, sur la chaise. Il faudrait les tuer tous, tu entends? Comment tu t'appelles?

– O'Quien, dit O'Quien, en pliant les jambes pour s'installer sur la chaise. Dyran O'Quien.

– D'où il sort? glapit Alano. Qu'est-ce qu'il fiche avec toi?

Il s'adressait tantôt à Lolies, tantôt à O'Quien, mais son regard était en permanence posé sur ce dernier. Un regard... oui : un regard d'homme très éprouvé psychiquement...

– C'est Noc qui me l'a envoyé, dit Lolies. Il veut t'aider. Il veut te parler.

– Pourquoi? lança Alano.

Le canon de son fusil était toujours baissé... mais

O'Quien, maintenant assis, se retrouvait comme par hasard dans le prolongement du canon.

– Dis-lui, toi, dit Lolies. Fais ton numéro, O'Quien.

O'Quien acquiesça. Il déglutit plusieurs fois. Puis il « fit son numéro »...

Il parla longuement, avec application, utilisant des mots simples et précis – un peu comme s'il s'adressait à un enfant. Au fur et à mesure, il prit de l'assurance, sa voix se posa, redevint normale et ferme. Certainement, le choc causé par la funeste intervention des fanatiques, et celui de la rencontre avec Alano, s'estompaient graduellement, se diluaient. A pied d'œuvre, planté réellement dans ce moment tant attendu, O'Quien se retrouvait d'aplomb. Les sourires tout en or ponctuaient de nouveau son propos. Il parla, et Alano écouta, sans l'interrompre une seule fois. Lorsqu'O'Quien se tut, l'homme maigre fit entendre de nouveau son petit rire sec et nerveux.

– Où est mon intérêt? grinça-t-il. Dans tout ça, où est mon intérêt? Pourquoi as-tu dit qu'il me voulait du bien?

La question s'adressait probablement à Lolies – du moins la seconde partie – mais O'Quien répondit.

– En détruisant l'image essentiellement mystique de Kid Jésus, je vous mettrai à l'abri de ceux qui persistent à s'intituler ses adeptes.

Il se remit à parler, expliquant longuement ses motivations, et pourquoi une partie seulement du personnage de Kid Jésus lui semblait digne d'intérêt, la seule digne de réflexion, qui devait être montée en épingle. Alano écouta avec beaucoup d'attention, dans une attitude très « normale », et lorsqu'O'Quien eut fini d'argumenter, il ricana de nouveau, sèchement.

– Et s'ils avaient raison, hein?

– Pardon? fit O'Quien.

– S'ils avaient raison, nom de Dieu... S'ils avaient réellement besoin de moi! Si Kid Jésus avait dit vrai?

C'est peut-être vrai! C'est peut-être le retour des Migrants! C'est peut-être le moment!

– Vous... vous ne pouvez y croire, Alano! souffla O'Quien, tout sourire envolé.

– Je peux y croire! s'exclama Alano. Je peux croire ce que je veux et ce qui me plaît! Tu décides de ce qui était juste ou non, ce qui t'intéresse ou pas, dans la vie de Kid! Tu ne sais rien, rien! Personne ne sait rien! Ils se trompent tous, tous autant qu'ils sont! Toi aussi tu te trompes, j'en suis sûr! Moi, je connaissais Kid! Tu entends? Moi seul. Il était peut-être sincère quand il parlait des Migrants, surtout en dernier. Surtout en dernier! Peut-être qu'il était vraiment *désigné*! Personne ne sait!

– Ne t'énerve pas, dit Lolies. Ce n'est pas nécessaire.

Pour la première fois, Alano la regarda franchement, mais rapidement, avant de reporter son attention sur O'Quien. Il dit :

– Tu restes là, n'est-ce pas? Tu ne me laisses pas avec ce type?

– Je reste là, rassura Lolies, sur un ton fatigué.

Elle se laissa glisser contre la cloison et s'assit à terre, sur des cartons. Elle enserra ses jambes relevées dans ses mains et posa son menton sur ses genoux. Des trois occupants du réduit c'était encore elle qui semblait la moins éprouvée par une nuit de veille – Alano avait annoncé qu'il n'avait pas fermé l'œil, ce qui devait être vrai, vu les marques profondes sur son visage.

La lumière changea, avec le soleil levé. Les lambeaux plastifiés de la fenêtre-tabatière prirent une teinte irisée, jaune sale, et se mirent à frémir sous la caresse d'un petit souffle de vent.

O'Quien frissonna. C'était davantage l'effet de la fatigue et de la tension, car il faisait déjà étouffant dans la pièce.

– Vous ne pouvez pas être sincère dans ce que vous

affirmez, Alano, dit-il d'une voix douce. Pourquoi, sinon, craindre ces anciens disciples convaincus de Kid? Ils penseraient comme vous, et ne souhaitent que vous redonner une place que vous avez perdue... une meilleure place, peut-être.

– Tu ne sais rien! répéta Alano. La place que j'ai perdue... c'était un soulagement, tu entends? Je ne veux plus que ça recommence! Je ne veux plus qu'on se serve de moi! On s'est servi de moi, Kid le premier! Et on s'est servi de lui! Mais moi... moi... Oui, il s'est servi de moi, peut-être à cause de cela!

Il lâcha son fusil. O'Quien s'aperçut alors qu'Alano tenait son arme coincée sous son coude gauche, contre sa hanche et le canon appuyé sur sa cuisse; il brandissait son avant-bras gauche amputé au ras du poignet, le moignon enveloppé dans une espèce de chiffon déchiré. Un méchant fil de fer recourbé jaillissait de ce chiffon... un crochet tortillé, juste de quoi appuyer sur une détente...

– A cause de ça, dit Alano – et il replaça le moignon contre le pontet de l'arme. Il s'est servi de moi, oui... Je ne veux plus, tu entends, que ça recommence. Tu ne sais rien.

– Croyez-vous réellement que ces lumières soient...

– Non, dit Alano. Je ne sais pas. Peut-être. Je veux croire que non, ou alors, ce serait... tellement drôle!

– Drôle?

– Amusant! Comique! A en crever! Oui, tellement drole!

Il ouvrit la bouche et renversa la tête en arrière, comme s'il allait éclater de rire, mais s'immobilisa. Il souffla :

– Ecoutez!

Ils écoutèrent. La respiration d'Alano sifflait. Dehors, des bruits lointains s'élevaient et planaient dans le premier soleil.

– Il n'y a rien, dit Lolies. Tu veux que je prenne le guet, devant le hangar?

– Non! Reste ici... Reste avec nous... On les entendra bien depuis ici. Par la fenêtre on les canardera. O'Quien tirera aussi : il y a un fusil pour lui. Il y a autant de fusils que tu veux, et des munitions, O'Quien. J'ai tout ce qu'il me faut.

– On ne risque rien, Lano, apaisa Lolies, patiemment.

O'Quien lui jeta un coup d'œil; elle fit comme si elle n'avait pas remarqué.

– Alano Teeshnik, avec une putain! dit Alano. C'est comique, ça aussi, non? C'est dans l'ordre des choses! Tu sais pourquoi j'ai rencontré Kid? Tu sais pourquoi?

– Non, dit O'Quien.

Alano aspira profondément et retint son souffle. Son regard brillait. Puis il expira, et, comme s'il venait de prendre une décision ferme :

– Je vais te dire. Je vais tout te dire. Tout te raconter. Tu t'intéresses à Kid? Tu vas savoir. Prêt?

– Une seconde, dit O'Quien.

De sa poche de veste, il sortit l'enregistreur, le posa devant lui, sur un carton d'emballage qui avait contenu des bouteilles de rhum rouge et le mit en marche.

– Je vais te raconter, murmura Alano.

HIVER 2353

Kid profita de l'inconscience du type pour examiner de plus près, et en pleine lumière, son moignon. Ce n'était pas très joli. La plaie grossièrement cautérisée avait un aspect plutôt suspect; l'os carbonisé en surface apparaissait en plusieurs points, parmi les boursouflures de chairs noircies. Avec ce qu'il trouva dans sa trousse de secours de bord, Kid confectionna un pansement armé d'une attelle, de manière à protéger la plaie le plus efficacement possible. Quand cela fut fait, il déboucha une fiasque de rhum rouge, pour son compte personnel...

Dehors, Naidoc, Vurdin et Viliane avaient regagné leurs Tri-pelles. La neige s'était mise à tomber en abondance, couchée en rafales presque horizontales par un vent déchaîné. Les hautes flammes de l'incendie du petit bull avaient été soufflées, ne subsistaient que quelques brassées d'étincelles rouges, parfois, crachées par l'épave agonisante et vite emportées par la bourrasque. Le seul bruit était celui du vent dans la nuit blanche rudement troussée.

La radio de bord demeurait silencieuse. Kid était à peu près certain qu'ils ne l'appelleraient pas. Pourquoi l'auraient-ils fait? Pour demander des nouvelles du blessé? Ils s'en moquaient royalement du blessé, et s'il avait fallu se ranger à leur décision, l'homme serait mort, en cet instant, raide et enseveli, effacé, disparu... jusqu'à ce qu'un jour prochain, qui sait, une lame de Trax le fasse jaillir hors de la croûte gelée, comme une bûche. Peut-être conversaient-ils entre eux radiophoniquement, pour échanger leurs impressions... et probablement se demander quelle mouche avait bien pû piquer Kid.

Il s'interrogea lui-même à ce propos. La « mouche » était probablement la même que celle qui avait piqué Vurdin, cinq ans plus tôt, quand le doyen de l'équipe avait décidé d'accepter Kid au sein du groupe. Allez savoir pourquoi... Dans ce cas précis, Kid avait sa petite idée, naturellement, mais il la gardait encore enfouie au fond de sa conscience, et il ne tenait pas à la laisser grimper en surface. Pas encore. Bon, il s'était chargé de ce type. Il en avait maintenant la responsabilité. Ce ne serait pas facile, étant donné que le « naufragé » n'avait même plus de véhicule, et qu'il devrait partager le Trax de son sauveteur. Pas facile... mais rien ne serait facile, de toute manière, dans ce que mijotait Kid depuis un certain temps. Depuis qu'il avait trouvé la cassette.

Le type ouvrit les yeux, regarda autour de lui, probablement sans rien distinguer nettement. Son regard s'immobilisa quand il rencontra celui de Kid.

– Ne t'en fais pas, camarade, dit Kid.

L'autre fit une drôle de grimace et retomba dans l'inconscience.

– Vlan, murmura Kid.

Deux heures plus tard, le type refit surface. Cette fois, cela semblait plus sérieux; ses yeux n'étaient plus voilés de flou, au contraire : la douleur y était gravée. Il se dressa péniblement sur son coude valide et fit mine de vouloir faire basculer ses jambes hors de la couchette.

– Pas question! dit Kid. Reste allongé, tiens-toi tranquille. Ne te fais pas de bile, tu es à l'abri dans mon Trax.

Une fois de plus, le type regarda autour de lui, cette fois en enregistrant les détails du décor de la cabine-habitat : le plafond d'isolatrex, les parois lambrissées, avec les hublots cerclés de métal, la couchette sur laquelle il se trouvait, la table, les placards, les caisses et cartons de victuailles en conserves, entassés dans un coin, le combiné-cuisine encastré. Il regarda également Kid, assis sur une caisse, à deux pas.

– Je m'appelle Kid, dit ce dernier, offrant sa fiasque au blessé. Et toi?

– Ala... Alano Teeshnik, dit l'homme.

Il saisit la fiasque et la porta à ses lèvres. Pour cela, il dut se pencher en avant car il était toujours appuyé sur son coude droit; ce n'était pas la position rêvée pour boire au goulot et un peu de liquide coula sur son menton barbu. Kid reprit la fiasque. L'alcool ingurgité colora les pommettes d'Alano Teeshnik. Il allait parler, mais son regard fut traversé par une onde douloureuse assez vive. Il gémit, et pour la première fois porta son attention sur son avant-bras gauche bandé. La coloration des pommettes disparut d'un seul coup. A l'évidence, il se souvint.

– Eh! bon Dieu! fit-il d'une voix alarmée. Qu'est-ce qui vous a pris?

– Ce n'est peut-être pas le moment d'en parler, non? dit Kid. Repose-toi. Prends ton temps.

– Qu'est-ce qui vous a pris? répéta Alano, le regard toujours braqué sur ses bandages, progressivement chargé de panique.

Sous les pansements, il essayait peut-être de remuer ses doigts, au sein de la douleur brûlante, il voulait se rendre compte...

– Et toi, dit Kid. Qu'est-ce qui t'a pris de t'amener comme ça, sans prévenir, comme une espèce de maraudeur? Qu'est-ce que tu avais dans la tête, Teeshnik, pour surgir de la sorte en plein secteur de fouilles contrôlé? Tu as eu une fameuse veine que Vurdin ou Naidoc ne t'allument pas d'une rafale sans autre forme de procès!

– Ma main! glapit Alano. Est-ce que... Bon Dieu! ma main! *qu'est-ce qu'elle a*?

– Rien. Elle n'est plus là, c'est tout. Et ça aussi, c'est de la chance : sortir d'un pareil crash avec pour tout bobo une main coupée, c'est...

– *Une main coupée*!

C'était un parfait cri d'horreur. Alano Teeshnik, une fois de plus, s'évanouit.

Kid resta indécis un moment. Il n'était pas vraiment fatigué, plutôt très énervé. Trop énervé pour pouvoir s'endormir, ou pour se remettre à l'étude de la cassette. Finalement, il s'étendit au sol, sur une couchette de toile caoutchoutée qu'il déroula et gonfla. Il attendit que ses yeux se ferment d'eux-mêmes. Il attendit longtemps.

Le lendemain, et les jours qui suivirent, la neige tomba.

Tantôt c'était des averses lourdes et molles de bons

gros flocons, tantôt le vent entrait dans la danse et chamboulait tout en s'accompagnant de musique hurlante. Dans de semblables conditions, tout travail de fouilles était inconcevable. Les horizons s'étaient envolés, emportés sans rémission par la tempête. Guider un Trax, ou une Tri-pelle, ou n'importe quel véhicule excavateur dans ce chaos de blancheur eut été pure démence suicidaire. Il était encore moins question d'entreprendre un travail de fouilles manuelles. La seule alternative était l'attente, et la patience – une patience que les sauvages hurlements de la tornade mettaient à rude épreuve.

Que la bourrasque tournoie, ou bien que la neige tombe en silence, le résultat était identique et chacun des conducteurs des six véhicules de l'équipe était incapable de repérer l'un ou l'autre de ses voisins. Pourtant, les Tri-pelles de Naidoc et Vurdin n'étaient pas éloignées du Trax de Kid de plus de cent pas.

Ils échangèrent quelques conversations par radio; un minimum de mots, sur un ton neutre. Ce genre de contact trahissait leur nervosité et la contrariété grandissante causée par l'inaction forcée. Vurdin tenta d'entrer en rapport par radio avec une hypothétique patrouille de Volants, afin de se renseigner au sujet de la météo, mais cela ne donna aucun résultat. Pas une seule fois au cours de ces brèves liaisons-radio il ne fut question de l'homme recueilli par Kid. Ils s'en fichaient, ou bien voulaient l'ignorer, ou ils attendaient que Kid ouvre le feu à ce sujet. Kid garda le silence.

D'une certaine manière, cette période d'isolement forcé fut bénéfique pour Kid et Alano. Ils n'avaient rien d'autre à faire qu'apprendre à se connaître, et l'un comme l'autre ils en avaient le désir, même s'ils ne manifestaient point ouvertement ce sentiment.

Alano Teeshnik supportait vaillamment l'amputation de sa main gauche, aussi bien moralement que physiquement. Pourtant, question physique, il n'avait rien d'une montagne de belle santé. Plutôt long et maigre, poitrine creuse, épaules tombantes, sa silhouette offrait une curieuse ressemblance avec celle de Kid. Ce dernier, cependant, tout longiligne qu'il soit, n'en était pas moins musclé; de son côté, Alano semblait plutôt bâti de nerfs et d'os. Il devait souffrir, mais ne le manifesta jamais ouvertement; parfois, il grimaçait, ou bien encore, au beau milieu d'une conversation, son visage pâlissait et se couvrait de sueur : Kid lui passait sans un mot la fiasque de rhum rouge qu'il conservait toujours à portée de main, et Alano avalait une rasade. Ou encore il était emporté par un accès de fièvre brute qui le détrempait en quelques secondes et le jetait, amorphe, vide, sur la couchette. Quant au moral... il accepta apparemment avec beaucoup de stoïcisme l'évidence. Il avait perdu une main. Mais il aurait pu perdre la vie. C'était un miracle, s'il était encore là, debout. Que Kid ait décidé de le recueillir était également miraculeux. Alano l'avait compris sans qu'il soit nécessaire de lui mettre les points sur les i.

Ils passèrent de longues heures à discuter, se racontant mutuellement leur vie. Lorsqu'ils n'étaient pas réunis pour la conversation ou les repas, ou le sommeil, dans la cabine-habitat, c'était parce qu'Alano se bagarrait avec la fièvre, ou que Kid s'isolait dans la cabine des commandes et regardait tomber la neige derrière les pare-brise... ou encore il s'enfermait pour quelques instants, quelques heures, dans la cabine-labo située à l'arrière du Trax, juste en bout de passerelle et devant l'éventail des pots d'échappement : là, il étudiait la cassette.

Au fur et à mesure que le temps passait, sous les assauts et dans les spasmes de l'ouragan de neige, Kid se sèntait de plus en plus satisfait, heureux de la tournure prise par l'aventure. Intérieurement, il louait l'irruption d'Alano dans le cours de sa vie et se félicitait de l'avoir recueilli. Il était bien décidé à ne pas le lâcher avant longtemps et, pour cela, tissait sa toile sans perdre une seconde.

C'était comme si les choses se mettaient en place d'elles-mêmes, soudainement, pour lui donner le coup de pouce de départ. L'arrivée d'Alano était-elle un nouveau signe? Un second signe, après la découverte – et la traduction – de la cassette? En tous les cas, Kid ne demandait pas mieux de l'interpréter dans ce sens. Le but qu'il s'était fixé – et qui devenait lentement une évidence inéluctable – demandait (demanderait) une grosse dépense d'énergie, du courage, de l'obstination. Il allait se battre seul contre toute la planète. Il était décidé à affronter la Confédération. Seul?... Plus maintenant. Un complice efficace ne serait pas de trop – et si tout allait bien, Kid ne voyait pas d'inconvénients majeurs à partager le magot avec un « ami » dévoué.

Alano était tout à fait convenable, pour ce rôle. Kid le comprit rapidement – il se demandait même s'il n'avait pas sauvé cet homme poussé par une espèce de prémonition. Alano voulait se faire une place sur terre (son histoire le prouvait). C'est pourquoi, dans les premiers temps de leur intimité, Kid se débrouilla pour lui faire comprendre que sans son intervention il n'aurait eu aucune chance de survivre. Il n'eut guère besoin de forcer la dose : Alano n'était pas idiot. Le fait que pour la première fois dans sa vie quelqu'un se soit occupé de sa personne scellait radicalement son dévouement au sauveur...

L'histoire d'Alano Teeshnik? Elle était simple et misérable, d'une banalité qui, pour Kid, était un nouveau clin d'œil du destin, une garantie supplémentaire de cette admiration que le jeune homme devait témoigner à son égard. Il était né en 2334, et il avait donc dix-neuf ans, soit un an de moins que Kid. A cet âge, Kid avait déjà quatre ans de Territoire F. derrière lui; c'était presque un vieux de la vieille – alors qu'Alano, lui, non seulement n'avait rien réussi qui pût seulement arriver à la cheville des « exploits » de son sauveteur, mais il avait tout loupé, selon ses propres termes. Il était né et avait grandi dans les banlieues sordides d'une ville frontalière, en Territoire-est voisin du Territoire F. Ses parents étaient morts dans un incendie, probablement trop saouls (dixit Alano) pour se rendre compte que leur baraque embrasée leur tombait sur le dos. Lui, cette nuit-là, traînait dans les rues à la recherche d'un quidam à détrousser. C'était ce qui l'avait sauvé du feu. Il avait alors onze ans.

La mort de ses géniteurs ne le troubla pas outre mesure. A la limite, il fut même soulagé, car s'il savait devoir encore ramasser des coups et des râclées diverses, c'était au moins deux paires de mains qui ne le gifleraient plus, deux paires de pieds qui ne lui botteraient plus les fesses. Il vécut ici et là, dans les rues, et devint presque chef d'une bande. S'il n'était pas de taille à rosser les autres, il compensait ce handicap par une sveltesse de fouine et une grande rapidité à la course. D'autre part, il n'était pas manchot (pas encore...) et savait comme personne se servir d'une lame ou d'un revolver.

Il aurait pu devenir chef de bande, s'il n'y avait eu cette histoire de fille.

Alano Teeshnik aimait les filles. Aimait beaucoup les filles. Selon ses dires, elles le lui rendaient bien, ou si d'aventure elles se faisaient prier il trouvait très naturel de se servir de son couteau pour les séduire. Il rencontra Chinèse. C'était le nom de la fille.

Elle avait dix-sept ans, elle était magnifique, probablement de race asiatique – mais on ne pouvait pas savoir exactement, et d'ailleurs cela n'avait pas la moindre importance, ce qui comptait c'était qu'elle était superbe, avec ses yeux en amande, ses cheveux très noirs, son visage triangulaire et ses lèvres pleines, ses petits seins bien ronds et bien durs, ses fesses au gabarit parfait pour les mains de Teeshnik. Il était sur le point de se décider à vivre avec elle lorsqu'il apprit, preuves à l'appui, d'un des membres de sa bande que la superbe fille était une pute à la solde d'une bande des rues nord de la ville. Si elle s'était trouvée sur le chemin de Teeshnik, ce n'était pas pour ses beaux yeux. La stratégie était limpide : elle était là pour le manipuler. Un agent espion, en fait.

Alano prit très mal la chose. Chinèse encore plus mal. Car après qu'Alano lui eut dit ce qu'il pensait d'elle, les larmes aux yeux, et publiquement, devant les membres de sa bande, Chinèse ne ressemblait plus à Chinèse. Elle ne ressemblait plus à rien, d'ailleurs, et surtout pas à une jolie fille de dix-sept ans. Cette métamorphose la tua.

Alano essuya son couteau sur son pantalon, puis il se saoula avec la bande, puis, dessaoulé, il fit ses adieux. Car il connaissait bien Alan Torrine, qui était le caïd de cette bande du nord pour qui Chinèse se faisait raboter. Qui ne connaissait pas Alan Torrine? Qui n'avait jamais entendu parler de lui, de ses exploits, ou de ses hommes?

Alano Teeshnik mit donc le plus de distance possible entre sa personne et le fief de Torrine. Et le plus rapidement. Du reste, où qu'il aille, et même à l'autre bout de la planète, il n'était pas certain de ne jamais voir un jour surgir Torrine en personne, ou bien un de ses sbires, fermement disposé à lui faire une démonstration personnelle. Il savait qu'en ce cas sa métamorphose prendrait beaucoup plus de temps que celle de Chinèse; beaucoup, beaucoup plus de temps, qu'au résultat final il ne ressemblerait non seulement à rien mais à moins que rien, et qu'il en aurait conscience jusqu'à la dernière fraction de seconde. Joli programme.

Il croyait fuir au hasard mais il comprit qu'il avait instinctivement choisi comme point de chute ce qui lui semblait être le meilleur enfer possible immédiatement accessible – se disant que Torrine mettrait peut-être un peu plus de temps à le retrouver. Et l'enfer, c'était naturellement un territoire de fouilles. Et le plus proche, c'était le Territoire F. La faible distance qui, sur la carte, le séparait de la ville qu'il fuyait ne signifiait pas grand'chose. A partir du moment où vous mettez le pied en territoire de fouilles, les distances et le temps n'ont plus la même signification que dans le monde « normal ».

Voilà pourquoi Alano se retrouva un beau soir dans un dépôt de véhicules d'excavation, un dépôt d'occasions, sur la frontière entre la civilisation et le Territoire F. Le seul engin qu'il put voler fut ce bull d'âge canonique, cette quasi-épave qui n'était évidemment plus destinée à la fouille, mais peut-être, à la limite, à de petits travaux en secteur civilisé, pour un colon bricoleur... Et encore, l'affaire ne fut pas aisée. Alano, visiblement, traînait une belle poisse derrière lui. L'engin lui coûta trois balles de 45, quand un veilleur imbécile qui faisait sa ronde l'entendit démarrer et s'avisa de lui changer les idées à coups de fusil de chasse.

Laissant un deuxième cadavre sur son passage (et c'était bien un cadavre : Alano n'aurait pas brûlé trois cartouches sans être certain du résultat!), il enclencha la vitesse 3 de son vieux truc à pneus, ce qui tout de même le faisait filer à une allure de 40 km/h, et fonça vers les glaces et les étendues neigeuses du Territoire F.

Pour tout équipement, il possédait ses vêtements : un pantalon élimé, des bottes plutôt fatiguées et des trous à ses chaussettes, une chemise de drap, une veste fourrée. Son couteau, naturellement, son revolver et trois balles. La cabine toilée du bull ne servait qu'au bruitage des courants d'air. Le réservoir du tacot était plein; il possédait en outre deux bidons de cinquante litres arrimés derrière la cabine. Pas de radio, sans parler de l'absence de chauffage. Les phares étaient fichus.

Dans ce cercueil à roulettes, Alano Teeshnik piqua

vers l'ouest et se promena pendant deux jours sans rencontrer âme qui vive – sinon une bande de loups, le matin du premier jour : les loups qui d'ordinaire savent d'instinct qu'il vaut mieux s'éloigner des engins de fouille n'eurent même pas peur de cette chose poussive et ils la regardèrent passer, étonnés (ils durent se dire que ce n'était pas possible qu'un casse-croûte quelconque puisse se trouver à l'intérieur d'un pareil machin)... Alano se trouvait trop éloigné des loups pour tenter d'en tuer un à l'aide de son revolver. Il poursuivit son chemin.

Deux jours donc, sans manger, suçant de la neige glacée, dormant une heure ici et là, de jour ou de nuit, s'engourdissant petit à petit, halluciné, aux commandes du bull. Mourant doucement.

Jusqu'au soir du deuxième jour, face à face avec les monstres. Jusqu'à la panique qui le tira de sa somnolence quand il comprit que les conducteurs des monstres voulaient sa peau. Et l'accident. Et voilà.

Kid leva la fiasque de rhum à hauteur de ses yeux, il sourit et il but une lampée, puis il donna la fiasque à son compagnon. C'était déjà devenu une sorte de rite. Une belle habitude. Il ne buvait plus seul, et la chose avait son importance.

Il regarda Alano qui avalait une ou deux gorgées. Dans la cabine-habitat régnait une douce chaleur, certainement plus de dix degrés. C'était tout juste si la respiration donnait naissance à une vague buée flottante de condensation. Les pommettes d'Alano étaient rouges, et ses oreilles aussi, sous les mèches de cheveux blond-brûlé. La fièvre n'était pas seule à lui allumer l'œil.

Dehors, la tempête tournait. Une nuit de plus, la troisième, depuis le soir de l'accident et le début de la tornade.

– Tu n'as pas à t'inquiéter, dit Kid. Je veux dire :

pour ce type, Torrine, ou n'importe qui de sa bande. Ici, tu ne risques rien.

Alano fit une grimace qui laissait entendre clairement à quel point il n'était pas convaincu.

– Je te le dis! assura Kid, en reprenant la bouteille plate de la main d'Alano. Et si je te le dis, c'est que c'est vrai. Mets-toi bien ceci dans la tête : je t'ai adopté. Tu sais ce que cela signifie, dans le monde des fouilleurs?

Alano fit non de la tête. (Pourtant, il savait : Kid le lui avait déjà dit. Mais Kid avait l'air de vouloir le répéter...)

– Ça signifie, ami, que tu es des nôtres. Tu es le collègue de Kid. Son partenaire. Tu es un fouilleur, et c'est moi qui en ai décidé. Donc, tous les fouilleurs sont tes frères – au moins tous ceux de cette équipe, et c'est une bonne équipe, avec de bons éléments. Qu'un étranger – qui plus est un petit malfrat de taudis à la gomme –, n'importe qui, s'amène ici avec des vilaines intentions te concernant, et il ne passera pas le barrage de l'équipe. De plus, il n'arrivera jamais jusqu'à cette équipe, car personne, pas un fouilleur digne de ce nom ne donnera un seul renseignement.

– Et les Volants?

Kid cracha par terre.

– Les Volants se foutent complètement de ce qui se passe dans nos rangs. Ils sont là pour nous vendre des ravitaillements divers et nous acheter nos trouvailles. Le reste...

– Oui, mais ils pourraient renseigner un type à ma recherche.

– Ils pourraient, mais ils s'en foutent. Et tu es Alano, un fouilleur. Tu n'as plus rien à voir avec le petit Teeshnik de la ville-frontière du Territoire-est. Ça, c'est fini. Je t'ai adopté, tu fais partie de ce monde et de l'équipe. Même Vurdin lâcherait une rafale pour te venir en aide, à présent.

– N'empêche : la belle équipe fraternelle a essayé de

me descendre à vue. Et cette saloperie (il montra son bras bandé), je la dois à qui?

– Tu mélanges tout. La façon dont ils t'ont accueilli, c'est ni plus ni moins la preuve de ta sécurité, à présent. Tu ne connais pas la fouille. Ni les règles de la fouille. C'est pas facile de survivre, dans cette course au trésor permanente. Il y a des loups qui rôdent dans les neiges, il y en a d'autres aux volants des engins. On fouille les ruines d'avant, oui. On ratisse les territoires maudits qui portent les cicatrices du Chaos, à la recherche d'indices qui pourraient nous aider à remonter la pente... Pour ça, il faut être fou. Mais les fous se serrent les coudes, camarade. C'est chacun pour soi, et en même temps c'est un peu pour l'équipe. Parce que sans l'équipe, on n'a pas une chance. On a un secteur à défendre, et les équipes s'y tiennent. Mais les maraudeurs, les pilleurs, ça existe aussi. Les pilleurs qui préfèrent vous faucher le contenu des coffres plutôt que creuser... Alors, quand un nouveau-venu s'amène sans crier gare sur un secteur normalement occupé, c'est louche. C'est bondieusement louche. Quand on appelle ce type et qu'il ne répond même pas, c'est encore plus louche. Plutôt que courir le risque de se faire piéger, on tire. Et c'est normal. C'est la règle. Pour ne pas l'avoir suivie, beaucoup se sont fait avoir.

– J'ai eu de la chance...

– Tu as eu une chance ahurissante. Je ne comprends pas encore. D'abord, tu aurais dû mourir de froid cent fois, dans ton cercueil à pneus. Et puis Vurdin ou Naidoc auraient pu te flinguer sans discuter.

– Ils ne l'ont pas fait.

– Non, dit Kid, paupières plissées. Non. Et là encore, c'est peut-être à cause de moi. Parce que depuis des mois je leur rebats les oreilles de discours...

– Des discours?

Kid sourit. C'était trop tôt encore.

– Tu verras, dit-il. Je suis content que tu sois là.

Alano hocha la tête sans répondre. Un peu de silence fila. Naturellement, il se posait mille questions (Kid le sentait, c'était comme s'il lisait à livre ouvert dans les pensées de son compagnon), mais peut-être lui aussi jugeait-il que c'était encore trop tôt.

– Mais toi, Kid, demanda-t-il. Pourquoi m'es-tu venu en aide?

Le visage de Kid s'illumina brièvement. Il passa sa langue sur ses lèvres gercées, et dit :

– En vérité, sur le coup, j'en sais rien. Mais ça m'a paru impensable de descendre en flammes ton minuscule engin. Tu ne pouvais pas être dangereux. Et puis... bon, après cette cabriole, tu t'en sortais vivant. Juste ce truc à la main. Un type comme toi, qui a autant de chance, ce n'est pas courant. Je ne pouvais pas te laisser là. Ta chance est peut-être pour moi également. Un signe.

Son visage se figea. Les traits durcis, le regard droit planté dans celui d'Alano, et le sang battant soudain très fort à ses tempes, Kid dit :

– Un signe. Oui. Et ce n'est pas le premier. Si tu veux, Alano, en équipe avec moi, on peut décrocher le gros lot. Si tu veux, si tu marches avec moi.

– Si je veux? gloussa Alano. Et qu'est-ce qui me reste comme autre solution?

Kid grogna nerveusement, irrité.

– C'est pas suffisant, comme réponse, dit-il.

– Alors, il faudrait que j'en sache plus... Ce que je voulais dire... (Alano ne cachait pas son désarroi, confus d'avoir pu irriter Kid par une réponse irréfléchie.) Je veux dire que je suis capable de t'aider dans tout ce que tu pourrais entreprendre. Bon Dieu, si je suis vivant... et si je peux faire... Tu peux compter sur moi, Kid. Tu es la première personne qui ait jamais fait quoi que ce soit pour...

– Ça va, dit Kid. Oui, tu pourras m'aider... Oui, c'est un signe.

– Mais si tu ne me dis pas de quoi il s'a...
– Attends un peu, l'ami. Attends un peu...

Avait-il véritablement besoin d'aide? Et laquelle? Ce qu'il cherchait avant tout, ce dont il avait besoin, n'était-ce point un témoin direct? Un spectateur rempli d'admiration pour cette ahurissante folie qu'il allait entreprendre? Le spectateur, le témoin qui force à l'action...

– Et alors, gamin? Comment vas-tu?
La voix de Vurdin était très sourde, deux fois plus éraillée qu'à l'ordinaire... pourtant, le contact-radio était bon.
Kid sourit.
– Je vais bien, Pol. Mais en ce qui te concerne, je parie que tu as mal à la tête.
Vurdin grogna quelque chose d'incompréhensible, puis :
– J'en ai connu de plus méchantes et j'y ai survécu, gamin. Est-ce que cette bon Dieu de tempête a duré longtemps?
Kid poussa un petit sifflement admiratif, suivi d'un gloussement joyeux.
– Sans blagues, Pol? Tu ne sais pas?
Vurdin jura posément, détachant chaque syllabe avec application, pendant trente bonnes secondes. Il dit :
– J'ai supporté cette saloperie pendant une nuit et un jour entiers. Ensuite... ce que je peux te dire, c'est que je compte huit bouteilles vides dans ma cabine. Je me fais vieux. Sérieusement. Le temps n'est pas si loin où j'étais capable de regarder tomber la neige pendant une semaine sans avaler plus d'une bouteille par jour. Le vent pouvait hurler du matin au soir et du soir au matin sans me rendre cinglé.
– Ça a duré quatre nuits et trois jours, dit Kid.

– Ouais... c'est bien ce que m'a dit Naidoc. Mais comme il a l'air d'avoir séché pas mal de bouteilles, lui aussi, je me demandais s'il ne se trompait pas.

– Non. Il ne se trompait pas.

– Mmmm. Et les autres? Tander, Viliane, et Maltew?

– Sais pas, Pol. Tu es le premier à prendre contact. Je suppose qu'ils vont bien. Peut-être qu'ils se sont réunis pour boire le coup ensemble. Ou alors ils sont restés chacun de leur côté. Je ne sais pas.

– Mmmm, grogna encore Vurdin. (Il toussa.) Naturellement, toi tu n'as pas ramassé la moitié d'une cuite.

– Pas exactement, Pol.

– Comment va ton protégé?

Kid lança un coup d'œil joyeux en direction d'Alano, debout à son côté, son bras bandé glissé dans une écharpe nouée autour de son cou.

– Il va bien, Pol. Je crois que c'est un bon élément pour l'équipe. Il est solide. On ne serait peut-être pas en aussi bonne forme, toi et moi, après ce qui lui est arrivé.

– Mouais... Un bon élément pour l'équipe... C'est toi qui le dis, hein, gamin? Ça signifie que tu partages ta part avec lui?

– Exact.

Un silence. Kid adressa un clin d'œil à Alano.

– C'est ton affaire, reprit Vurdin. On dirait que tu as des richesses dans tes coffres. Ça te regarde. Souhaite-lui la bienvenue de la part du vieux Pol.

– C'est fait. Il a entendu.

– Salut! cria Alano.

En guise de réponse, Vurdin s'arracha la gorge dans une quinte de toux. Il reprit péniblement son souffle et dit, la voix toute de travers :

– J'ai pris froid, je crois bien. Je te disais que je deviens sérieusement vieux... Tu as vu cette neige?

– J'ai vu, dit Kid, et il fit glisser machinalement son regard par les lucarnes dégivrées des pare-brise.

Dans le gris du matin, la plaine bossuée était uniformément recouverte d'une couche fraîche qui devait certainement atteindre à certains endroits plus de deux mètres. Très loin vers l'ouest, en limite d'horizon, on apercevait les petites taches brunes qui étaient les engins de Maltew et Bob Tander. La Tri-pelle de Viliane se trouvait plus au nord, aux deux tiers ensevelie sous une dune énorme, une congère de plusieurs centaines de mètres de long. Evidemment, tous les périmètres des secteurs de fouilles manuelles avaient disparu. Le paysage était méconnaissable. Un autre monde. Au sud, la haute barre des forêts n'était plus qu'une ligne vaguement moutonneuse. Un vol d'oiseaux tournait au-dessus des cîmes écrasées par le poids du matelas blanc.

– Et c'est le vent du nord, dit Vurdin. Tout va geler. On devrait se hâter de désenneiger nos tacots, camarade.

Kid haussa les épaules, comme si son interlocuteur pouvait le voir.

– Je ne sais pas si c'est nécessaire. Ce vent-là va ramener de la neige, s'il ne tourne pas. On va dégager, et puis ça recommencera. Pas question de travailler à la main, en ce qui me concerne.

– Pas question non plus pour moi, Kid. Mais ça n'empêche qu'il faut bouger, et préparer une belle place, le plus rapidement possible. J'ai eu un contact avec les Volants – ces cochons m'ont réveillé.

– Et alors?

– Alors, gamin? (La voix de Vurdin monta d'un ton, joyeuse, débarrassée de son enrouement :) On va avoir de la visite.

– Les Volants n'ont qu'à se démerder eux-mêmes. On ne les a pas appelés. Ils sont en avance sur...

– Il ne s'agit pas d'eux, arrête un peu de t'énerver, gamin! Ils m'ont annoncé la nouvelle, c'est tout. C'est Cidine Jemme et ses « enfants de cœur » qui se proposent de nous dire un petit bonjour. Leur circuit passe dans les parages. Cidine s'est informée auprès des Volants, pour connaître les conditions climatiques, et ce sacré Kennie Berthaud des Volants m'a contacté, c'est tout.

Kid se mordit les lèvres. Son regard avait changé. Il regardait les petits points bruns des véhicules de Maltew et Tander, sur l'horizon, qui venaient de se mettre en mouvement.

– Et qu'est-ce que tu as répondu à Kennie?

– Cette question, Kid! Ça fait trois semaines qu'on n'a pas vu Cidine dans les parages. Ni elle ni une autre troupe. Mais surtout Cidine ; moi, c'est ma préférée. J'ai répondu que quatre mois de tempête ne pourraient pas nous empêcher de recevoir dignement cette troupe! Voilà ce que j'ai répondu.

Il se tut un court instant. Une salve de parasites mitrailla la ligne, puis il y eut un déclic et la voix de Naidoc se fit entendre :

– Hé, Pol?

– Oui, dit Vurdin. Je discute avec le gamin. Tu as prévenu les autres?

– Salut, Kid, dit Naidoc – très excité, il poursuivit sans attendre la réponse : Et comment que je les ai prévenus... Je crois qu'après cette tempête, c'était une bonne nouvelle! Ils me paraissent en grande forme. On va descendre et faire une belle esplanade à deux cents mètres d'ici. Maltew et Tander sont en route, je les vois.

– Je les vois aussi, dit Vurdin. Bon. On va y aller. Je coupe, Jim.

– Okay, fit joyeusement Jim Naidoc.

Vurdin appela :

– Kid?

– Je suis là.

– Tu vas pas refuser de nous aider, Kid, pour le déblaiement hein? Même si ça t'intéresse pas. Même si tu préfères sauver la vie à des jeunots de ton âge...

– Ta gueule, le vieux! gronda Kid. D'accord, je vous aiderai.

Il coupa le contact rageusement. Pendant quelques secondes, il demeura immobile, très pâle, l'empreinte d'une vive colère plaquée sur le visage. Cette expression fondit très vite pour laisser la place à un rictus sournois, nerveux. Ses yeux étincelèrent. Il se tourna vers Alano et tomba pile sur le regard quelque peu suspicieux de ce dernier.

– Qui est Cidine? demanda Alano.

La réponse de Kid claqua, sourde :

– Une pute.

Il étouffa un bref ricanement. La chose l'amusait soudain. Une nouvelle pièce se mettait en place, d'elle-même : un pavé sur le chemin qu'il s'était tracé. Cidine et sa troupe, c'était pour lui l'occasion propice de donner le coup d'envoi.

– Une pute et ses filles – ses enfants de cœur, comme dit Vurdin. Elles sont plusieurs troupes à tourner ainsi sur les Territoires de fouilles.

– Des filles! murmura rêveusement Alano.

– Et ta main?

– Il m'en reste une. Et puis, c'est pas de ma main que je compte me servir le plus.

– Naturellement, dit Kid, songeur. Mais tu les paieras avec quoi?

Il laissa le silence planer, et Alano devenir pâle, progressivement. Il entendait presque les pensées de celui-ci se bousculer dans son crâne, à la recherche d'une solution. Mais il n'attendit point qu'Alano s'avoue vaincu et capitule. L'humiliation n'était pas nécessaire, ni recommandée. Il suffisait qu'Alano prenne conscience de sa dépendance. C'était fait.

Kid sourit et annonça :

– Je t'ai dit que nous étions des collègues, des partenaires. Je te donnerai l'argent nécessaire. Ma part, si tu veux. Les filles de Cidine ne sont pas exactement mon genre.

Une lueur soulagée traversa le regard d'Alano. D'un

geste de la main, Kid prévint tout remerciement.
– On va aller faire la place, dit-il. Et vous vous paierez du bon temps.
– Kid...
– Ne me remercie pas. J'ai dit qu'on était collègues.
– C'était pas... enfin, si. Mais il y a autre chose. Qu'est-ce que Vurdin a voulu dire? Tu n'aimes pas les filles, ou quoi?
– Vurdin est parfois un vieux débris sans cervelle, dit Kid. Ne t'occupe pas de ça. Tu ne risques rien, imbécile... Et tu verras les filles de Cidine, après tu parleras.
Alano poussa un faible soupir soulagé.

Ils dégagèrent un espace de neige qui avait la forme approximative d'un cercle, de quelques dizaines de mètres de diamètre. Cela forma une espèce de cratère à fond plat cerné par une muraille blanche de plusieurs mètres de haut. Ce travail leur prit tout le matin. Quand ils eurent terminé, ils rangèrent leurs véhicules à l'intérieur de ce cratère, sur le pourtour de la piste.
Cidine et ses filles firent leur apparition au bout de l'horizon dans le milieu de l'après-midi.
La « caravane » comprenait deux Trax : le modèle Eujo 50 qui était la maison roulante de Cidine et des filles, plus un Trax-Mot d'escorte, armé comme pour la guerre, abritant une quinzaine de gaillards chargés de veiller sur la sécurité des putains. La troupe de Cidine comprenait une vingtaine de filles dont les âges variaient entre quatorze et cinquante ans : un capital qu'il convenait de garder en bon état le plus longtemps possible, ce qui n'était pas évident au cœur de ces pays de fous qui étaient le champ d'action habituel de la troupe.
La caravane vint se ranger au centre de l'emplacement déblayé, et les moteurs se turent. Les fouilleurs de l'équipe étaient descendus de leurs engins – Kid également, et, comme ses six compagnons, il attendait en

battant la semelle. Pendant quelques minutes, le silence régna, magique et tendu sur le paysage blanc. Le Trax Eujo 50 était véritablement formidable, haut de plus de quinze mètres, long de trente, avec une étrave mobile de vingt bons mètres d'envergure. Sur la cabine vaste comme une maison, au sommet de l'engin, flottait le drapeau de Cidine : un ovale vertical, rouge sur fond bleu. Puis la porte s'ouvrit, là-haut, sur la passerelle périmétrique, et Cidine apparut dans un incroyable manteau de fourrure pelucheuse, d'un jaune vif à vous briser les dents.

– Salut, les hommes! cria-t-elle. Est-ce que je peux quelque chose pour votre service?

Des braillements et des youpis s'élevèrent pour saluer les filles qui prenaient place derrière Cidine, sur la passerelle. Plusieurs d'entre elles ouvrirent leurs manteaux et la seule fourrure qui leur servait de vêtement, là-dessous, n'était pas faite pour leur tenir très chaud.

– Nom de Dieu, Cidine! hurla Vurdin, très énervé. Tu es la bienvenue avec tes enfants!

– Vieux filou! lui renvoya Cidine. Tu n'es donc pas encore mort? Tu n'as pas trouvé le trésor qui réchaufferait tes os loin de ces contrées malsaines?

– Ailleurs, tu ne serais pas là! dit Vurdin.

Quelques types de l'escorte avaient sauté à terre, glissant le long des échelles du second Trax. Ils fouillèrent rapidement les sept membres de l'équipe. Vurdin tenta de plaisanter et assura qu'ils connaissaient les usages, mais cela n'empêcha nullement les hommes d'escorte de faire leur travail.

– Les gars, dit Viliane, on est bien trop contents de pouvoir laisser nos flingues au râtelier, ne craignez rien. Ça va être à vous d'ouvrir l'œil.

– C'est ce qu'on fait, dit le chef d'escorte sans l'ombre d'un sourire. Vous pouvez y aller.

Ils s'élancèrent vers les échelles, mêlant leurs cris d'enthousiasme à ceux des filles. Vurdin serra Cidine dans ses bras, l'embrassa goulûment sur le front. Elle rit mais le repoussa.

– Messieurs! messieurs! dit-elle. Votre empressement nous honore! Mais que cela ne vous empêche pas de vous conduire en hommes bien éduqués. Je vous le recommande, et compte sur votre courtoisie. Entrez, je vous prie.

Ils entrèrent. Le salon était très vaste, lambrissé, tendu de rideaux de velours cramoisi. Il y avait des tables basses, de profondes banquettes, un peu partout. Les tapis étaient épais, la lumière, douce, diffusée par des appliques murales en forme de fleurs. Mille parfums planaient dans la chaleur lourde.

La première chose qu'ils firent fut de laisser tomber leurs vestes et de retirer leurs bottes. Kid comme les autres. Que l'on soit civilisé, ou au contraire le dernier des sauvages, il était absolument impossible de marcher, bottes aux pieds, sur ces tapis moelleux... Ensuite, ils commandèrent à boire.

Les filles avaient elles aussi retiré leurs manteaux. Cet étalage de chairs nues, jeunes et moins jeunes, de seins gaillards ou fripons, de fesses, de ventres, de cuisses, de sexes, de hanches, de genoux, d'épaules, de sourires, de sous-vêtements judicieusement ajourés, de jarretières fleuries... cette explosion créa un instant de stupéfaction dans l'équipe des fouilleurs. Kid ferma les yeux et sa respiration devint rauque. Ils se tenaient figés, la bouche ouverte et le verre à la main.

– Seigneur! dit Vurdin.

La musique s'éleva de quelque part. Une fille, très jeune, étouffa un fou-rire et s'étira, reins cambrés, perchée sur d'immenses talons. Les seins, les ventres, les cuisses, les sexes, les chevelures, les hanches, les genoux se mirent en mouvement. Et les hommes entrèrent dans la danse.

Alano mit la patte sur cette fille de quatorze ou quinze ans, qui l'entraîna aussitôt vers une porte derrière une tenture. Le couple disparut salué par les cris de l'assemblée. Maltew brailla que c'était heureux pour Alano qu'on ne lui ait rien coupé d'autre que la main, à voir son empressement. Rires et musique. Des couples se formèrent, Vurdin fit quelques pas de danse dans les bras d'une grande fille intégralement nue – sauf une plume d'aigrette dans ses cheveux blonds. La seule qui eût encore des vêtements était Cidine, et elle ne les enlèverait pas.

Kid se retrouva sur un canapé mouvant avec une fille au visage chevalin, peinte comme pour une danse guerrière, qui s'appelait Kittie. Elle avait des seins énormes qui tremblaient au moindre souffle d'air. Kittie posa sa main sur l'entrejambe de Kid, cligna de l'œil et dit :

– On boit un verre en attendant, ou bien tu veux y aller tout de suite?

Elle se frottait contre lui; son haleine sentait les sucreries. Il s'écarta, sourit froidement et dit :

– Plus tard, Kittie.

– Je ne te plais pas?

Elle se cambra, lui présenta ses seins à deux mains. C'était monstrueux.

– Tu es la plus belle que j'aie vu depuis longtemps, dit Kid, et il lui pinça le mamelon droit. Mais ça attendra. D'ici là tu peux te balader.

– J'aime mieux rester avec toi! fit la gourmande Kittie.

Elle s'éloigna, roulant des hanches, le fil doré de son cache-sexe (!) disparaissant entre deux fesses qui équilibraient bonnement sa poitrine opulente. Elle revint, portant deux verres; apparemment, elle avait décidé de mettre le grappin sur Kid. C'était une bavarde. Elle se mit à lui raconter tout ce qu'elle était capable de faire, dans ses bons jours. Et c'était un de ses bons jours. Il y avait de quoi trembler. Kid avala le contenu de son verre d'un trait.

Le temps coula, perlé de rires, de chants, et balancé

par la musique douce. Ils buvaient et caressaient la peau nue des filles, s'efforçant de se montrer « courtois », comme l'avait recommandé Cidine. Par exemple, ils détournaient la tête pour roter, se retenaient de basculer leurs partenaires sur les tapis, ne mordaient pas les seins trop fort et caressaient les pubis juste ce qu'il fallait sans y planter le doigt. Ils racontaient n'importe quoi, et plutôt des choses concernant leur travail. Ils buvaient, chantaient, clignaient des yeux. Ils voulaient faire durer l'instant, sachant que la fête durerait jusqu'au lendemain matin. Ils ne tenaient pas à se décharger d'un seul coup de toute leur énergie dans les premières heures, pour passer le reste de la nuit dans l'indifférence générale.

Le seul à n'avoir pas fait ce calcul était Alano. Lorsqu'il réapparut, hilare, on le salua à grands cris. Il avait la tête de quelqu'un qui n'a pas besoin de faire des calculs... Abandonnant la petite putain rose, il piqua vers une fille rondelette d'une trentaine d'années... qui lui ouvrit ses bras et l'accueillit en héros. Il s'installa sur ses genoux, posa son bras bandé sur les épaules de la fille.

Kid croisa le regard d'Alano et leva son verre dans sa direction. Alano poussa un hurlement. Tout le monde l'applaudit. Il avait suffi qu'il fasse le clown au milieu de vingt putains pour que l'équipe l'accepte et le trouve sympathique... Vurdin comme les autres, et sincèrement, qui l'aurait pourtant laissé crever de froid quelques jours plus tôt, sans un remords.

– Ça te dit, maintenant? demanda Kittie.

– Plus tard, dit Kid.

Cidine allait et venait, veillant à tout – et comptabilisant les verres bus par chacun...

Ils furent « courtois et réservés » jusqu'à la nuit. Puis Maltew s'éclipsa en compagnie d'une grande bringue. Puis ce fut Viliane, qui emporta sa compagne sur son dos. Puis les autres.

Restaient Vurdin – qui n'était pas remis du choc provoqué par les huit bouteilles bues pendant la tempête et qui se retrouvait de nouveau saoul – et Kid. Ils avaient une bonne dizaine de filles éparpillées autour d'eux, mais aucune ne chercha à les forcer. Elles attendaient.

Les hommes furent de retour, les uns après les autres. La musique enfla. Ils dansèrent. Ils commençaient à s'habituer à toutes ces nudités féminines. Le premier ouragan était tombé. Sauf pour Alano, l'œil toujours gourmand. Il faudrait des caresses et de l'alcool pour attiser la prochaine tempête.

Viliane fut saoul avant les autres – excepté Vurdin qui somnolait allongé sur un divan, sa tête ébouriffée posée sur le ventre d'une fille. Il plongea en titubant sur une brunette aux seins ronds, posa ses mains sur les mamelons peints et pressa. La fille gémit, mais elle continua de sourire.

– Amène-toi! cria Viliane. Salope, viens avec moi!

Et Kid fut debout, dressé comme un diable. Et il brailla :

– Ça suffit!

Et tous les regards se tournèrent dans sa direction.

– Vous êtes des propres-à-rien, dit Kid (c'était curieux, il criait, et pourtant sa voix était posée, nette, presque... oui, très calme. Il criait pour se faire entendre, par-dessus la musique, mais ne donnait pas l'impression de *crier*). Vous êtes des porcs, à traiter ces pauvres filles comme des déchets humains! Est-ce que vous avez oublié? Vous êtes des hommes, pas des bêtes!

– C'est pour moi que tu parles, Kid? demanda Viliane.

– C'est pour toi et c'est pour nous tous. Pour moi aussi.

Viliane grimaça en coin un sourire moqueur.

– Tu serais un porc, toi, Kid? Ça me plairait de voir ça!

Mais Kid ignora le trait. Le sang battait dans ses oreilles, chaud, piquant. Il se sentait fort et puissant. Viliane, ni personne, n'était de taille à lui clouer le bec. Il vit qu'Alano le regardait intensément, moins ivre que les autres, peut-être. Non, personne n'était de taille à l'empêcher de faire ce qu'il avait décidé.

– Des bêtes, dit-il. Et nous considérons ces filles comme des objets, rien de plus. Nous pensons que nous pouvons tout nous permettre, les avilir, les humilier, sous le prétexte de la rigolade.

Les hommes échangèrent des regards étonnés, vacillants. Les filles aussi. Vurdin leva la tête.

– Jeune homme, dit Cidine, je suis là pour veiller sur...

– Toi aussi, Cidine, dit Kid sans se démonter. Toi aussi tu profites de ces créatures. Tu les vends. Tu vends leurs chairs, pour assouvir nos pulsions bestiales. Je ne t'en veux pas : c'est ainsi. Mais précisément : cela ne pourrait-il pas changer?

– Changer? fit Cidine.

– Ce sont des femmes, vous entendez! cria Kid. Elles sont des êtres humains. Et vous aussi, camarades. Des êtres humains! Dans un infernal manège, sur un monde de violence. Ils veulent nous transformer en loups, et ils y parviennent. Vous n'avez pas compris ça? Vous n'avez pas compris? C'est à nous de nous défendre!

– Nous défendre contre quoi? demanda une fille.

C'était Kittie.

Kid sourit.

– Tu es une femme, Kittie, dit-il.

– Bon Dieu, me semble que ça se voit! dit Kittie.

Mais personne ne rit.

– Une femme, pas un animal à plaisir.

– C'est mon boulot, jeune prince, dit Kittie. Et je le fais.

– Et tu admets qu'on t'appelle salope, gratuitement.

– On m'appelle de bien d'autres manières, camarade! pouffa Kittie.

– Depuis trop longtemps, les choses sont ainsi, sans que personne ne se lève pour dire stop! Depuis trop longtemps! C'est le métier de Kittie de se faire culbuter et de se faire appeler salope. Elle l'accepte. Mais pourquoi Kittie fait-elle ce métier?

Curieusement, ni Kittie ni personne, ne répondit. Ils regardaient Kid et ils attendaient la suite, se demandant s'il était saoul ou pas, et ce qu'il avait dans la tête.

Et Kid ne dit rien. Il posa son verre. Il prit sa veste, enfila ses bottes et s'en alla.

Dehors, sur la passerelle, il s'appuya au garde-corps. Il aurait hurlé dans la nuit.

La porte s'ouvrit, puis se referma derrière lui. Après un temps, Cidine s'accouda à la rambarde, à côté de Kid.

– Tu as trop bu, mon garçon? demanda-t-elle.

– Même pas, dit Kid.

– Alors... quoi? Tu es puceau? Qu'est-ce que tu as?

– Merde! souffla Kid. Vous ne comprenez pas? Des esclaves, tous, voilà ce que nous sommes! Les fouilleurs, les putains, et même toi, Cidine! Des esclaves!

– Comme si je ne le savais pas, souffla la femme au bout d'un moment. Comme si nous ne le savions pas, tous et toutes.

– Alors, bon Dieu! Pourquoi ne rien tenter?

La nuit était très noire. Parfaitement opaque. Sur fond de neige grise, les silhouettes des véhicules se détachaient comme de gros animaux immobiles, attendant Dieu sait quoi – une quelconque occasion pour bondir? La musique lointaine flottait dans cette noirceur.

– Toi, mon garçon... dit Cidine.

Mais elle s'interrompit. Et puis elle frissonna, serra les pans de son manteau sur sa vaste poitrine. Elle demanda :

– Comment t'appelles-tu?

– Kid, dit Kid. (Il laissa geler trois secondes, puis :) Kid Jésus.

Il savait qu'il avait gagné le premier round. Il prenait son élan. Son envol.

*

Kid guettait depuis plus d'une heure, derrière le pare-brise panoramique de sa cabine des commandes. Les types de l'escorte s'agitaient sur les passerelles de leur véhicule. Lorsque la porte de la grande cabine s'ouvrit, tout en haut du Trax Eujo 50, Kid émit un petit bruit de gorge qui trahissait son impatience. Il releva le col de sa veste sur ses oreilles et posa sur sa tête le passe-montagne transformé en bonnet. Il sortit dans l'air figé du matin froid; dans les secondes suivantes les petits poils à l'intérieur de ses narines durcirent. Le froid obligeait à plisser les paupières. Kid posa malencontreusement ses mains moites sur la rambarde métallique de sa passerelle, et les retira bien vite pour éviter que le gel ne lui soude la peau sur le fer. Il mit ses mains dans les poches de sa veste.

Il regarda les hommes de l'équipe quitter la cabine des filles, les uns derrière les autres, et descendre prudemment le long des échelles. Leurs semelles glissaient sur les barreaux cirés de glace, des jurons flottaient dans les épaisses volutes de condensation qui soulignaient leur respiration.

Cidine et quelques filles engoncées jusqu'aux yeux dans leurs manteaux de fourrure colorés s'alignaient sur un bout de passerelle. Lorsque les clients eurent mis pied à terre, Cidine et les filles échangèrent avec eux des signes de la main, des saluts, quelques phrases vite jetées qui semblaient se pétrifier net après avoir buté sur un point du carcan de froidure. Les filles rentrèrent bien vite, Cidine fermant la marche. Dans la cabine de conduite, derrière les vitres blanches, s'agitaient les silhouettes fumeuses de l'équipage.

Kid battait la semelle. Il était très excité, n'avait pas fermé l'œil de la nuit – il avait bien essayé de dormir, mais les corps nus des filles s'étaient mis à danser sur l'écran de ses paupières... tous les ventres, les cuisses, les seins ballants de Kittie, les fesses rondes de Nadia... il avait grondé entre ses dents, tourné en rond, pour finalement se masturber violemment, et cela ne l'avait apaisé que pour quelques secondes.

Les hommes piétinèrent un moment dans la neige dure, échangeant encore quelques réflexions tout en se battant les flancs. Certains, comme Tander et Viliane, paraissaient bien flageolants. Maltew poussa Tander pour jouer, et l'autre tomba. Maltew l'aida à se relever, le soutint et l'entraîna vers son véhicule. L'un après l'autre, ils marchèrent vers leurs engins. Alano ramassa une poignée de neige, l'effrita entre ses doigts et se frictionna vigoureusement le visage. Il était fou de faire une chose pareille; Vurdin, à ses côtés, dut le lui dire. Saisissant l'extrémité de son écharpe, le vieux fouilleur essuya le visage du manchot.

Les moteurs du Trax des filles se mirent à ronfler, puis, quelques secondes plus tard, ceux du véhicule d'escorte. Les pots d'échappement crachèrent de longs jets de gaz bleu.

Alano grimpa sur la roue à palettes du Trax. A hauteur de passerelle, il enjamba le garde-corps. Kid l'aida.

– Salut, Kid, dit Alano en prenant pied sur la passerelle glissante.

Dans son regard, on lisait une certaine appréhension. Cela dit, il ne paraissait pas spécialement éprouvé par ses exploits nocturnes. Ni par son amputation relativement récente.

– Salut, Alano, dit Kid, sur un ton parfaitement tranquille qui rassura le jeune homme.

Il reporta aussitôt son attention sur Vurdin. Le vieil

homme avait suivi Alano, escaladé la roue. Il se tenait en équilibre au sommet des pales, sans chercher à aller plus loin.

– Comment ça va, Kid? demanda Vurdin d'une voix forte qui s'éleva au-dessus du ronflement des moteurs.

– Ça va, dit Kid. Par contre, toi, tu me sembles bien fatigué...

Vurdin tenta un geste vague qu'il interrompit très vite pour se raccrocher aux pales de la roue.

– Tu veux venir boire un verre? invita Kid.

Vurdin souffla dans les frises de glace qui lui sucraient la moustache.

– Pas question, gamin. J'ai fait ma provision de gnôle pour un bon moment... Non, je venais voir comment tu allais.

– Je vais bien.

– D'accord, dit Vurdin. On ne va pas tourner autour du pot une éternité, hein? Il fait trop froid. Qu'est-ce qui t'a pris, gamin? Qu'est-ce qui t'est passé par la tête, cette nuit?

– Je vous ai gâché votre fête?

– Ne dis pas de bêtises, gamin... Quoique, je ne sais pas. On a encore bu, et on a rigolé, après ton départ, mais bon sang je suis certain que tous avaient en tête, les filles aussi, toutes ces idioties que tu as proférées.

– Ce n'étaient pas des idioties, mais la vérité.

Vurdin hocha lourdement la tête.

– La vérité... Gamin, tu as quelque chose qui ne tourne pas rond dans la tête. C'est ce que je crois. Et depuis un certain temps, c'est flagrant. Ça cache quelque chose. Depuis cinq ans que tu es là – et n'oublie pas que tu es là parce que je l'ai bien voulu! –, des troupes comme celles de Cidine sont venues nous rendre visite plusieurs fois par an. On s'est jamais plus mal conduits que cette nuit, c'est-à dire qu'on s'est toujours plutôt bien tenus. Jamais de pépins. Mais je ne crois pas non plus t'avoir jamais vu baiser avec une fille. Ou je me trompe. Gamin, je te le dis : si tu as des problèmes de ce côté-là, tu ferais mieux de te laisser aller et de faire confiance à une brave poule bien expérimentée. C'est ce que tu devrais faire, plutôt que de faire chier tout le monde. Voilà ce que je pense.

Kid prit le sermon avec bonne humeur. C'était presque comique de voir Vurdin se creuser le crâne.

– Je n'ai pas de problème, dit Kid. Pas ce que tu imagines. Et j'ai dit ce que je pensais. Tu y réfléchiras, et tu verras que j'ai raison.

– L'ennui, soupira Vurdin, c'est que je me sens bien trop vieux pour réfléchir à ça. Y a pas à réfléchir à ça. On est là et on trime, et puis des putains viennent nous donner un peu de bon temps, et pendant les mois à venir on va pouvoir rêver à tous ces braves culs qu'on avait sous la main. Nom de Dieu, c'est tout. Toi, tu déraillles. Tu t'appelles bien Julius Port, hein?

– C'est vrai.

– Alors, qu'est-ce que c'est que cette fantaisie? Pourquoi t'as dit à Cidine que tu t'appelais Kid Jésus?

– Parce que c'est vrai, dit Kid. Parce que c'est mon nom, à présent.

Les moteurs des Trax s'emballèrent, ce qui coupa court à la conversation. Ils regardèrent les engins qui se mettaient en branle. L'Eujo 50 d'abord, puis le véhicule d'escorte. Les deux Trax exécutèrent un joli demi-tour au milieu de l'espace dégagé et quittèrent la place. Leur vitesse crut progressivement tandis que s'amenuisait le halètement des turbines.

Lorsque les engins furent sur le point de se fondre dans la grisaille et les replis de terrain d'ouest, les trois hommes perchés sur le Trax de Kid les quittèrent des yeux.

Vurdin poussa un incompréhensible grommellement aux accents plutôt nostalgiques – ou bien c'était de la fatigue? Il réajusta ses gants de peau fourrée, tirant dessus avec ses dents. Lança une œillade en direction de Kid.

– Kid Jésus... dit-il. Ouais...

Il descendit les échelons crénelés de la roue, sauta au sol d'une hauteur d'un demi-mètre, ce qui était encore beaucoup car il faillit s'aplatir. Il s'en alla, les jambes molles, traversa l'espace nu qui conservait les traces de pneus et de chenilles des Trax de Cidine et ses filles. Il disparut dans sa Tri-pelle.

Kid hocha la tête.

– Je crois, dit-il, que les courageux au travail seront rares, aujourd'hui.

Clignant de l'œil, il donna une tape amicale sur l'épaule valide d'Alano, puis l'invita, du geste, à entrer. Il le suivit et referma bien vite la porte de la cabine au nez du froid gourmand.

Alano suivait, d'un œil trop intrigué pour se laisser vaincre par le sommeil, les allées et venues de Kid, à travers la cabine. Tant de fébrilité semblait à la fois renforcer son propre épuisement et lui fournir un motif de résistance. Il avait traversé la cabine-habitat et s'était laissé tomber assis sur la couchette. N'en avait pas bougé, lippe tombante, conservant sur ses épaules molles le fardeau pesant de la nuit écoulée, les semelles de ses bottes dans une flaque de neige fondue. De sa barbe clairsemée tombaient des gouttes d'eau, top! top! top!, sur le pansement taché de son bras.

– Voilà ce qu'il nous faut, dit Kid, joyeusement, en posant au sol la bouilloire de thé fumant.

Alano sursauta, tiré brutalement de son hébétude.

Kid versa le thé dans les timbales émaillées. Il en donna une à Alano qui essaya de boire, mais c'était brûlant – il conserva la tasse entre ses doigts pendant quelques secondes puis la posa à terre quand la chaleur du liquide se communiqua au métal.

– Il me reste de l'argent sur ce que tu...

– Garde-le, dit Kid. C'est à toi. J'espère que tu as pris du bon temps?

L'œil d'Alano s'alluma.

– Tu peux le dire, Kid! Les filles étaient vraiment bien, tu sais?

– Je sais, dit Kid. (Alano se réfugia derrière une grimace désolée, réalisant qu'il n'avait peut-être pas exactement prononcé les paroles de circonstance; mais Kid balaya le scrupule d'un geste vif des deux mains.) Tu as entendu Vurdin, tout à l'heure? Ce qu'il a dit est vrai?

– A quel propos, Kid?

– Tu n'es pas bête, Alano, et tu sais de quoi je parle. Je veux que tu me renseignes sur ce qui s'est passé après mon départ. Vurdin a prétendu que ce n'était plus vraiment comme avant.

– Oui et non, dit Alano. On a continué la fête, bien sûr. J'ai baisé à ne plus pouvoir marcher...

– Ça, je m'en fous, pour le moment, camarade. Tu pourrais même avoir offert tes couilles sur un plateau à une de ces filles, ça ne m'intéresse pas. Est-ce qu'ils ont parlé de moi? En quels termes?

Alano fit une grimace qui lui tira les lèvres de côté; l'écharpe soutenant son bras blessé devait lui scier la nuque, car il tendit le cou, tourna la tête de gauche à droite plusieurs fois de suite.

– Ils ont parlé de toi, dit-il. Cidine, les filles, et les gars aussi. Ils ont rigolé, bien entendu, mais ce n'était peut-être pas... franchement, je ne sais pas s'ils avaient véritablement envie de rigoler. Viliane était très saoul. Il a dit que tu n'étais qu'un pauvre type, un puceau, un pédé. Personne n'a vraiment suivi. Ça les tracassait. Et moi aussi, ça me tracasse.

– Toi, tu as de la chance, dit Kid. Tu vas tout savoir. Ensuite?

– Ensuite, rien. Presque rien. Les filles ont rigolé avec nous mais elles discutaient aussi entre elles, parfois, quand elles n'étaient pas occupées. Elles n'ont pas compris davantage. Cidine a dit, en riant bizarrement, que désormais les putes avaient un ange gardien. Et puis ça s'est tassé. Mais, c'est vrai, après, ce n'était plus pareil. Vurdin a dessaoulé et n'a pas remis ça. Deux ou trois fois, dans la nuit, quelqu'un a proposé d'aller te rechercher, mais il y en avait un autre qui lançait une bêtise et on n'y pensait plus. Moi aussi, plusieurs fois, j'ai demandé...

– Ça va! dit Kid.

Il ne cachait pas sa jubilation, renversa la tête en arrière en fermant les yeux, secoué par un rire silencieux. Puis il regarda Alano droit dans les yeux.

– L'ange gardien des putains, hein?

– C'est ce que Cidine a dit, oui.

Kid gloussa.

– Que je sois pendu, Alano, si le bruit ne se répand pas à vive allure, partout où passeront ces putes! Braves filles! Et ce bruit couvrira tout le Territoire, avant de déborder. Kid Jésus le cinglé, protecteur des putains éprouvées. C'est un bon départ, non? Qu'est-ce que tu en penses?

De toute évidence, Alano n'en pensait rien et il planait toujours en pleine incompréhension, dans un cocon de brouillard clos.

– Franchement, Kid, j'y comprends rien. Je vois pas où tu veux en venir. J'ai encore jamais vu un type rester de marbre, comme tu l'as fait, au milieu d'un pareil troupeau de filles le cul au vent. J'aurais jamais cru qu'on pouvait ne pas bouger un cil quand une fille comme cette Kittie vous met ses seins sous le nez tout en vous tripotant le bas du ventre. Je comprends toujours pas comment tu as fait.

Le visage de Kid se crispa. Il pâlit, ses traits étaient marqués, ses yeux brillaient d'un éclat de fer. Transfiguré par l'expression de volonté farouche qui tordait son faciès, il était immense, ramassé à genoux sur le sol, mais immense, emplissant toute la cabine. Et sa voix n'avait pas échappé à la métamorphose : une voix rauque, en filet sourd, qui coulait en jets hachés entre ses dents – Alano, qui tendait la main en direction de sa tasse, suspendit son geste, eut un petit mouvement de recul instinctif.

– Comment j'ai fait, Alano? J'ai déchargé tout ce que j'ai pu dans mon pantalon. Voilà comment j'ai fait, de marbre, comme tu dis, au milieu de ces filles à poil. Et j'ai serré les dents pour ne pas devenir vraiment cinglé, m'empêchant même de lever la main sur une croupe, sur un de ces sacrés... Nom de Dieu, Alano, comment j'ai fait... Une vingtaine de filles, là, et dans le tas on se sert à loisir, et toutes ces garces sont capables de te faire les pires saloperies. Elles ne demandent que ça, les salopes! Bon Dieu, toi, tu es rassasié, hein? Mais moi, je les ai dans la tête, elles dansent, je suis perdu au milieu d'une mer de fesses. J'ai ça dans la tête, ça a tourné toute la nuit, ça tourne encore. J'ai même pas besoin de fermer les yeux pour revoir le spectacle. Sans effort, je les renifle... Ces merveilleuses salopes...

– Je comprends de moins en moins, Kid... Et tu parles...

– Comme Viliane? Comme tous? Je parle comme Viliane quand je l'ai pris à partie?

– C'est ça, Kid. Pourquoi tu n'es pas revenu? Pourquoi tu...

– Revenir? Après le mal que je m'étais donné pour devenir « l'ange gardien des putains »? Revenir et profiter de ce que j'avais dénoncé?

Alano ouvrit la bouche, la referma sans rien dire. La voix de Kid baissa d'un ton, encore.

– J'ai joué la comédie, camarade. Ça m'a coûté des tortures dans les nerfs et le ventre et ça continue de me couper le souffle, quand j'y repense. Mais ce n'est pas cher payer. Non, ce n'est pas cher. J'ai joué la comédie, c'est un début, un petit, petit, petit début (il fit le geste avec ses doigts rapprochés). Ça va continuer, Alano, ça va enfler, enfler! Et tu as de la veine : tu vas entrer dans la danse avec moi. Tu vas m'aider, mais ça va te rapporter gros. Tu vas m'aider, n'est-ce pas?

– Tu sais que oui, Kid, fit Alano d'une petite voix, le souffle court, tendu, dans l'attente des révélations qu'il sentait venir. Tu m'as sauvé la vie, Kid.

– Laisse tomber ça. C'est vrai, mais on ne va pas en parler éternellement. On le sait, ça suffit.

– Bien sûr que je t'aiderai. Apparemment, tu as une fameuse idée derrière la tête. Et si ça doit rapporter gros...

– Quand je t'ai recueilli, dit Kid, j'ai compris que tu étais du genre à réagir de la sorte... Oui, ça rapportera gros, si on sait manœuvrer. ON VA EXISTER, Alano. *EXISTER.*

Alano ne dit rien. La mimique d'incompréhension tomba toute seule sur son visage.

Kid saisit sa timbale, la porta à ses lèvres sèches. Il but et reposa la timbale devant lui. Ses doigts tremblaient. Tout son corps tassé n'était qu'un nœud de nerfs.

– Exister, reprit-il dans un souffle. Tu comprends ce que ça signifie? C'est la première richesse, dans ce monde – et les autres suivent. Quand on existe, on a tout ce qu'on veut : les filles, le fric, des tonnes de fric et des centaines de filles autrement mieux fichues encore que ces malheureuses putes. On a tout : on existe. En ce moment, on n'existe pas, Alano, ni toi ni moi, ni Vurdin, ni les autres, ni ces putains de la nuit. On est en train, toi et moi, de commencer à exister. Commencer, seulement. Qui je suis? Julius Port, au milieu de quelques millions de Julius Port qui se croient différents parce qu'ils possèdent un nom propre. Né il y a vingt ans, dans une ville pouilleuse comme il en existe des milliers, sur le Territoire « Soleil Est ». C'est moi, et ma mère est morte en me mettant au monde, et c'était la meilleure des femmes : j'ai entendu ça pendant quinze ans, dans la bouche de mon père. Un brave type, qui ne s'en est jamais remis, qui devenait cinglé et me répétait ça en me regardant d'un drôle d'œil. Il est mort dans l'incendie de son magasin. Comme tes vieux, tiens. Seulement, moi, j'étais là, j'ai pu sauver un peu de fric – mais pas mon père. Avec ça, j'ai acheté ce Trax, et me voilà. Fouilleur parmi les fouilleurs. Est-ce que j'existe, Alano?

Alano cligna des yeux, pour signifier qu'il comprenait ce que voulait dire Kid.

– Est-ce que tu en connais beaucoup qui existent? Moi pas. Je connais Krawt Ferken, gouverneur probable de ce Territoire F., et Jebewer Addier, Oaks Dezpype, Buck Maltus, membres du Conseil territorial. J'en connais quelques autres, gouverneurs de différents Territoires. Je connais Kennie Berthaud, chef-volant sur ce secteur. Et puis? Cidine, oui. Peut-être elle. Mais certainement pas ses filles – et c'était vrai, ce que j'ai dit cette nuit, oui, c'était vrai! Le reste, Alano? Où ils sont, les vivants? Partout, nulle part. Ils sont fouilleurs sur les Territoires maudits : des rats, des ombres qui creusent, qui cherchent, qui espèrent, qui se tuent. Et pourquoi? Pour exister un jour. Exister un peu, chichement. Moi, je veux exister complètement. Il n'y a pas deux manières. J'ai compris ça.

Il avala sa salive et s'essuya les lèvres sur le dos de sa main.

– On est des rats sur une planète pourrie. Sur l'Ancienne Terre, comme ils disent, puisqu'ils s'imaginent que la Nouvelle Terre est une réalité. Moi, je n'en sais rien. Je ne sais pas. Ce que je sais, c'est l'Histoire. Sans plus. Et c'est quoi, l'Histoire?

– C'est... ce qu'on... ce qu'on raconte...

– C'est ce qu'on raconte, Alano, exact. On raconte ceci : aux alentours des années 2250-53 – voilà un bon début, pas vrai? On n'est même pas sûr des dates, on ne sait plus! on ne sait plus rien! –, aux alentours de ces années, donc, la Migration a commencé. Vers Nouvelle Terre, quelque part dans le ciel. La planète-refuge idyllique, le rêve. Ceux qui pouvaient sont partis. Les plus forts, les plus riches, ceux qui avaient les moyens. Une grande partie de la population du globe a émigré vers Nouvelle Terre. Mais pas n'importe qui : les colons se recrutaient dans les couches sociales aisées – si ça se produisait maintenant, tu crois qu'un fouilleur de merde pourrait se payer un ticket? Mais, naturellement, ce n'était qu'une question de temps. Le temps... Avec le temps, tous ceux qui le voudraient pourraient s'envoler pour le paradis. On dit – ils disent – que la Migration s'est échelonnée jusqu'aux environs de l'an 2260. Et là : cassure. Fini. Plus rien. Alors, ils essaient d'expliquer. Ils disent : les Migrants ont cessé volontairement les voyages, ils ont coupé les amarres et les ponts, car ils ne tenaient pas à partager le gâteau avec des millions de n'importe qui. Ou encore : Nouvelle Terre n'était pas déserte : il y avait des habitants, de braves extra-terrestres qui se sont mis à voir d'un vilain œil cette marée de touristes. Alors, Nouveaux-Terriens autochtones et Nouveaux-Terriens colons se sont serré la main, ont scellé l'alliance et d'un commun accord ont arrêté les frais. Ils disent : ce qui est certain, c'est que la Migration a eu lieu et qu'elle a été interrompue. On a retrouvé certaines traces qui permettent de l'affirmer, d'après ceux qui *savent*. Qu'en penses-tu, toi?

Alano haussa une épaule en signe d'ignorance. Il aurait pu tout aussi bien demeurer de bois : Kid ne le voyait pas vraiment.

– Ils ont tout emporté, par mesure de sécurité. Archives du savoir, documents, tout. Ou bien ils ont détruit ce qu'ils ne pouvaient emmener : à coups de bombes, ou n'importe comment. Imagine les gigantesques incendies de bibliothèques et de différentes banques du savoir... Ouais. Bien sûr qu'on a retrouvé les traces de jolis holocaustes, mais quant à les dater avec précision... Ils ont fait la part du feu derrière eux. Abandonnant la vieille planète avec ses laissés-pour-compte qui n'étaient pas, de toute façon, et très probablement, d'un niveau d'instruction suffisamment élevé pour pouvoir redresser les ruines des installations scientifiques. L'Ancienne Terre abandonnée avec ses rats. Des types comme Blackswitch ont formulé des hypothèses hardies selon lesquelles il y aurait eu sur la population des laissés-pour-compte des manipulations génétiques à grande échelle, ce qui fait que leur descendance – toi et moi, camarade, et les autres – souffrirait d'un blocage de la mémoire, en quelque sorte, concernant ces temps anciens. Avec, en sus, une incapacité totale d'opérer un redressement technologique, dépassé un certain stade. Finies les escapades vers les étoiles. Et ce que l'on peut retrouver de vestiges scientifiques ou culturels est à jamais incompréhensible. Le mystère... Voilà l'Histoire. Ajoutons ceci : la fin provoquée de la Migration a été suivie par la période du Chaos, entre 2260 et 2270, toujours en évaluation approximative. Un infernal chaos, une pagaille formidable chez les pauvres rats abandonnés à leur triste sort. Mais les rats se sont ressaisis. Ils ont créé la Confédération des Territoires. Ils ont laissé de côté les Territoires qui étaient de toute évidence marqués spécialement par le Chaos, ou par la politique de terre brûlée des Migrants (avec l'aide des extra-terrestres ou non.) Là, il fallait creuser, fouiller, chercher. Et voilà ce qu'on fait, sur ces Territoires qui n'admettent aucune construction solide afin que chacun puisse à loisir retourner si bon lui semble tel ou tel lopin de ruines. Des rats, encore. On creuse et on fouille, on espère trouver l'indice, le vestige, n'importe quoi, le truc déchiffrable qui nous permettra de comprendre, d'étayer telle ou telle thèse ou hypothèse, l'indice grâce auquel on fera un petit pas en avant, ou en arrière, c'est pareil. Les rats creusent. Ils sont encadrés par le personnel volant des compagnies d'études historiques, ils vendent leurs trouvailles et se paient à manger en échange, ou encore une putain de temps en temps. Voilà l'Histoire.

Kid transpirait à grosses gouttes. Ses pommettes étaient rouges, luisantes. Il s'essuya le visage dans ses mains nerveuses, but une nouvelle gorgée de thé. Alano l'imita. Ensemble, ils reposèrent leurs tasses.

Kid se râcla la gorge, puis :

– C'est l'Histoire. C'est ce qu'on nous met dans la tête. Il y a des Territoires colonisés, civilisés, et d'autres qui sont voués aux fouilles. Mais sur tous, c'est la même loi du plus fort qui compte. C'est la règle. Il faut retrouver les traces du savoir, il faut se débloquer la tête et comprendre, pour pouvoir un jour s'échapper de l'enfer, et remonter au niveau des Anciens Migrants. Voilà la règle du jeu. Alors on creuse, on fouille, on décrypte. On cherche. Ça ne m'intéresse pas. Je ne veux pas savoir si la Migration a bel et bien eu lieu, ou si tout simplement, et sans quitter notre bonne vieille Planète, les pays se sont tellement bien cassé la gueule que la moitié de la population, ou davantage, a passé l'arme à gauche. Je veux pas entendre parler d'extra-terrestres, de paradis. Je m'en fous. Je suis un rat, mais je ne veux pas le rester. Parce que les rats n'existent pas, ne comptent pas. Et j'ai un moyen. Les puissants se reconnaissent entre eux. Je ne suis pas un puissant, je n'ai pas de clan pour me hisser au rang de chef de quelque chose. Pas de famille, rien. Mais je vais la créer. Je vais les rassembler, parler pour eux; car ils n'ont jamais eu de porte-parole, les rats, jamais un véritable porte-parole, et non un quelconque élu chargé de les mener à la baguette. Ils se taisent, ils grognent. Moi, je vais parler. Je serai leur voix. Tu comprends ça, Alano? Tu comprends quelle force représente cette population de fouille-merde et de pâles citoyens, de gueux, de malheureux, de paumés, de tristes, de déglingués! C'est mon armée, et ils n'en savent rien! C'est mon armée.

Le silence tomba, lourd, sur le sourire malin de Kid. Au bout d'un petit moment, Alano siffla admirativement entre ses dents.

– Et... tu la mèneras où, cette armée?

– J'en sais rien. Ce qui compte, c'est qu'elle me reconnaisse. Pour le reste, elle n'a qu'à se démerder comme on va le faire. S'ils ont envie d'exister comme toi et moi, ils y parviendront.

– Comment peux-tu dire que j'ai envie d'exister, moi? interrogea doucement Alano.

– Quand on se lance à l'assaut d'un Territoire de fouilles au volant d'un pareil tacot... c'est évident. Et ce que tu as fait à cette fille, tout en sachant que son mac ne te le pardonnerait pas... Je sais, Alano.

Alano soupira longuement. Il vida le contenu de sa timbale en deux gorgées. Se resservit. Kid le regardait faire.

– Comment est-ce que tu as pu avoir cette idée, Kid? demanda Alano.

– Ça fait cinq ans que je fouille. Je me suis spécialisé. Les débris de machines ou de supposés vaisseaux spatiaux, ça ne m'intéresse pas. Les gadgets pour antiquaires à fric non plus. Je cherche en priorité le document écrit ou enregistré. C'est ce qui est le plus rare, mais c'est aussi ce qui paye le mieux. J'ai trouvé plusieurs dépôts de cassettes. Mais avant de vendre ça les yeux fermés aux équipes de Kennie Berthaud, je m'y suis intéressé. J'ai étudié. Je ne tiens pas à ce qu'on m'arnaque. Certains documents valent plus cher que d'autres. J'ai appris, j'apprends toujours, les langues anciennes. Mon stock de premières trouvailles, je le liquide au compte-gouttes. Mais je sais ce que je fais et je demande le prix fort. Au début, Kennie a tiqué, mais il s'est vite rendu compte que je ne bluffais pas car les résultats des expertises des bureaux de recherches historiques ont confirmé mes évaluations. Dans ce stock, j'ai mis la main sur une cassette qui n'a rien de scientifique. Une cassette de loisirs, une fiction. Je m'en suis servi au départ pour étudier la langue. Et ça m'a intéressé.

– C'est quoi, comme fiction?

– Une sorte de ballade, j'imagine. Un conte. L'histoire d'un type qui s'appelait Jésus de Nazareth, ou Krist. Une sorte de cinglé, d'après ce que j'en sais jusqu'à présent. Et c'est là que j'ai pris mon idée. En gros, c'est de cette histoire que je me suis inspiré. Tu verras, on y arrivera.

Alano acquiesça sans prononcer un mot. Son visage se fendit d'un large, très large sourire.

– Pour commencer, s'esclaffa Kid, je lui ai piqué son nom. Ça sonne bien, je trouve. Ça se mémorise facilement.

– Kid Jésus, dit Alano.

Le rire monta du fond de son être, trembla dans ses muscles, secoua ses épaules, éclata.

ÉTÉ 2363, 10 h 20

O'Quien fouilla dans la poche intérieure de sa veste qu'il avait retirée quelques instants plus tôt et posée au sol à côté de lui. Il en tira une pochette de plastique noir, souple, une sorte de portefeuille; il l'ouvrit, dévoilant une série d'étuis contenant des bobines de fils magnétiques. Il prit une bobine vierge, la plaça dans l'enregistreur, puis il glissa la bobine qu'il venait de remplacer dans l'étui.

Il leva les yeux. Lolies et Alano l'avaient regardé faire, sans prononcer un mot. Alano Teeshnik se taisait depuis quelques minutes; il semblait sonné. La tension qui marquait son visage, tandis qu'il racontait, était retombée d'un seul coup, ne laissant que des traces molles et suantes. Son regard éteint suivait machinalement les gestes d'O'Quien, probablement sans les voir. Il n'était pas encore retombé dans le présent, son esprit flottait quelque part sur le torrent des souvenirs fraîchement dévoilés... ou alors il rassemblait ses idées pour la suite du récit.

Par contre, le regard de Lolies avouait à présent une curiosité, un intérêt qui s'étaient développés au fur et à mesure que Teeshnik racontait. Si elle avait souvent entendu Alano dévider son histoire, elle s'était préparée à subir l'épreuve une fois de plus. Seulement, et contrairement à son attente, Alano s'était montré très lucide et précis, contant avec talent, sans radoter les mêmes sempiternelles jérémiades comme à l'accoutumée lorsqu'il piochait dans son passé; il choisissait ses mots, utilisait des termes presque savants, et parfois même des expressions que Lolies ne comprenait pas. Elle découvrait un personnage important en train de renaître sous le masque de l'épave humaine. Elle en était très étonnée, ne le dissimulait pas. Satisfaite également et ne le cachant pas davantage. Plusieurs fois, en cours de récit, alors qu'Alano marquait une pause pour rassembler ses souvenirs, Lolies avait adressé à O'Quien un sourire plein de fierté. Comme si l'importance acquise par son « compagnon » rejaillissait sur elle. Et peut-être avait-elle raison, d'une certaine manière : la rencontre entre O'Quien et Alano n'était-elle pas son œuvre?

O'Quien sortit son mouchoir de sa poche et s'épongea le front, les joues, le cou. Le mouchoir était moite. Une grosse tache de sueur triangulaire marquait le dos de sa chemise, entre les omoplates, deux autres grandissaient sous ses aisselles et la toile commençait à s'assombrir au niveau de son abdomen. Alano ne supportait guère mieux l'étouffante chaleur humide qui régnait dans le réduit : il était littéralement en nage et la transpiration coulait en grosses gouttes sur son front et le long de son nez, parmi les mèches agglutinées de ses cheveux, dans les poils blanchis de sa barbe, pour tomber n'importe comment, en pluie, au moindre mouvement – et même quand il se tenait immobile, comme maintenant. Sa chemise en loques était à tordre. Pas une seule fois Alano n'avait pris la peine de s'éponger la face. Il laissait toute cette eau couler hors de lui et n'y prêtait pas la moindre attention.

Des trois, Lolies était celle qui semblait le moins dérangée par cette chaleur.

O'Quien passa le bout de sa langue sur ses lèvres sèches. Il dit :

– Nous pouvons poursuivre. (Sa voix était voilée; il se râcla la gorge.) Quand vous voudrez.

Alano tressaillit, ce qui provoqua une nouvelle pluie de gouttelettes autour de lui. L'espace d'un éclair son regard fut celui d'une bête traquée. Le sourire chaleureux et confiant de Lolies le rassura; il retomba de plain-pied dans l'instant. Son dos voûté se redressa un peu. Mais il ne dit rien : il écoutait.

Il écoutait, et petit à petit une nouvelle expression craintive se peignait sur ses traits bousculés.

– Vous entendez? souffla-t-il.

A intervalles réguliers, des craquements déchiraient le silence, courant sur le toit. Les bruits de la ville étaient lointains, étouffés, comme si le vibrant rideau de chaleur avait formé un écran isolant le hangar, ou même une sorte de cloche protectrice posée sur tout le quartier des anciens dépôts.

– Ce n'est rien, dit Lolies.

O'Quien précisa :

– Le soleil... La chaleur fait craquer la charpente et dilate les plaques métalliques de la toiture.

Alano hocha la tête. Il écouta encore un instant, puis il eut l'air à peu près convaincu.

– On continue? proposa O'Quien.

Alano grogna un acquiescement. Il jeta un coup d'œil en direction du boîtier de l'enregistreur, attendant peut-être qu'O'Quien presse sur la touche qui commandait le déroulement de la bobine. Mais O'Quien ne fit rien de tel. Il se borna à triturer son mouchoir humide entre ses longs doigts.

– Qu'est-ce qui ne va pas? demanda Alano sur un ton pointu.

– Rien... Rien, rassurez-vous. Je me pose simplement certaines questions.

– Vous vous les posez à vous, ou bien à moi, fit Alano sur la défensive.

O'Quien montra ses dents en or.

– D'accord, dit-il. Je voudrais... ne le prenez pas en mal, Alano... Etes-vous certain que votre mémoire est bonne? Je veux dire...

Alano ricana dans sa barbe mouillée. Il ne se fâcha point. Il semblait plutôt s'amuser.

– Ma mémoire est excellente, dit-il. Ne vous en faites pas pour ça. Je l'entretiens chaque jour, malgré moi, depuis un certain temps, il me semble. Qu'est-ce qui vous fait faire la grimace, l'ami? Vous ne vous attendiez pas à ça? Les événements ne cadrent pas avec le petit cinéma que vous vous étiez fait, tout seul, dans votre sacrée caboche?

– Pas vraiment, j'avoue, admit O'Quien. Mais n'en prenez pas ombrage. Je vous parle franchement.

– N'en prenez pas ombrage! s'esclaffa Alano. Je n'en prends pas ombrage, comme vous dites. Je me fous de ce que vous pensez et de vos désillusions. Je vous raconte les choses comme elles sont, et c'est tout. Je vous avais prévenu : vous ne savez rien! rien de rien!... Et vous n'êtes pas au bout de vos surprises.

– D'accord, d'accord! s'empressa O'Quien, avec un geste apaisant des deux mains. Voici ma question : êtes-vous absolument certain de l'existence de cette cassette, et des compétences linguistiques de Kid Jésus?

Avait-il vraiment trouvé cette cassette? Etait-il réellement capable de traduire et de comprendre le langage ancien? Il a parlé souvent de « signes » découverts par lui, et qui auraient été à l'origine de sa démarche, le point de départ de son itinéraire messianique – si l'on considère sa vie de militant sous cet angle. Cette cassette serait donc...

– Tout juste, coupa Alano. C'était ça, le signe. C'est de cela qu'il est parti. Et c'est vrai qu'elle existait. Je peux encore vous réciter mot pour mot ce qu'il m'a dit, la première fois qu'il m'en a parlé – quand il m'a mis dans le bain et m'a proposé de faire équipe avec lui.

– Mais l'avez-vous *vue*?

– Un peu, que je l'ai vue. Une cassette comme on en trouve encore maintenant, dans les ruines de certains Territoires de fouilles. Et je l'ai même entendue. Seulement, moi, j'y comprenais rien. Parfaitement, il s'y connaissait. On peut en retrouver des preuves, j'imagine, dans les dossiers des compagnies d'études. On pourrait voir que Kid vendait ses cassettes tel ou tel prix et que cela correspond à la valeur réelle du contenu. Donc, il fallait qu'il s'y connaisse. Il avait étudié, tout seul, avec des livres. Tout de même, il avait encore des lacunes, il n'était pas capable de traduire comme ça (Alano claqua ses doigts). Il avançait difficilement. D'ailleurs, il n'a jamais pu traduire jusqu'au bout l'histoire de ce type, là, Jésus. Il n'a jamais connu la fin de l'histoire... Mais je crois qu'il s'en fichait, en vérité. Et d'ailleurs, plus sa propre histoire avançait, moins il avait le temps de s'occuper encore de la cassette. Ce qui comptait, c'était le début. C'est avec ça, sur cette idée, qu'il a démarré. Je pense qu'il a déchiffré la moitié de ce conte, mais pas plus. Ça m'étonnerait.

– Et il a pris ce nom...

– Je vous l'ai dit : parce que c'était une espèce de farce et que ça sonnait bien. J'étais pas dans sa tête, s'il avait d'autres raisons, il ne m'en a rien dit. Ça sonnait bien : Kid Jésus. C'était facile à retenir. Kid Krist, par exemple, ça donnait pas la même chose. Ou Kid Julius... Non. Kid Jésus, ça chantait mieux.

O'Quien soupira.

– Où est-il, le prophète généreux qui prêchait l'amour entre les hommes, pour mériter le retour des Migrants? Où est le porte-parole sincère des démunis de tout poil?

Alano plissa les paupières et pencha la tête de côté. Après quelques secondes, un sourire à la fois moqueur et désolé s'étira sur ses lèvres.

– Il vous déçoit rudement, pas vrai?

– J'attends de connaître toute l'histoire.

– Et vous pensez toujours écrire votre livre?

– J'attends de connaître toute l'histoire... Oui, peut-être, après tout, même si cela n'a plus le moindre rapport avec ce que j'imaginais. Il reste, néanmoins, que le personnage mystique est à détruire, à mon avis. Il reste la philosophie socialiste, humaniste, développée par K.J. à une époque. Qu'il fût sincère ou non, cette philosophie demeure.

– Je vois, fit Alano. Je vous dis les choses comme elles étaient. Cette idée de parler au nom des pauvres et des accablés, cette idée de se servir de leur malheur et de le transformer en capital pour un avenir meilleur, c'était quand même pas si bête. Mais on ne peut pas lui en vouloir. Il a pris ça dans ce conte, et il l'a adapté à la situation. Elle s'y prêtait merveilleusement, la situation. Il a utilisé ce qu'il avait sous la main, les armes que lui fournissait le monde autour de lui, le monde dans lequel il était né. Peut-être que par la suite il y a vraiment cru, en voyant comment tournaient les événements. Peut-être qu'à une époque il s'est mis dans la tête de vouloir réellement changer ce monde-là... N'empêche que ce qui comptait surtout pour lui, c'était d'exister, comme il disait. Exister et être connu, reconnu, avoir une chance de vivre décemment. C'était ça.

– Vous avez une explication de ses motivations profondes? Vous a-t-il parlé à ce propos?

– Vous parlez rudement bien, pas vrai? Motivations profondes! C'est sûr qu'il en avait, des motivations profondes! Il ne voulait pas être un rat : c'était ça, son mot. Le mot *rat.* Il voyait la terre peuplée de rats, des rats humains, mais qui ressemblaient beaucoup trop aux autres, les rats-rats, les vrais, comme ceux qui grignotaient les cloisons de sa chambre quand il était petit. Il ne voulait pas être un rat. Depuis qu'il était en âge de comprendre, son père lui laissait entendre que sa naissance était une catastrophe, qu'il avait causé la mort de la meilleure femme du monde, le malheur de son père, toute cette merde! Peut-être même qu'il a lui-même foutu le feu à la bicoque, c'est possible. Il aurait pu le faire, oui...

Alano se perdit dans ses pensées un moment, puis son regard s'éclaira de nouveau et il poursuivit :

– Bien sûr, il s'est servi de ce conte, et aussi de la crédulité de ceux qui s'imaginaient que la Migration avait eu lieu, que les Migrants reviendraient un jour. Ceux qui ne pouvaient envisager une possibilité d'abandon éternel... C'était dans la tête des gens : on disait que la Migration avait été fermée à ceux qui ne méritaient pas de vivre sur cette Nouvelle Terre si belle, cette planète merveilleuse. Bien sûr, il a utilisé cette superstition. Il disait que ce n'était pas en continuant à vivre comme des rats que les Migrants se décideraient à rouvrir les portes du voyage vers la Nouvelle Terre. Il fallait s'élever humainement, il fallait devenir bon. Il a marché à fond là-dedans, et ça a pris. A croire que jamais personne n'avait pensé à ça avant lui. On se bornait à rechercher et à étudier des vestiges et des ruines, pour être de taille, un jour, à remettre ça. C'était aussi une manière de devenir meilleurs, et méritants, seulement c'était une manière scientifique, matérielle, qui tablait avant tout sur la connaissance, l'intelligence, le savoir, tous ces trucs. Et ce n'était pas à la portée de tout le monde. Kid a mis le doigt sur ce moyen qui était à la portée de tous, qui était dans le cœur de tous. Il fallait être meilleur dans son âme, c'est ce qu'il disait. Dans son cœur, ses sentiments : les pauvres, les laissés-pour-compte et les complexés de tous bords possèdent au moins ça : le cœur, les sentiments. Ces outils-là, qui forgeraient leur mérite, ils les possédaient tous. Ils pouvaient s'en servir et se montrer dignes du retour des Migrants. Ils comprendraient, le brouillard qui pèse sur le passé de cette putain de planète se déchirerait... Ouais.

– Kid avait-il vraiment peur des femmes?

Alano souffla sur une goutte de sueur qui brillait à l'extrémité de son nez.

– Je pense que oui. La seule femme digne d'intérêt, la dernière véritable femme était morte en le mettant au monde. Il avait tué la dernière des femmes. Toutes les autres n'étaient que des femelles ricanantes dont la principale activité consistait à ouvrir les cuisses pour attirer les pauvres types qu'elles menaient ensuite où elles voulaient... J'ai réfléchi longuement à ça. Je pense que cette explication est la bonne.

– C'est possible, oui, dit O'Quien.

Il ajouta :

– Vous avez suivi Kid sans discuter, n'est-ce pas?

– Sans discuter. Je lui devais ma vie. C'était un malin, et avec lui je m'en sortirais. Je croyais ça. J'en avais rencontré à la pelle, des malins, dans les rues de mon quartier. Mais pas de sa trempe. Torrine était un sacré malin – mais est-ce que quelqu'un parle de Torrine, aujourd'hui? Torrine est un malin qui n'existe pas. Oui, parfaitement, j'étais prêt pour tout ce que me demanderait Kid... Des fois...

– Oui?

Alano fit claquer sa langue. Une série de bruits métalliques dévala la pente du toit.

– Des fois, je me demande jusqu'à quel point il a longtemps maîtrisé son jeu. Je me demande s'il ne s'est pas mis à y croire plus vite qu'il n'y paraît... et si moi aussi je ne me suis pas laissé avoir. Dans la première période, quand il parlait des moyens extra-terrestres qui surveillaient le globe, dans l'attente du moment où les peuples seraient redevenus bons et méritants... Il était terrible, quand il parlait de tout ça. Sans blague, il avait l'air d'y croire.

Il fit encore claquer sa langue, hocha la tête. Il regarda O'Quien et dit :

– Vous ne remettez pas votre bazar en marche?

– Si, bien sûr. Quand nous reprendrons le fil du récit.

Alano opina silencieusement. Il souffla encore, distraitement, sur une goutte de sueur qui brillait au bout de son nez. Il dit, l'œil méfiant :

– Et quand je vous aurai tout raconté?

– Oui?

– Je vous demande ce qui se passera, quand je vous aurai tout raconté.

– Eh bien... je vous l'ai dit. J'écrirai ce livre. J'espère.

– Vous aviez parlé de ma sécurité...

– Je pense, oui, que cet écrit démontrera que Kid Jésus n'était en aucun cas l'élu de je ne sais quelles puissances extra-planétaires. On vous laissera en paix.

Alano montra ses dents, lui aussi : noires, entartrées, plusieurs ébréchées.

– Mais comment pouvez-vous croire que je vous donnerai les preuves de ce que vous dites? Les arguments nécessaires pour étayer votre thèse... Comment pouvez-vous croire que je vous aiderai à faire ce portrait que vous avez déjà esquissé dans votre tête? Et s'il avait dit vrai? Si la cassette était un signe? Si les Migrants existaient? On ne sait pas, nom de Dieu! Et voilà que des boules de feu traversent le ciel, que de nouveaux cinglés s'agitent!

– Vous savez bien que ce ne sont que des météorites, Alano.

– Non, je ne sais rien... Je sais que les cinglés me cherchent... Voilà. Vous allez écrire votre livre, d'accord, mais ça ne se fera pas en deux secondes. Alors, moi... Moi, qu'est-ce que je deviens, en attendant? Je reste ici, au milieu des cinglés, et ils finiront par me retrouver, par vouloir me faire prendre la première place dans ce cirque... Bon, d'accord, je pense que Kid bluffait, je pense, au fond de moi, qu'il était un sacré bon acteur. D'accord. Mais pour les cinglés, O'Quien, je suis le premier apôtre vivant de Kid, et ils voudront me remettre en selle. Le pauvre fou accablé depuis des années, ils voudront le réhabiliter – mais surtout s'en servir. Je ne veux pas, O'Quien. Alors, qu'est-ce que je vais devenir, vous le savez?

– Je...

– Moi, je le sais. Vous allez vous occuper de moi, et vous me devrez bien ça. Vous allez m'emmener hors d'ici. Avec Lolies, si elle veut – et elle ne pourra faire autrement, car si je disparais, elle sera en danger. Vous allez faire ça, O'Quien. On va rester ici jusqu'à la nuit, et puis, ensuite, vous allez nous emmener d'ici. Loin. Dans votre pays. Je ne sais où. Mais vous vous débrouillerez.

O'Quien n'avait pas bronché. Son sourire était tombé, puis revenu. La pâleur de ses joues s'estompa au bout de quelques secondes.

– Je crois que c'est possible, dit-il.

Alano bougea ses jambes. Il les décroisa et les replia sous lui. Il fit cela en s'appuyant sur son fusil; ses gestes étaient vifs, précis... ce n'était visiblement pas la première fois qu'il se dépliait et repliait ainsi dans son espace exigu entre les matelas. Il appuya le fusil contre sa cuisse.

– Il ne s'agit pas de croire que c'est possible, souffla-t-il en appuyant sur les mots de l'expression utilisée par O'Quien. Ça devra être possible.

– D'accord.

– Bien. Vous allez me dire comment vous comptez vous y prendre.

O'Quien ouvrit des yeux ronds. Il regarda Lolies, comme s'il espérait la voir voler à son secours. Lolies ne prévoyait certainement pas la réaction d'Alano ni ses brutales exigences. Elle n'avait pas caché son étonnement lorsque le jeune homme à barbe blanche dictait ses conditions. Mais elle était capable de réfléchir très vite quand il le fallait. Elle ne dit rien, ignora superbement l'appel muet que lui adressait O'Quien. Et puis quoi? Elle n'était pas allée le chercher : il était venu tout seul se planter dans cette situation, avec ses rêves de gloire, lui aussi, ses projets de livre et son envie d'exister, tout comme Kid Jésus – pas vrai? Du bout des doigts, elle essuya le filet de moiteur qui brillait sur sa peau, entre ses seins, dans l'échancrure de sa tunique. Elle eut un mouvement de tête qui fit danser ses boucles rouges.

– Bien... dit O'Quien. Nous pourrons quitter cet endroit à la nuit, et gagner la ville.

– Sûrement pas, coupa Alano. Ça ne me plaît pas. Vous pourriez trouver le moyen de filer entre nos pattes : je suis mal en point, vous savez. Vous auriez votre histoire dans cette petite boîte enregistreuse, et rien ne vous retiendrait.

– Il a une voiture, dit Lolies. Il me l'a dit. N'est-ce pas?

– Je ne sais pas si je vous l'ai dit, mais c'est exact. J'ai une voiture qui m'attend, dans le garage de l'hôtel où je suis descen...

– Quel hôtel? demanda Alano.

– L'hôtel *Horizon.* C'est un bâti...

– Je connais. Lolies ira chercher votre voiture. Elle

l'amènera sur le côté nord du dépôt. On se retrouvera là. Et vous me donnerez votre sacré enregistreur. D'accord?

O'Quien réfléchit un moment, lèvres pincées.

– D'accord. Si nous ne trouvons pas mieux....

– C'est le plus simple, dit Alano. On attendra là-bas, et j'aurai votre enregistreur. J'aurai aussi mon fusil... On quittera la ville, l'ami, tous les trois. Vous nous emmènerez dans votre pays. D'abord, je veux voir ce que sera votre livre. Vous nous cacherez, vous vous débrouillerez pour nous fournir de nouvelles identités. Toujours d'accord?

– C'est possible, oui. C'est faisable, je pense, dit O'Quien.

– Vous n'en êtes pas certain?

– Si. A la réflexion, oui.

O'Quien soutint sans ciller le regard aigu d'Alano. Un grand sourire illumina le visage du jeune homme. Il gloussa.

– Alors, dit-il, peut-être que vous êtes vraiment une fameuse occasion pour moi, O'Quien. Comme ça, je vais tout vous dire, ma parole, et vous ne serez pas déçu! Donnez-moi la première bobine enregistrée.

Son crochet de fil de fer était posé sur la détente, et le fusil comme par hasard dirigé vers O'Quien; il tendait la main droite, paume ouverte marbrée de cal brunâtre et de crasse.

– Vous n'avez véritablement aucune confiance en moi? interrogea doucement O'Quien.

– Non, dit Alano. Allez savoir pourquoi...

O'Quien lui donna la bobine, ainsi que l'étui de plastique et les autres rouleaux vierges.

– Je vous en demanderai quand ce sera nécessaire, dit-il.

– Excellent!

Alano fourra l'étui dans sa chemise.

Il posa le fusil en travers, sur ses cuisses, et dégagea son crochet de fil de fer hors du pontet.

– Peut-être que j'ai confiance en vous, dit-il. Peut-être que non. Je ne sais pas. Je ne sais pas d'où vous venez, ni rien. Vous pouvez raconter ce que vous voulez.

– Certainement. Mais je vous ai dit ce qu'il en était, rien d'autre. Je vous ai dit la vérité.

Alano désigna l'enregistreur d'un mouvement du menton.

– Allez-y. Je vais vous raconter cette histoire du dépôt de carburant, et le reste. L'empoignade avec les compagnies, tout. Comment l'ange des putains est devenu l'ange des déshérités de tout acabit. Et comment il a viré de bord une première fois. Ça va vous plaire, ce passage-là... Et puis la suite, quand ça a pris cette tournure qu'il n'avait pas prévu... Ouais. Vous y êtes?

O'Quien poussa la touche. La bobine se mit à tourner.

FIN DE L'HIVER 2353

La cassette était d'un modèle standard très courant – depuis que les Territoires de fouilles étaient ouverts aux recherches, et même avant, d'ailleurs, depuis les temps flous du Chaos, on en avait trouvé des milliers de ce type. C'était l'équivalent d'un modèle T 150, qui pouvait être utilisé sans problème sur les lecteurs courants. (En fait, les lecteurs en question avaient été conçus d'après le gabarit de ces cassettes extraites des ruines, et les nouvelles cassettes fabriquées actuellement étaient copiées sur les anciennes.) Les fouilleurs professionnels, sans oublier tous les « amateurs » et découvreurs d'occasion, avaient donc extirpé du sol et des ruines une belle moisson de ces cassettes. Avec les documents écrits (très rares car ils supportaient mal l'épreuve du temps s'ils n'étaient pas protégés dans des coffres ou autres chambres fortes particulièrement bien isolés), ces bobines magnétiques représentaient un petit cinquantième, approximativement, des vestiges intéressants mis à jour et confirmant l'existence, près d'un siècle auparavant, d'une civilisation avancée. On avait retrouvé à profusion des débris de machines bizarres qui pouvaient être, pourquoi pas, ces fusées spatiales utilisées pour la Migration, ainsi que d'autres éléments d'épaves plus modestes, comme par exemple des modèles d'avions semblables à ceux que la Confédération construisait depuis quelques dizaines d'années et qui utilisaient un carburant dérivé du pétrole pour leur propulsion; on avait retrouvé des morceaux de véhicules divers, terrestres ou marins, et aussi des fantômes squelettiques de monstrueuses installations (énergétiques?) dont la surface atteignait parfois celle, ahurissante, d'une véritable ville – et ces vestiges demeuraient mystérieux, on ne parvenait plus à les comprendre, les analyser, les restructurer : ce blocage intellectuel avait permis à Joardan Blackswitch de formuler cette thèse selon laquelle les Migrants terriens aidés probablement par les autochtones extra-terrestres de Nouvelle Terre avaient non seulement stoppé radicalement la Migration en sabotant les installations spatiales, d'une part, emportant ou détruisant d'autre part tout ce qui, au niveau des archives, aurait pu être utilisé par les abandonnés, mais s'étaient livrés sur ces derniers à un contrôle massif, une manipulation (génétique?) gigantesque. Il était impossible de savoir par quels moyens avait pu être réalisée cette « opération de sabotage mental », mais c'était dans le domaine du possible, surtout si, comme Blackswitch, on faisait entrer dans l'arène les pouvoirs scientifiques extra-terrestres. Et même sans cela, une civilisation capable de voyager à travers l'espace, au delà du système solaire et vers un autre monde capable de trouver cet autre monde, d'y atterrir, d'en revenir, et tout cela en moins de dix ans!

– une telle civilisation pouvait fort bien posséder les moyens techniques ainsi que les connaissances scientifiques nécessaires à la stérilisation partielle du cerveau de plusieurs millions d'individus. Et de faire en sorte que ce blocage soit transmis génétiquement à leurs descendants. C'était ce que prétendait Blackswitch. Voilà pourquoi, disait-il, l'humanité actuelle se trouve dans l'incapacité absolue de déchiffrer les dernières traces ou éléments d'un certain niveau supérieur technologique que l'on peut encore tirer des ruines. Voilà qui explique cette incapacité à comprendre (et à aller de l'avant au delà d'une certaine limite) qui durera encore longtemps, toujours(?), à moins qu'un jour, peut-être, quelque monstre mutant vienne au monde délivré de cette barrière, de cette occultation neuronale. Certains, parmi les détracteurs de Blackswitch, lui opposaient l'argumentation suivante : et si la joyeuse bande de censeurs avait réellement trafiqué les cerveaux, d'une manière ou d'une autre – que cela fût par ingestion de drogues, solides ou gazeuses, ou par un procédé quelconque d'hypnose collective, une savante manipulation psychologique de masses laissant des traces aussi efficaces que celles d'un laser micro-chirurgical, bref : n'importe quel moyen –, pourquoi n'avaient-ils pas, du même coup, effacé jusqu'au souvenir de la possibilité d'une migration? Blackswitch avait une réponse toute prête, et même plusieurs. Laissant de côté diverses explications à annotations plus particulièrement psychologiques, sa contre-argumentation se résumait à ceci : 1) Il est probablement plus « facile » de trafiquer une partie des circuits corticaux et d'« empoisonner » un secteur infinitésimal de la biochimie des synapses, visant par-là un certain mécanisme, une « gymnastique » particulière de l'intellect – en l'occurrence la faculté de compréhension et de conception d'une élaboration technique donnée –, en bref d'enrayer les processus créatifs dans une direction particulière, que de pratiquer un balayage mnémonique considérable, l'amputation sérieuse d'une belle part de mémoire collective, à plus forte raison si cet effacement vise le stockage mémorisé d'un événement important survenu dans un passé très récent; 2) Pourquoi les Migrants se seraient-ils donné la peine de pratiquer cet effacement global du souvenir de leurs exploits et de leur existence dans la mémoire de ceux qu'ils abandonnaient? Pourquoi auraient-ils dépensé de l'énergie dans ce but, et du temps, puisque de toute manière *ils ne risquaient plus rien.* Puisque le simple « blocage » interdisant aux abandonnés de Terre de retrouver un jour les hauts chemins des étoiles les mettait définitivement à l'abri d'une seconde vague de migration.

Et puis... Migration réelle, ou vue de l'esprit? Réalité ou légende? Interprétation correcte et raisonnable des débris, souvenirs transmis par-delà le Chaos? Ou alors les débris n'avaient rien à voir avec des fusées, le Chaos n'avait d'autre origine qu'une abominable confrontation guerrière entre les peuples d'*avant*? Le besoin de merveilleux, après l'horreur, la soif d'évasion hors de cette planète folle, ces espoirs dérisoires, ce manque psychologique avaient-ils poussé à la création de la légende? Blackswitch disait : la Migration eut lieu; au fond de lui, tout homme le sait; il en porte les traces et il en est convaincu; c'est l'incapacité dans laquelle il se trouve de comprendre « les moyens » et d'interpréter les signes et vestiges qui provoquent *le flou* mémoriel, c'est l'obligatoire constat d'ignorance, la traumatisante reconnaissance de sa petitesse face à l'inconcevable qui créent le doute, l'errance spirituelle, et dressent toujours plus haut ce mur de brouillard entre l'avant et l'après-Chaos.

Les cassettes et leurs bobines de fils enregistrés étaient un bien des plus précieux pour ceux qui espéraient fermement déchiffrer un jour le « secret des dieux » – en dépit des affirmations contraires contenues dans la théorie Blackswitch. (On avait trouvé également quelques cassettes vidéo de films, mais l'extrême mauvais état des films leur enlevait toute valeur.) Elles étaient recensées selon leur contenu, d'une part, et la langue dans laquelle s'exprimait le ou les narrateurs, d'autre part.

Les recherches avaient permis l'émergence de trois langues principales qui étaient étudiées en priorité, et trois ou quatre autres, mises en « réserve » – actuellement, le langage se divisait en deux courants, tous deux issus du Chaos, et plusieurs dizaines de dialectes bâtards. La majeure partie des cassettes étaient, semblait-il, des contes et des œuvres de fiction, des chansons : de toute évidence, les œuvres de caractère documentaire ou historique avaient fait l'objet d'une très efficace épuration de la part des Migrants. Quant aux cassettes scientifiques... leur nombre était particulièrement réduit et le jargon de spécialiste employé, même dérivé d'une des trois langues étudiées, parfaitement hermétique.

La cassette découverte par Kid Jésus – puisque tel était désormais son nom – avait été enregistrée dans le premier des trois langages antéchaotiques : le Langage Ancien 1. C'était un homme qui parlait. Une voix grave, aux sonorités ronflantes, aux accents volontiers emphatiques. Une musique de fond accompagnait le commentaire.

– Ecoute, disait Kid. Ecoute ça...

Il appuyait sur la touche de son lecteur, en souriant, l'œil perdu, et il se retrouvait tout entier déporté ailleurs, planté dans l'histoire que racontait la voix grave de l'homme d'avant le Chaos.

Alano retenait son souffle, écoutait. Il frissonnait, se sentait transporté malgré lui, et pourtant il ne traduisait rien. Rien de rien, évidemment, mais l'attitude de Kid, à elle seule, suffisait à créer son excitation, et il comprenait que cette voix, cette musique, étaient quelque chose de terriblement important.

A un certain moment, Kid stoppait le déroulement de la bobine. Il pianotait sur le dossier de carton fort contenant une centaine de feuillets recouverts d'une écriture minuscule. Il disait :

– J'en suis là. C'est tout ce que j'ai pu traduire, et qui signifie quelque chose. Il y a de nombreuses lacunes... mais je m'y retrouve.

Alano hochait la tête, plein d'admiration.

Dans les premiers temps de leur vie en commun, pendant une semaine ou deux, encore, Kid passa plusieurs heures par soir à étudier la cassette et à progresser dans l'histoire. Après quoi, il laissa tomber. Il avait autre chose à faire : sa propre histoire à écrire.

FIN DE L'HIVER 2353

La neige qui était tombée en abondance ne facilitait guère les fouilles. A la vérité, cette croûte blanche et durcie qui atteignait plusieurs mètres de haut en certains endroits était même un très sérieux handicap. Les Trax et diverses Tri-pelles n'avaient certes aucun mal à déblayer cette neige, mais ils ne pouvaient rien contre le gel qui amalgamait les ruines proprement dites, les rendait fragiles, cassantes, dangereuses pour les recherches minutieuses qui ne pouvaient s'effectuer que manuellement; et puis la neige déblayée devait être une fois encore repoussée plus loin, et c'était un surcroît de travail considérable, pour un résultat très aléatoire. Travailler sous des températures moyennes de –30 à –40 degrés, à la pioche ou même au marteau fouisseur pneumatique branché sur le bloc-compresseur du véhicule, risquer perpétuellement l'accident parmi les pierres gelées... cela n'avait rien de bien séduisant.

L'activité fut donc considérablement réduite, pendant quelques semaines, sur le secteur occupé par l'équipe de Vurdin. Les hommes passaient leur temps à entretenir leurs machines, ou bien ils se réunissaient dans la Tripelle de l'un ou de l'autre pour sécher en chœur une ou plusieurs bouteilles. Alano participa à ces rares réunions, mais pas Kid. Ils organisèrent également quelques battues aux loups dans les environs, tuèrent quatre vieux mâles – ainsi qu'un chevreuil des glaces qui fut allégrement transformé en festin communautaire auquel, cette fois, Kid se mêla.

Cet hiver de 2353 fut spécialement rude; non seulement il réduisit considérablement les activités des équipes de fouilleurs sur tout le Territoire F., mais il enraya aussi sérieusement le mécanisme social des Territoires et Pays civilisés. Le redoux arriva avec plus de trois semaines de retard.

L'équipe se remit au travail, dès les premiers symptômes de cette clémence climatique impatiemment attendue. Le troisième jour, la pelle de Trax de Kid qui déblayait un amoncellement de plaques de béton mit à jour une sorte de tunnel. Une excavation enterrée sous les décombres. Ils explorèrent fébrilement cette excavation, dégagèrent manuellement les pierres et gravats – Alano s'agitait de son mieux, malgré son bras blessé; le moignon cicatrisé était encore très douloureux. Ils trouvèrent un couloir. La découverte était de taille, car ce passage pouvait déboucher sur un de ces réseaux de circulation souterrain qu'on trouvait parfois sous l'emplacement de grandes métropoles; utilisant ce réseau, on pouvait accéder à différents endroits de l'ancienne ville, avec de la chance on pouvait même l'explorer en entier – du moins ce qui était explorable dans sa partie enterrée. Evidemment, dans un pareil cas, la ville appartenait à celui qui l'avait trouvée... s'il savait défendre son trésor.

Mais ce n'était pas une ville. C'était malgré tout un trésor.

Le couloir s'enfonçait sur une dizaine de mètres pour se terminer en cul-de-sac. Il n'avait pas été construit par la main de l'homme mais formé par l'imbrication de blocs de pierre ou de béton sur lesquels subsistaient encore les traces rouillées d'armatures métalliques. Par contre, le sol était de ciment lisse, recouvert de débris. Emergeant de la couche de gravats, il y avait trois sortes de couvercles d'acier, comme des portes de sas, bosselés, ternis, mais à peine corrodés par la rouille — protégés sans doute par la couche pierreuse de plusieurs mètres contre les méfaits de l'air et de l'eau. Les petits volants d'ouverture étaient complètement faussés et tordus. Il fallut un jour entier d'efforts à Kid et Alano, travaillant au ciseau à froid et à la barre à mine, pour venir à bout des « couvercles ». Du couvercle, plus exactement, car il leur suffit d'en forcer un. L'odeur spécifique les frappa en pleine face. Ils étaient tombés sur une ou plusieurs citernes de carburant enfouie, une sorte de gas-oil parfaitement convenable du type de celui qu'ils utilisaient pour les engins.

— Tu vois, dit Kid avec ce petit sourire en coin de celui qui a une grande idée derrière la tête. C'est une fortune, là, sous nos pieds, si on le voulait. De quoi quitter la fouille et vivre comme des princes pendant un an ou deux en se tapant le circuit grand luxe des plus belles villes de la Confédération.

Déjà, l'œil d'Alano s'embrasait.

— Seulement, dit Kid, il y a mieux à faire.

C'était dans la soirée. Il appela par radio les autres membres de l'équipe, et à la nuit tombée ils étaient là, ils descendaient de leurs machines et rejoignaient Kid. Celui-ci leur fit part de sa découverte — ils poussèrent des sifflements d'admiration —, puis il leur montra les cuves — ils sifflèrent encore, ou bien ils en restèrent bouche bée. Kid fit ressortir tout son monde à l'air libre; ils se réunirent autour du brasero allumé quelques instants plus tôt. La nuit était piquée d'étoiles et la lune se levait, toute ronde. Il faisait encore froid mais on pouvait se promener tête nue sans courir le risque de voir ses oreilles durcir et s'effriter comme de vieux champignons secs.

– Vous avez vu, dit Kid.

Vurdin fut le premier à réagir.

– Bon sang, oui, on a vu. Apparemment, tu avais raison : Alano le chanceux te porte veine à toi aussi. Il y a plusieurs milliers d'hectos, là-dessous.

– C'est à nous tous, dit Kid.

Ils le regardèrent comme s'il avait dit, par exemple : « tout à l'heure je vais m'ouvrir le ventre »; puis, la seconde d'après, comme s'il avait lancé la meilleure plaisanterie jamais entendue. Mais ils n'osaient pas rire franchement. Le seul à oser était Kid.

– Hé, dit doucement Bob Tander. Où est-ce que tu as mal, Kid?

– Tu sais pour combien il y en a de fric, dans tout ça? demanda Vurdin. Tu as une idée?

– Au cours pratiqué par les Volants et à quelques millions près, j'ai une idée, oui, dit Kid.

– Avec ça, tu peux mener la grande vie, gamin, poursuivit Vurdin. Et même en tenant compte de ton âge, ça pourrait durer longtemps.

Kid dit :

– Pas si longtemps que tu crois, Vurdin. Et puis même... en admettant : ça changerait quoi? Je veux dire, ça changerait quoi pour vous, pour tous les autres? Le grand gagnant serait ailleurs, invisible comme toujours. Le système, les Volants qui revendront ce carburant deux fois plus cher aux fouilleurs. J'en sortirais, et du même coup j'enfoncerais davantage d'autres camarades. Ça ne me plaît guère.

Ils écoutaient. Ils regardaient Kid dans les lueurs du brasero.

– Il y a autre chose à faire, dit Kid. Je suis certain qu'avec le contenu de ces cuves on pourrait alimenter tous les véhicules excavateurs en activité sur le Territoire F. pendant deux ans, et plus. Peut-être trois.

– Sûr, dit Viliane.

– Eh bien, c'est ce qu'on va faire. On va donner ce carburant aux Volants, après évaluation, et peut-être en leur concédant une petite part bénéficiaire. On leur donnera, sous condition qu'ils l'utilisent pour alimenter tous les fouilleurs de ce Territoire pendant trois ans. Il faudra que les choses soient claires, que tous les fouilleurs le sachent : carburant gratis pendant trois ans. Pas question de payer. Les Volants ne peuvent pas être contre : cette mesure encouragerait la fouille.

Un silence noir figea la nuit pendant quelques secondes.

– T'es fou, Kid. Pourquoi les Volants accepteraient? Ça leur ferait une fameuse perte, au prix où ils nous vendent le carburant!

Kid regarda Maltew, qui avait parlé.

– Ils seront bien obligés d'accepter, sans quoi je ferai sauter ce réservoir. On va le trafiquer, de manière à pouvoir le contrôler et le saboter le cas échéant si les Volants font les méchants et tentent une prise en force. On poursuivra le contrôle dans le temps – là, cette surveillance pourra s'effectuer à tour de rôle, on verra – jusqu'au bout du délai. A la moindre vente illégale de carburant signalée, soit les Volants remboursent, soit la réserve pète.

– Ça me ferait mal, grogna Naidoc dans sa barbe. Ça me tuerait de voir sauter ce trésor... ça m'étonnerait que je te laisse faire ça, Kid.

– C'est cela qui te tuerait, Naidoc, dit Kid sur un ton gentil – terriblement gentil.

Tander ricana :

– Jamais les Volants ne marcheront dans un coup

pareil, Kid. Ils feront tout pour nous baiser, tu peux être certain.

– Peut-être. Alors, ceux qui voudront du fuel n'auront qu'à venir se servir. On fera passer l'information. Carburant gratis à la demande et à loisir, mais interdit de le vendre entre fouilleurs. Ceux qui préféreront acheter aux Volants seront libres.

– T'empêcheras pas des types de vendre à d'autres, dit Tander.

– Mais ils vendront de toute manière à faible prix, moins cher que les Volants, en tout cas, et ce sera toujours ça de gagné. De plus, l'idée se propagera. Les Volants ne pourront rien contre sans se discréditer et passer pour ce qu'ils sont : des profiteurs. Bon Dieu, les gars, c'est ça qu'il faut changer! On est comme des fauves à se bouffer entre nous, et à qui ce combat profite-t-il? Pas à nous. Pas à nous, tu peux être certain! Réfléchis.

– On n'est pas de taille, gamin.

– Précisément! On croit qu'on n'est pas de taille, mais on pourrait l'être en s'entraidant. On pourrait être une masse, un bloc! Et mériter, en vivant différemment, le retour des Migrants. Si c'est vrai qu'ils existent, je crois qu'ils attendent cela pour se manifester de nouveau : que d'un troupeau de loups nous devenions des humains. Ce carburant, je pourrais le monnayer et en profiter seul – avec Alano. Ça ne nous intéresse pas. On serait capables de brûler ce gain en un rien de temps, grisés, fous, et puis quoi? On retomberait ensuite dans cette situation d'aujourd'hui. C'est plus intéressant, en ce qui me concerne en tout cas, d'essayer de changer la situation présente, de tenter une évolution.

Il continua de parler en ce sens pendant longtemps – une bonne demi-heure, au moins – et parvint finalement à convaincre les hommes du sérieux de sa résolution. Même s'ils continuaient de penser que c'était là pure déraison, ils étaient persuadés de la conviction de

Kid. Ou bien, déjà, commençaient-ils à penser que l'idée n'était pas si folle?

Plus tard, une fois qu'ils eurent regagné leurs véhicules respectifs, Vurdin appela Kid par radio.

– Gamin?

– Ça ne m'étonne pas, Vurdin, dit Kid. Tu étais trop silencieux...

– Pourquoi tu fais ça, gamin? Qu'est-ce que tu as derrière la tête?

– D'après toi, Vurdin?

– Justement, je sais pas. Je comprends pas. Justement.

Kid se mordit les lèvres; il marqua un temps et cligna de l'œil à l'adresse d'Alano.

– Et si j'avais trouvé quelque chose de décisif au cours de mes fouilles? dit-il. Quelque chose – ne me demande pas quoi – qui m'aurait ouvert les yeux, et d'une certaine manière débloqué en partie le cerveau, si tu veux. Si j'avais, à cause de cela, le moyen de nous tirer du pétrin, tous et toutes, sur cette fichue planète? Si j'avais le moyen d'expliquer un certain nombre de mystères... A ton avis, Vurdin, tu crois tout cela possible?

Il y eut un grand moment de silence pendant lequel on entendit simplement la respiration un peu sifflante de Vurdin.

– Bon Dieu, fit-il. C'est que ça ne m'étonnerait qu'à moitié, venant de toi, gamin... T'en es bien capable. J'y comprends rien, mais t'en es bien capable...

– Et tu as raison de le croire, vieux, dit Kid.

Il coupa la communication.

Le contact fut pris avec les Volants basés sur un bateau à fond plat qui remontait la rivière située au nord-ouest du Territoire F. – cette rivière était nommée Rivière du Loup, bien que les loups ne fussent pas plus nombreux dans ces parages qu'ailleurs. C'était la voie d'eau la plus longue, la plus large et profonde, au cours le moins accidenté, de tout le Territoire. Pour cette raison, d'autres bateaux officiels abritant de nombreuses personnalités passaient leur temps à monter et descendre le fil de l'eau – les rivières et les fleuves étaient finalement les seuls rares endroits d'un Territoire de fouilles qui ne risquaient rien des Trax, Tri-pelles et autres bulldozers plus ou moins sophistiqués.

Quatre jours avant la fin de l'année, dans le redoux installé, un appareil hélicoplane aux couleurs des contrôleurs volants se posa au centre du secteur couvert par l'équipe. Kennie Berthaud ne s'était pas déplacé en personne. Le Volant s'appelait Willie Tube, il était maigre, asthmatique, arborait un insigne de sergent-contrôleur épinglé sur son parka. Toute l'équipe était là, autour de Kid, pour l'accueillir.

Toute l'équipe était derrière Kid lorsque celui-ci fit sa proposition.

Willie Tube, complètement désarçonné, tenta de discuter un moment. Puis il comprit que ce Kid Jésus devait être fou, et, qui sait, peut-être dangereux. Il repartit avec ses deux collègues.

Le lendemain, Kid eut une longue conversation-radio avec Kennie Berthaud soi-même. Il se montra intraitable et décidé. Kennie aussi.

– On se passera de leurs services, dit Kid.

Le jour suivant, ils étaient six devant leurs radios, piquant sur les fréquences habituellement utilisées par les fouilleurs.

Le premier de l'an 2354, tout ce que le Territoire F. comptait de fouilleurs isolés ou d'équipes structurées était au courant. Nombreux furent incrédules – mais il leur suffisait d'attendre d'autres échos, ou, pourquoi pas, de communiquer avec le Q.G. des Volants pour avoir confirmation. En tout, au bas mot, une centaine de milliers d'individus, peut-être le double ou le triple.

Ils savaient que Kid Jésus avait découvert une réserve

de plusieurs milliers de tonnes de carburant, que ce carburant était offert gratuitement à tous les fouilleurs, par simple générosité et esprit d'entraide corporatif. Ils savaient que les Volants avaient refusé de participer à cette entreprise généreuse et de mettre à disposition leurs véhicules-citernes. Ils se doutaient que ce Kid Jésus ne manquerait pas d'avoir à surmonter de sérieuses difficultés, mais beaucoup étaient prêts à lui donner leur appui, autant que faire se pouvait. Ils étaient surpris, intrigués, car quelque chose de tout à fait nouveau était en train de se produire. Plusieurs avaient déjà entendu parler de ce Kid Jésus, par les filles des convois de putains – la troupe de Cidine, ou d'autres.

Mais finalement, plus que la décision de Kid Jésus, ce fut la réaction orageuse, extrêmement irritée, de la compagnie-monopole des Volants qui les força à réfléchir et à considérer d'un œil ouvert, très critique, la situation. Ce fut cette colère des Volants, plus que les paroles de Kid, qui les poussa à avoir envie de prêter attention à ce dernier. Et déjà, pour quelques-uns, à avoir envie de rencontrer ce type qui *partageait,* qui se dressait tout seul face à la puissance des Volants. Au nom de tous.

2354

Kid avait suggéré cette promenade – pour se dégourdir un peu les jambes, avait-il dit. La « promenade » avait rapidement pris des allures inquiétantes d'épreuve sportive, pour ne pas dire épreuve de force, et gravir le sentier emprunté relevait presque de l'escalade pure. Ils marchaient depuis une bonne demi-heure : au fur et à mesure qu'ils s'éloignaient du campement provisoire, au creux du val, l'effort marquait de plus en plus nettement le visage buriné de Kennie Berthaud – non seulement l'effort, mais aussi une manière de tourment, une suspicion qui n'était pas très éloignée de l'inquiétude avouée. Kid grimpait comme un chat, trouvant d'instinct, dans la caillasse traîtresse du sentier, la pierre stable sur laquelle poser les semelles lourdes de ses brodequins. En apparence, il ne prêtait pas la moindre attention à l'essoufflement de Kennie, pas plus qu'à son tracas... du coin de l'œil, il avait pourtant noté les signes du malaise sur le visage et dans les regards du Volant, et il s'en délectait, s'en amusait intérieurement. Depuis l'instant où Kennie Berthaud s'était trouvé en face de lui, Kid avait capté sa nervosité et il avait compris qu'il se trouvait en position de force – ainsi que le suggérait la proposition d'entrevue faite par Berthaud. La « promenade » était une autre façon de jauger l'importance de cette supériorité, un jeu, en quelque sorte. Dans sa position, le Volant n'avait pas pu refuser. D'ailleurs, peut-être avait-il accepté sans la moindre arrière-pensée – c'était plus tard que les premiers soupçons avaient dû se lever, quand, par exemple, les véhicules du campement avaient disparu derrière ces barres broussailleuses qui couvraient la pente sèche. Et Kid ne pouvait s'empêcher de jubiler intérieurement, car l'attitude du Volant traduisait en contrecoup toute l'importance acquise par le personnage de Kid Jésus depuis quelques mois...

Cela étant – et les intuitions confirmées – Kid ne tenait pas spécialement à se faire de Kennie un ennemi déclaré. Bien au contraire, il lui fallait le ménager, peut-être rogner les angles durs de cette situation qui s'installait et prenait chaque jour de l'ampleur en s'affirmant de plus en plus nettement, non seulement dans le présent, mais aussi dans l'avenir. Déclarer la guerre franche à l'administration des Volants – touchant donc à travers eux, puis au delà, des cibles beaucoup plus importantes – eût été présentement une erreur.

C'était trop tôt. Cela risquait de provoquer une secousse bien trop violente, en réaction défensive, de la part des autorités; ce séisme pouvait même faire vibrer des ondes de choc jusque dans les hautes sphères du Conseil Confédéral Planétaire. Rien n'était moins souhaitable dans l'immédiat, et Kid le savait. Son mouvement (qui n'était d'ailleurs pas un mouvement et ne le serait jamais en raison de son manque de structuration cohérente, ainsi que des incessantes pulsations de ses lignes idéologiques mouvantes) inquiétait, dérangeait, intriguait. Sans plus. Personne n'aurait pu dire d'où il venait, ni de quoi, ni de qui – le personnage de Kid Jésus s'interprétant tantôt comme une sorte de novateur individualiste, tantôt comme le simple porte-parole, le catalyseur de tous les bouillonnements d'une certaine couche de la population; ou bien c'était un fou, ou bien c'était un agitateur irresponsable, ou bien c'était un illuminé... Bref, le « mouvement » n'avait pas encore fait preuve d'une indéniable force avec laquelle il eût fallu compter sérieusement; cette indéniable force n'existant pas encore, c'eût été folie pure que de vouloir le prétendre, au bluff, par quelque coup d'éclat intempestif. Les principales victimes du tremblement de terre provoqué auraient été Kid Jésus et ces deux ou trois milliers de personnes qui commençaient à s'appeler elles-mêmes ses *fidèles,* ou ses *adeptes.* Tout simplement.

– Nous y voici, dit Kid, après avoir poussé un long soupir.

Il s'était arrêté à flanc de coteau, au centre de ce qui pouvait passer pour une clairière taillée dans la brousse naine couverte par les duvets tendres et verts de la première saison. La pierre était jaunâtre, ou bien rousse; le masque de l'hiver brillait encore au fond de quelque anfractuosité profonde : des traces de glace que le soleil n'avait pu atteindre et lécher. La clairière formait comme un surplomb pentu d'où le regard filait par-dessus les halliers semés en contrebas pour embrasser tout le val, les plateaux étagés d'en face, et même plus loin, jusqu'aux montagnes déchiquetées qui sculptaient dans la brume vibrante l'horizon cahotique. Le soleil tombait droit d'un ciel impeccablement bleu. Il était chaud. La lumière tremblait. Des insectes voletaient dans l'air doux, drogués par les nouvelles senteurs de la terre réveillée.

– C'est beau, n'est-ce pas? dit Kid.

Il jeta un coup d'œil à Kennie Berthaud qui arrivait à sa hauteur, souffle court et visage luisant, puis reporta son attention sur le val. A vol d'oiseau, la distance qui les séparait des Trax et Tri-pelles immobilisés près du torrent n'excédait pas cinq cents mètres. Il y avait le Trax de Kid, les véhicules de Naidoc et Vurdin, l'engin volant de Berthaud et ses hommes, plus une demi-douzaine de véhicules divers rassemblés à l'orée d'un bosquet de bouleaux. Des silhouettes minuscules allaient et venaient sur la rive du torrent.

– Je n'étais jamais descendu si loin vers le sud, dit Kid, comme s'il se parlait à lui-même. (Il avisa un bloc pierreux, à quelques pas, s'assit dessus et posa ses mains sur ses genoux. Kennie ne bougea point. A six ou sept pas, Alano s'assit également sur une pierre, tenant son fusil dans ses bras croisés.) Je suis certain que dans le nord du Territoire la neige couvre encore les prairies et les ruines. Il y en a toujours, vous savez, au Point de Distribution. Les glaces des rivières commencent seulement à craquer... Mais ici... Est-ce que ce n'est pas une belle journée, Kennie? Est-ce que ce n'est pas merveilleux à contempler? Ces collines sèches, regardez... et pourtant les broussailles reverdissent, pourtant les torrents sont gros : comment expliquez-vous la sécheresse apparente des collines?... Je me sens parfaitement bien, dans le sud, vous savez?

Il regarda Kennie. Celui-ci acheva d'essuyer son visage à l'aide d'un vaste mouchoir rouge qu'il replia soigneusement et empocha. C'était un homme grand et massif; la toile beige de sa veste était tendue sur ses épaules; il ne parvenait certainement pas à boutonner le vêtement en raison de l'empâtement de sa taille et de la généreuse proéminence de son abdomen. Il avait un visage carré, le nez fort (enluminé, pour l'heure, par un début de coup de soleil) et la bouche gourmande. Des cheveux poivre et sel s'échappaient en boucles humides de sous son chapeau de cuir noir. Kennie passa ses mains dans la ceinture de son holster; il regarda où il posait ses pieds dans la caillasse roulante et s'approcha de Kid.

– Vous ne trouvez pas ce paysage splendide? s'enquit ce dernier, sans qu'il fût réellement possible de savoir s'il jouait, se moquait, ou s'il était sincère.

– Splendide, fit Kennie. Et si tu arrêtais de faire le pitre?

L'étonnement affiché par Kid était parfaitement convaincant. Une fraction de seconde. Puis son visage bronzé se ferma tout net... à l'exception toutefois d'une petite lueur guillerette qui lui dansait au fond de l'œil et que rien, semblait-il, ne parviendrait à éteindre.

– Bon, dit Kid. Je vois que je me suis trompé. Je voulais vous offrir ce spectacle grandiose en prime. Je me disais : ce sera plus commode de discuter paisiblement avec ce décor sous les yeux.

– Je t'ai demandé d'arrêter de faire le pitre, répéta Kennie.

Kid ouvrit et referma les mains sur ses genoux, en un geste fataliste. Assis sur sa pierre, le dos rond, il s'abîma dans la contemplation du paysage. Kennie rompit le silence installé au bout de quelques secondes :

– Ecoute... ce n'est pas la peine de faire cette tête...

Kid leva le nez et se confectionna l'air le plus ahuri qui soit.

– D'accord, d'accord! souffla Kennie. C'est moi qui suis énervé et je ne comprends rien à rien. Je ne comprends pas, entre autres choses te concernant, que tu m'aies fait grimper jusqu'ici pour mon seul plaisir et pour m'offrir ce panorama en cadeau...

– C'est pourtant la vérité, Kennie.

– D'accord. D'accord, Kid. C'est un de tes mystères, un de plus, et je ne suis pas de taille, à ce qu'on dirait. Mais je vais faire un effort.

– Très aimable à vous, Kennie.

Cette fois, Kid ne dissimulait pas la petite pointe de moquerie. Kennie encaissa le coup d'un bref hochement de tête; il fit aller et venir plusieurs fois sa mâchoire inférieure, comme s'il mâchait quelque chose du bout des dents. Puis il soupira, regarda encore autour de lui et finit par s'accroupir au sol. Il dit, le regard perdu en un point bleu quelconque des montagnes d'horizon :

– Ce type... Teeshnik, hein? D'où il sort, avec son bras charcuté?

– De sous son bull, dit Kid légèrement.

Se disant que ce n'était pas utile d'asticoter plus longtemps, et gratuitement, Kennie Berthaud, il raconta en quelques phrases l'histoire d'Alano – lequel, posé sur son bout de roche à sept pas, n'en perdit pas un mot tout en ayant l'air de somnoler. Il passa les détails scabreux qui avaient poussé Alano à se lancer sur le Territoire F. Ce n'était pas nécessaire : le passé des fouilleurs, en règle générale, n'appartient qu'à eux et ils ne courent de risques sérieux que s'ils retournent jamais là où ils ont laissé une ardoise impayée... encore que le temps, bien souvent, ait effacé l'ardoise, ou que la réputation acquise en Territoire de fouilles ne donne plus à personne l'envie de présenter la note...

– Et c'est devenu ton garde du corps, en quelque sorte, pas vrai? conclut Kennie.

– C'est un ami.

– C'est ça. Un ami. Un sacré bon ami qui ne te laisse pas faire un pas sans être là, sur tes talons, avec un fusil chargé dans les bras.

– Les amis de ce type existent, Kennie.

– Bien entendu. J'ai jamais dit que ça n'existait pas, Kid. Sur tout le Territoire, et au delà, on sait que Kid Jésus se promène avec un ami-garde du corps qui n'a pas l'air commode. En plus de ses fidèles apôtres... Mais que ce soit Naidoc ou le vieux Vurdin, ça frappe moins, il faut le croire. La silhouette du manchot est plus typique, c'est évident.

– C'est pour me parler de Teeshnik que vous avez voulu me rencontrer, Kennie?

– Non. (Kennie sourit mécaniquement.) Mais on peut en parler. Ça ne me gêne pas. C'est vrai que c'est moi qui ait voulu te voir, et on dirait que ça te plaît, hein? N'essaie quand même pas d'être trop malin, Kid : je suis un vieux cheval. Je pourrais être ton père, ce qui veut dire que je connais certaines choses que tu ignores encore peut-être.

– Par exemple?

Kennie fit claquer ses mains. Il regarda ses paumes ouvertes.

– Plusieurs choses... Par exemple, je sais qu'il est préférable de ne pas se laisser griser par une certaine popularité – appelons ça comme cela. C'est doré, brillant. Mais ça brûle. Ça brûle en général par surprise, quand on ne s'y attend pas, qu'on est habitué à une forme de chaleur saoulante...

– Expérience personnelle? fit Kid.

Kennie leva les yeux vers lui. Il plissa les paupières, grimaça un de ses sourires froids.

– Et si c'était le cas? Si moi aussi, un matin, je m'étais dit : mon vieux Ken, il n'y a pas de raison, l'avenir s'ouvre devant toi, il suffit de savoir y planter les mains et surtout de savoir les refermer. Qu'est-ce que tu en penses?

A peine si la petite lueur dansante brillait encore, en un point minuscule, tout au fond du regard de Kid.

– J'en pense que c'était perdu d'avance, Kennie. Que votre avenir ne vous offrait pas l'ombre d'un choix mais qu'il était tout tracé, au contraire. Que c'était une illusion et que je suis étonné de vous entendre parler de la sorte. Vous ne pouviez ouvrir et refermer les mains que sur des prises reconnues, prévues, programmées, parce que votre escalade suivait un parcours dessiné par des centaines d'autres avant vous.

– Tandis que toi, dit Kennie sans se démonter, tu es en train d'effectuer une première, c'est cela? La face nord de l'ascension Kid Jésus, en quelque sorte. De l'inédit. Du jamais vu.

– Démontrez-moi le contraire, Kennie. Depuis combien de temps un responsable des Volants ne s'est pas dérangé en personne pour discuter *d'égal à égal* avec un fouilleur minable? J'entends : pour d'autres questions que celles habituelles des échanges commerciaux...

– Bon Dieu, grogna Kennie. C'est bien ce que je pensais.

Il avait lâché l'exclamation et la phrase sans colère, sur un ton las. Il se remit à bouger son maxillaire, l'œil perdu dans le lointain.

– Ecoute, Kid... Je te connais depuis... cinq ans, c'est bien le chiffre exact? Oui. Je te connais et je te vois prendre une sacrée direction.

– Une direction qui vous ennuie, vous et les autres Volants?

– C'est sûr, Kid, mais n'en tire pas trop de fierté. Ça peut te faire plaisir en ce moment, soit. Je voudrais néanmoins te mettre en garde.

– Pour quelles raisons? Pourquoi prendriez-vous la peine de vous intéresser à moi si...

– Crois-le ou pas, coupa Kennie. Parce que je te connais bien, comme je viens de te le dire, et que, peut-être, je sais que tu as une certaine valeur. Et parce que je ne voudrais pas que tu mettes le feu à une mèche qui risquerait d'aller faire péter une fameuse bombe, Kid. La bombe exploserait bien plus fort que tu ne crois –

tu serais le premier à en pâtir, toi et ceux qui te suivent. Si je te mets en garde maintenant, c'est que je crois qu'il est encore temps d'arrêter les frais.

Kid bougea. La lueur brillait comme jamais dans ses yeux, embrasait tout son regard. S'il ne s'était pas retenu, il aurait poussé un hurlement de joie très crue, un hurlement qui aurait fusé, pour aller rebondir sur les montagnes après avoir empli le ciel. Il fit glisser ses paumes sur ses genoux, se pencha, ramassa une brindille et commença à la déchiqueter consciencieusement entre ses ongles.

– Est-ce que je fais quelque chose de mal? demanda-t-il.

– De *mal,* au sens strict du terme, rien. Et tu le sais. Mais tu sais aussi de quoi je veux parler.

– Pas du tout, Kennie.

– Bon, dit Kennie. Il y a eu cette histoire de carburant. Qu'est-ce qui t'a pris?

– Si vous aviez accepté ce que je proposais, on n'en serait pas là, je pense. Vous ne croyez pas, Kennie?

Kennie se mordilla la lèvre inférieure. Elle était gercée et crevassée. Il pinça un petit fragment de peau morte entre ses dents et l'arracha d'un coup sec.

– Je ne crois pas, non, dit-il après avoir ôté le petit bout de peau et considéré distraitement l'ongle sur lequel il s'était collé. Je ne suis pas d'accord. Si l'organisation avait accepté ta proposition, nul doute que tu en aurais tiré un fameux profit, un succès d'estime que tu aurais gonflé à loisir, je te fais confiance. Et la situation actuelle serait peut-être plus triste encore qu'elle ne l'est.

Kid fit l'étonné :

– La situation est donc triste? Pour qui, Kennie?

Une sorte de petite sauterelle grise tomba de nulle part sur le bas du pantalon de Kennie. Il contempla l'insecte, bougea la jambe, mais la sauterelle avait l'air de se trouver bien là.

– Tu es un malin, Kid... La voilà, la situation : les fouilleurs du Territoire F. se promènent à tort et à travers, et toi qui les harangues, depuis des mois. Le mouvement déborde hors Territoire, il touche les frontières et au delà, dans les couches sociales de dernier niveau, dans tous les Territoires et Pays limitrophes. Des cinglés quittent les bas-fonds des villes civilisées pour passer en Territoire F. Pour te rencontrer, en savoir plus. Seulement, tous ces débris n'ont pas la capacité requise pour faire de bons fouilleurs. Ils n'en ont d'ailleurs pas l'intention. Et ils se heurtent aux fouilleurs en place qui voient cette marée leur tomber dessus avec un sale œil. On ne compte plus les bagarres. Voilà la situation : mille et une rixes le long des frontières. Une pagaille monstre.

– Non, dit Kid.

Ce fut au tour de Kennie de prendre un air ahuri.

– Non, répéta Kid. C'est votre version, c'est la version de votre organisation, celle des autorités et du conseil gouvernemental, peut-être. Mais ce n'est pas la vérité. Je sais qu'il y a quelques bagarres : elles se produisent en général entre les fouilleurs qui ne m'ont pas entendu et les nouveaux venus sans scrupules. N'essayez pas de me faire avaler votre inquiétude à ce propos. Vous vous en foutez, vous, Kennie Berthaud, et votre organisation de Volants, et tous les récupérateurs dans votre genre, et les autorités : tout le monde. Et Krawt J. Ferken en personne, dans son bateau de presque gouverneur sur la rivière, s'en tape de tout son cœur. Jamais vous n'avez tenté de maintenir un semblant d'ordre sur un Territoire de fouilles. Ça ne vous intéresse pas. Vous n'avez pas d'énergie à perdre, ni d'argent, dans ce genre d'entreprise. Chacun se débrouille à sa guise sur un Territoire de fouilles. Chacun y crève comme il peut. Ce qui vous intéresse, et c'est tout, c'est que les fouilleurs vous vendent leurs trouvailles, que vous monnayez à votre tour, via l'organisation, aux compagnies de recherches. Ce qui vous intéresse, c'est que le meilleur gagne, qu'il vous déniche des trésors, et vous achète des provisions. Point final.

– Ensuite?

– Ensuite, les fouilleurs ne se baladent pas n'importe où, comme vous dites. Ils s'organisent. Ils se rendent au Point de Distribution, là où j'ai trouvé ce carburant. Ils s'approvisionnent et repartent. Certains convoient une partie de ce carburant pour d'autres. Ils s'entraident, pour la première fois, au lieu de s'entre-dévorer. Naturellement, ça change... Vous savez que pendant que certains vont chercher le carburant, d'autres paient ce service en temps de fouilles et laissent leurs éventuelles trouvailles aux convoyeurs de carburant? Impensable, n'est-ce pas? Impensable il y a un an... Mais ils ont compris qu'ils ne pouvaient être que gagnants, dans ce genre d'entreprise. Des types sont partis au-dehors chercher des citernes mobiles, pour faciliter la distribution.

– Et tu crois qu'il n'existe aucune bavure? Pas l'ombre d'un vilain tricheur qui ait essayé de faire payer ce carburant au prix fort...

– Il y en a un, dit Kid, à ma connaissance. Un seul. Il s'est fait rosser deux jours plus tard. Tous les fouilleurs de ce Territoire, ou presque, savent de quoi il retourne. Ils se débrouillent entre eux, troquent le carburant contre des trouvailles qu'ils estiment mutuellement. Ils font leurs affaires entre eux. Et ça leur coûte dix fois moins cher que s'ils vous achetaient ce carburant. Ils savent qu'il y a de quoi subvenir à leurs besoins pendant trois ans, au moins. Ils savent qu'il y en aura pour tous.

– Sauf si un groupe puissant s'octroie les citernes enterrées et leur contenu.

– A la moindre alerte, ces citernes sautent. Et puis, même. Un groupe puissant, comme vous dites, ne jouerait pas ce jeu. Parce qu'il sait qu'il entrerait alors en concurrence directe avec les Volants (puisqu'il chercherait à profiter de la situation selon votre méthode), lesquels ne le toléreraient pas (alors qu'ils ne peuvent rien contre la situation actuelle).

Kennie hocha la tête. Cela ne signifiait rien de précis. Il donna l'impression de s'intéresser aux doigts de Kid en train de déchirer la brindille. La petite sauterelle grise avait disparu.

– C'est un fameux coup de chance que tu as eu là, n'est-ce pas? dit-il.

– Un coup de chance?

– Je veux dire : en dénichant ces réservoirs.

– J'aurais pu les garder pour moi.

– Naturellement! Mais ce que tu as fait paie bien davantage, pas vrai?

D'un coup sec, Kid brisa le petit rameau entre ses doigts.

– C'est ce qui vous dérange, pas vrai? Ce qui vous embête. J'aurais gardé pour moi cette fortune, cela n'aurait rien eu d'anormal – sans oublier naturellement vos propres bénéfices dans l'affaire. J'aurais été un fouilleur qui a eu de la chance, tout simplement, et cela m'aurait valu une petite gloire douillette de quelques années. Je serais devenu un *exemple* pour les autres fouilleurs, et candidats-fouilleurs à venir. Parfait. Tous bénéfices, vraiment. Tandis que là... je partage avec tous et ne demande rien. Je conseille l'entente entre malheureux – et ça fonctionne!

– Tu ne conseilles pas : tu prêches. Tu harangues.

– Je parle d'amour et d'entraide, de respect. Je dis que c'est ainsi que nous mériterons le retour de ceux qui nous ont abandonnés – car ils ont abandonné des loups et ils attendent que nous redevenions humains. Je dis que ceux qui trouveront le plus facilement le chemin de l'humain sont ceux qui n'ont pas été contaminés définitivement par la vie truquée des villes où le rôle de loup déguisé est le seul à jouer. Je parle de confiance mutuelle, de pitié, d'amitié, de soutien aux faibles.

– Et tu y crois? laissa tomber tranquillement Kennie.

L'espace d'une seconde, le regard de Kid se voila curieusement en profondeur.

Il murmura :

– Si j'ai trouvé ce dépôt, Kennie, ce n'était pas un hasard. Il fallait que je le trouve. *Il fallait*. Grâce à cela, j'ai été écouté. Et puis... il y a autre chose. J'ai reçu un signe.

Kennie ne broncha pas d'un millimètre. Puis ses lèvres se décollèrent avec un petit bruit.

– Kid... dit-il. C'est le boniment que tu sers à tous ceux qui viennent t'écouter. Pas à moi.

– Tant pis pour vous, Kennie.

Kennie pâlit. Il se dressa d'un bond, fit quelques pas rapides comme s'il avait décidé soudain de s'élancer tout droit vers la vallée. Il s'arrêta, son pied roula sur une pierre et il battit des bras pour conserver son équilibre. Il pivota et revint vers Kid – qui ne riait même pas.

– Kid, nom de Dieu! pas à moi, pas ces histoires de Migrants en attente d'une reconversion magistrale de toute la population de la planète!

– Pas toute la population, Kennie : ceux qui voudront. Ceux qui mériteront.

– Et les morts seront enlevés dans les cieux! Les morts méritants, bien sûr! Il y a même des cinglés qui le prétendent!

– Pas moi. Ce que je dis est très raisonnable.

– Raisonnable, mon cul! gronda Kennie. Tu as donné des idées à des centaines de pauvres cloches qui racontent d'immenses bêtises en ton nom!

– Ils s'effaceront.

Kennie fit un effort pour se calmer. Il y parvint en partie.

– Kid! Bon Dieu, Kid, ne me fais pas avaler ça! Ne

me dis pas que Naidoc et Vurdin, par exemple, ont avalé ça! Vurdin!

– Vous êtes un incrédule, Kennie. Vous ne croyez pas aux Migrants?

Kennie ouvrit la bouche, bien ronde, sur un torrent d'injures prêtes à jaillir. Bizarrement, seul un filet de voix coula de cette bouche béante. Une sorte de grincement. Son nez était vraiment rouge : le soleil ne l'avait pas manqué. Il referma la bouche, leva ses mains, les laissa retomber.

– Bon, dit-il d'une voix cassée – mais qui se raffermit rapidement. Parfait. Très bien, Kid. Tu me joues ton numéro. Tu me prends pour un couillon. Je n'étais pas venu ici pour te parler de cette légende des Migrants.

– Ce n'est pas une légende.

– D'accord, d'accord! se dépêcha d'approuver Kennie avec un mouvement de protection des deux mains, comme si ce sujet de conversation risquait tout bêtement de le tuer sur place. J'étais venu te mettre en garde, rien de plus. Tu as mis les pieds dans une énorme fourmilière, Kid. Ou sur un nid de frelons. Ça commence à bourdonner pas mal. C'est la dernière fois que je te parle de cela, tu sais? Si tu m'écoutes et si tu arrêtes les frais, il n'y aura plus à en parler. Si tu continues, un autre que moi se chargera de te faire la leçon – beaucoup plus rudement crois-le bien!

– Un autre?

Kid avait retrouvé son air joyeux et décontracté. Sûr de lui, l'œil allumé.

– Un autre, dit Kennie. Hagose, par exemple. Hagose en personne ou par l'intermédiaire de ses porte-parole les plus... doués. Tu vois ce que je veux dire?

La barbe de Kid se fendit d'une oreille à l'autre.

– Hagose? La plus haute autorité de ta branche! le

superviseur occidental du secteur des Volants? Rien que pour moi, Kennie? Rien que pour ce malheureux Kid Jésus?

Kennie secoua la tête, parfaitement découragé en apparence.

– Le malheureux Kid Jésus... dit-il. Tu te crois malin, petit. Fous-toi de moi... Tu ne sais pas, ne sais rien de ce qui unit, par exemple, Hagose et le syndicat des Volants aux trafiquants qui travaillent pour Krawt Ferken... Tu ne sais pas que pour le syndicat, pour Hagose, il est nécessaire que les fouilleurs des Territoires de fouilles soient une masse obligatoirement contrôlée et contrôlable, un outil sûr qui puisse répondre en cas de besoin.

– Je suis comme tous, dit Kid, toujours souriant. J'ai écouté les bruits qui courent.

– Mal, Kid, très mal... tes oreilles sont encrassées. Ou alors, vraiment, tu es cinglé. Si tu ne comprends pas ce que représente le lien fouilleurs-Volants-Hagose-trafiquants-Ferken, tu es cinglé.

– Tu as oublié un maillon, Kennie.

– Lequel?

– Kid Jésus.

Kennie relâcha doucement, lentement, sa respiration suspendue un instant.

– Bon, fit-il. Je vais partir, je crois. Continue donc de te promener parmi *tes fidèles*, Kid. Continue de les dresser contre l'autorité.

– En leur conseillant de se tenir les coudes et de s'aider mutuellement?

– Continue ton petit jeu. Jusqu'à ce qu'il soit trop tard. Est-ce que... tu restes ici?

Kid se leva. Il brossa le fond de son pantalon. Alano laissa glisser ses jambes en bas de son rocher.

– Kennie, dit Kid. Tu n'avais... rien d'autre à me dire? De la part de Hagose, peut-être?

Kennie pâlit, s'efforça de conserver une attitude au

moins aussi détachée que celle de Kid – mais il n'était pas bon comédien.

– Je pense, dit-il, que c'était une erreur, cette démarche.

– Et je n'en saurai pas davantage?

Kennie fit non de la tête.

Kid se mit en marche. Après quelques pas, il entendit rouler des pierres derrière lui et sut que Kennie le suivait. Il l'attendit.

– C'était effectivement une erreur. Je ne me savais pas si important, Ken.

– Ça ne te donne pas le droit de m'appeler Ken, fit Kennie dans une grimace. Méfie-toi. C'est peut-être aussi une erreur de penser ce que tu penses.

– Je sais où je vais, dit Kid. Je connais les signes.

Kennie s'arrêta et le regarda marcher un moment devant lui. Lorsqu'Alano arriva à sa hauteur, il se remit en marche.

Une heure plus tard, Kennie Berthaud montait à bord de son engin volant et disparaissait à jamais.

PRINTEMPS 2354

C'était un fait : auparavant, les fouilleurs ne se souciaient guère de la presse éditée dans les Territoires et Pays civilisés de la Confédération. D'abord, et tout simplement, parce qu'ils avaient d'autres chats à fouetter; ensuite, il faut bien le dire, les informations publiées n'étaient pas faites pour intéresser les dépenaillés qu'ils étaient (cela concernait un monde très à part qui aurait bien pu être, vraiment, une planète totalement étrangère située à plusieurs centaines d'années de lumière) et les Volants ne prenaient même pas la peine de leur proposer le moindre exemplaire d'un quelconque journal, quel qu'il fût, parmi les six ou sept titres principaux. Ce que lisaient les fouilleurs, c'était le bulletin des cotes et valeurs publié mensuellement par la recherche.

Mais les choses changèrent, à partir du moment où la presse de l'« extérieur » s'intéressa, anecdotiquement d'abord puis de manière plus approfondie, à Kid Jésus. Ces journaux qui parlaient de Kid ne pouvaient ignorer les fouilleurs; les deux sujets prirent rapidement une importance identique, puis se confondirent et ne formèrent plus qu'un. Les articles étaient différemment éclairés suivant, bien entendu, la « couleur » et la personnalité du journal. Dans tous les cas, ils avaient cependant le bon sens de respecter une certaine « objectivité », que l'éclairage fût politique, socio-culturel, traitant du fait divers à sensation, mystico-conservateur ou plus simplement documentaire : les choses étaient en mouvement, insuffisamment tranchées pour permettre aux observateurs une prise de position catégorique. Mais on parlait de Kid Jésus, on parlait des fouilleurs – voilà qu'ils existaient! – et les fouilleurs trouvèrent mille et un moyens pour se procurer les journaux, sans avoir recours aux services des compagnies de Volants – lesquels Volants n'étaient pas franchement bannis en raison du monopole qu'ils exerçaient et parce qu'ils représentaient l'unique lien « commercial » avec la civilisation, mais les rapports entre fouilleurs et personnel des compagnies se refroidissaient de jour en jour.

Sur les journaux, souvent en première page, les fouilleurs qui n'avaient jamais eu l'occasion de rencontrer Kid Jésus en chair et en os purent voir sa photographie, et celle de ses principaux fidèles-gardes du corps : Alano Teeshnik, Pol Vurdin, Jim Naidoc. Ils virent également la photo du Trax-avant, qui à lui seul était une sorte de « personnage ». S'ils n'avaient jamais entendu parler Kid, ils purent lire les comptes rendus tronqués de quelques-unes de ses déclarations. Bien que sévèrement édulcorés (c'était évident), les propos rapportés du jeune homme contenaient néanmoins de quoi leur mettre l'eau à la bouche. S'ajoutait à cela le fait indiscutable que le personnage avait *nécessairement* de l'importance, en raison-même du battage qui était fait autour de lui. Grâce à Kid, les fouilleurs existaient soudain pour quelques millions de personnes, toujours davantage, qui hier encore étaient parfaitement indifférentes à leur sort. Nombreux connaissaient Pol Vurdin, le vieux calamiteux qui vivait encore après de nombreuses années de fouille en enfer – et pour vivre encore, il fallait être quelqu'un, il fallait connaître sur le bout du doigt le métier : il fallait être LE fouilleur-type, l'exemplaire. Qu'un gaillard de cette trempe décide d'achever sa vie sur les traces d'un jeune loup, cela *signifiait* quelque chose.

Ils étaient cent. Ou davantage.

Le chiffre peut paraître dérisoire, pourtant, ne serait-ce qu'en tenant compte de deux facteurs parmi d'autres dans ce contexte (la distance – les distances – et l'individualisme séculaire du fouilleur), c'était un chiffre très important.

Ils avaient appris que Kid Jésus devait rester un certain temps dans le val, et parler. Ils étaient venus. Nombreux étaient ceux qui se trouvaient là depuis plusieurs jours et qui avaient pu discuter de vive voix avec le jeune homme : ils n'étaient pas repartis pour autant, ils avaient attendu le moment du discours « officiel ». Ils avaient parlé aussi avec quelques-uns de ces types de l'extérieur venus pour rendre compte de l'événement : des journalistes. Et c'était à eux que les journalistes posaient des questions, car Kid refusait de les recevoir.

Ils étaient cent, rassemblés devant le Trax, assis ou debout dans les pierres et les herbes folles. Entre trente et cinquante ans. Quatre ou cinq femmes, également, de ces folles qui vivaient seules à bord d'un engin excavateur, ou en compagnie d'un fouilleur.

Ils étaient là, incroyables gueules burinées du désert et des ruines, le poil hirsute achevant de barbouiller leurs traits ô combien froissés, regards filtrants sous les paupières mi-closes, en permanence, de ceux qui ont pris l'habitude de regarder le soleil en face. Ils mâchaient des chiques noires de tabac, crachaient ici et là un jus capable d'aveugler les serpents : un trait liquide précis fusant entre deux dents jaunes. Ou ils fumaient lentement ces mélanges de plantes séchées qu'ils confectionnaient eux-mêmes, par économie ou par goût, et roulaient dans des feuilles de maïs; les diverses senteurs portées par toutes ces fumées s'ajoutaient à bien d'autres, celles coriaces qui naissaient des plis de leurs vêtements, sur un geste, et celles levées de la terre, des bourgeons fraîchement éclatés, des pierres lavées de l'hiver, des rives du torrent – des odeurs d'huile et de gas-oil, enfin, planant sur le troupeau muet des engins de tout acabit parqués au front des sous-bois. Ils étaient dans leurs vêtements de plis forgés par une certaine habitude du geste, une certaine habitude de vie et de travail; leurs vêtements craquelés, fissurés, cousus de sueurs et de crasses multiples. Fébriles et ne sachant le dissimuler, ils attendaient. Sans l'habitude des rassemblements de plus de quatre ou cinq personnes, ils se retrouvaient cent. Ne savaient rien des gestes que l'on fait, dans ces remous, et pour cela étaient avares de tout mouvement. Ils ne se connaissaient pas entre eux, se savaient concurrents, marqués par des années de lutte pour la survie, et à la fois liés par le fait même de leur présence en ce lieu, leur impatience, leur soif nouvelle.

Kid Jésus fit son apparition sur la passerelle du Trax. Il fut là-haut, dans sa combinaison une-pièce d'un jaune éclatant, tête nue, escorté par ce manchot éternellement armé d'un fusil à canon scié. Et c'était exactement comme sur une des photos des journaux. Un silence écrasant pétrifia le lieu, pendant quelques instants – le torrent, seul, était encore en vie.

– Mes amis! cria Kid Jésus...

... Silhouette jaune d'or sur fond de rouille de la cabine du Trax, et, au delà, le ciel bleu zébré par quelques nuages filandreux. Il parlait depuis plus d'une heure.

– Vous voici rassemblés, pour la première fois peut-être. C'est déjà une victoire : tout ce que nous ferons, ensemble, tout ce que nous n'avons jamais fait et que nous ferons sera une victoire, un pas en avant dans cette marche qui doit faire de nous des humains, des hommes généreux. N'oubliez pas! Depuis trop longtemps, bien trop longtemps, nous sommes considérés par les puissants comme des vulgaires machines, ou des bêtes lâchées dans l'arène aux richesses! Des bêtes qu'on laisse se déchirer entre elles, dont on s'occupe uniquement quand il s'agit de recueillir le fruit de leur travail! C'est ainsi, et vous le savez! Mais cela ne durera pas, si vous le désirez vraiment. J'ai lu des signes, je sais des choses, pour avoir étudié certains éléments du passé. Pourquoi l'avoir fait? Pourquoi ai-je ressenti un jour le besoin de me pencher sur ces indices? Je ne sais pas. Je crois simplement que cela *devait être* ainsi, et que j'étais *choisi* pour mener à bien cette démarche.

Ils étaient là, ils écoutaient. N'avaient pratiquement pas bougé depuis le début du discours, sinon pour ces gestes qui n'en sont pas : passer le poids du corps sur l'autre jambe, retirer le mégot poisseux, depuis longtemps éteint, qui pend au coin des lèvres. Ils écoutaient la silhouette jaune, cette voix qui bizarrement montait de leurs propres entrailles, utilisait des mots qui leur appartenaient, bien cachés tout au fond de la déshabitude, et qu'ils n'avaient jamais osé réveiller.

– ... et j'aurais pu garder pour moi ce trésor découvert dans les citernes enfouies, mais pourquoi? Pour me tirer du piège, vous y abandonnant, oubliant que vous êtes mes semblables? Non! Je suis celui qui doit parler, je le sais. Les Migrants sont partis, il y a très longtemps, abandonnant derrière eux ceux qui ne méritaient pas de participer au voyage. Nous sommes les descendants des déshérités, nous sommes la plus basse couche parmi ces déshérités! Mais nous pouvons devenir meilleurs, je vous l'affirme, et il n'existe pas de salut hors de cette condition essentielle. On nous dit que la mémoire de nos pères fut effacée, et qu'ils nous ont transmis ce gouffre, afin de nous empêcher d'acquérir la connaissance nécessaire pour suivre le chemin qui mène à Nouvelle Terre. C'est ce que l'on nous dit, ce que prêchent certaines voix savantes. Mais là n'est pas la question. Moi, je dis que ce chemin s'ouvrira si nous savons le mériter humainement. Si nous nous aimons au lieu de nous dévorer, si nous apprenons à devenir des individus respectueux des autres. Et c'est là qu'est la force : regardez! vous voici rassemblés...

Et quand il se tut, c'était presque le soir.

Cette nuit-là, des feux brillèrent longtemps sur la rive du torrent. Les hommes (et les quelques femmes) n'étaient pas retournés aux cabines de leurs engins. Ils avaient allumé ces feux et s'étaient groupés autour; dans la clarté des flammes, on apercevait des silhouettes allant d'un groupe à l'autre. Ils parlaient. Ils connaissaient les noms de ceux qui avaient allumé les feux voisins.

Alano rejoignit Kid sur la passerelle et comme lui s'accouda au garde-corps. La crosse du fusil qu'il portait à la bretelle choqua le tube métallique de la rambarde.

– Tu crèves d'envie de te joindre à eux, c'est ça? dit Alano. Pourquoi n'y vas-tu pas?

– Parce que ce n'est pas une chose à faire, dit Kid.

Pas encore. Je suis *des leurs,* mais je ne suis pas *comme eux*. Tu comprends?

– Non. (Alano regarda la nuit, et les feux de camp, et les étoiles au ciel.) Qu'est-ce que tu as, Kid?

– J'ai quelque chose?

– Mm-mm. Tu te fatigues, ou quoi? Ça t'ennuie de parler des Migrants, et tout ce baratin sur l'amour, l'amitié...

Kid garda le silence, puis il pouffa entre ses dents.

– Il y a peut-être mieux à faire, c'est vrai, dit-il.

– Quoi?

– Je ne sais pas. Pas encore. Je réfléchis.

Alano n'ajouta rien. Puis, après de longues minutes de silence, il dit sur un ton détaché :

– Pol et Jim sont avec eux. Est-ce que tu crois pas que Vurdin est réellement convaincu?

– Vurdin sait ce qu'il fait.

– Mm-mm. En tout cas, ils ont effectué la collecte. On a des provisions pour trois mois, sans parler de l'argent.

– Parfait, murmura Kid sur un ton détaché.

ÉTÉ 2354

Les journaux rendaient compte du dernier « meeting » de Kid Jésus qui avait rassemblé, selon eux, plus de trois mille personnes en secteur sud-ouest du Territoire F. Le ton avait changé, et certains articles ne cachaient pas une inquiétude dictée en droite ligne par les autorités. Ils attaquaient ouvertement, mais non sans faire montre d'une habile prudence et décochaient leurs traits non pas en direction des fouilleurs, ni même franchement sur le personnage de Kid Jésus. Ils visaient « le groupuscule des sous-fifres » gravitant autour de Kid, mais toujours sans donner de noms. Leur tactique était limpide. S'opposer de front aux milliers de fidèles rassemblés dans le sillage de Kid était la dernière chose à faire et comportait trop de risques incalculables; prendre Kid Jésus pour cible eut été une erreur encore plus gigantesque. Mieux valait utiliser la subversion, créer le doute et semer la zizanie à l'intérieur même du mouvement... par exemple en mettant l'accent sur les « pratiques bassement mercantiles de l'état-major des sous-fifres ». On visait là le fait que des cassettes enregistrées par Kid étaient vendues sur les lieux des rassemblements, et on extrapolait, on prétendait que « certains » gagnaient énormément d'argent sur le dos du prêcheur. A partir de telles affirmations, toutes les interprétations calomnieuses étaient possibles, et l'on pouvait même sous-entendre que Kid Jésus était le personnage qui profitait le plus.

Les journaux parlaient de trois mille personnes pour la dernière réunion, mais ils étaient largement en dessous de la vérité.

Quel chiffre avanceraient-ils, demain, pour cette réunion en bordure de mer, sur la côte ouest du Territoire F.?

Kid leva les bras. Il attendit, immobile, que les cris d'enthousiasme s'éteignent, qu'ils se fondent dans les bruits des vagues régulièrement brisées contre les rocs. La plage grouillait littéralement, sur une bande de plusieurs centaines de mètres de long et presque autant de large. Des amplis avaient été fixés dans les arbres, ou sur les cabines de certains engins.

Cinq mille, six mille personnes? Davantage? Hommes, femmes et enfants. Ce n'étaient plus uniquement des fouilleurs; la moitié de cette populace venait des Territoires voisins. On avait signalé quelques accrochages entre fidèles de l'extérieur et fouilleurs, mais presque rien. Quantité négligeable. Des incidents dus à l'alcool ou à la nervosité, et non pas à cette antipathie qui opposait encore quelques mois auparavant les fouilleurs aux *autres*. Qu'ils fussent mangeurs de terre sur le Territoire ou bien délaissés des mauvais quartiers, dans les villes de la civilisation, ils se reconnaissaient sous l'emblème de la crasse et des engelures : ils étaient là pour Kid Jésus. De plus en plus, l'auditoire du prêcheur était ainsi très mélangé. Kid cependant continuait de faire la part belle aux fouilleurs, sans totalement oublier les autres – car les fouilleurs étaient le ciment de son piédestal.

Il baissa les bras et s'approcha des micros fixés à la rambarde de la passerelle. Il n'ignorait pas que sa harangue serait enregistrée en totalité, retransmise par les radios des Territoires et Pays – version expurgée ou non.

– Mes amis!...

Les mots coulaient d'eux-mêmes. A quelques exceptions près, savamment contrôlées de manière à ce que le discours garde ses accents de sincère improvisation, c'était le texte des cassettes enregistrées. Ainsi, pendant un quart d'heure, Kid servit ce qu'Alano appelait le « baratin habituel sur l'amour et la fraternité ». Puis il marqua un temps, comme s'il prenait son élan, pour la phrase nouvelle – la phrase qu'il avait préparée depuis longtemps et gardait prisonnière, tournoyante, au fond de sa tête.

– Amis fouilleurs de merde et chercheurs de trésors perdus, vous n'êtes pas des hommes mais des outils que l'on utilise, que l'on casse, que l'on jette!

Il marqua un nouveau silence, quelques secondes, pas plus : la formidable ovation jaillit de plusieurs milliers de poitrines, enfla sous le ciel gris... et le cri de colère (car c'était de la colère) était partagé entre les fouilleurs et les autres. Cette phrase-là, libérée quelques mois plus tôt, se serait simplement enlisée dans un silence ahuri, ou apeuré, que personne n'aurait songé à rompre.

Kid venait de franchir une nouvelle étape.

– Des outils que l'on casse et que l'on jette! répéta-t-il d'une voix vibrante, répercutée par les séries d'amplis. Mais à présent, vous voilà forts, et vous l'avez prouvé. Vous êtes la grande famille des dépossédés, exploités par l'organisation des Volants, au service d'une recherche qui ne profitera qu'aux plus forts, aux plus grands! Nous connaissons les Volants, depuis bien longtemps, n'est-ce pas? (Ovations.) Nous les voyons venir dans leurs machines volantes, et ils se posent dans nos secteurs de fouilles, ils descendent de leurs machines. « Bonjour les amis! » disent-ils. Mais ils ne sont pas nos amis, nous ne sommes pas leurs amis, et ils le savent bien, aussi bien que nous! (Un silence quelque peu désorienté – deux ou trois exclamations positives.) Ils nous tendent leur main droite, blanche, sans crevasse et sans cal, sans l'ombre d'une cicatrice ni la moindre engelure, aux ongles nets. Dans la main gauche, ils tiennent le dernier bulletin des cotes et valeurs – ils ne sont rien, sans ça! A la ceinture, ils ont un pistolet, et derrière eux deux gardes, ou trois, ou quatre – tout dépend de la réputation de l'équipe qu'ils visitent –, avec des flingues longs comme ça et des gueules d'empeignes! Ils disent : « Et alors, les amis, qu'avez-vous de sérieux à nous proposer? » Et nous ouvrons nos coffres, et ils fouillent, ils retournent, ils classent. Vous dites : « Je crois que ce truc a de la valeur... » Les Volants commencent par sourire, ils regardent leur bulletin et ils hochent la tête, de gauche à droite. Ça avait de la valeur, à la cote précédente, mais les choses ont changé. Vous n'êtes plus dans le coup. Vous avez sué sang et eau pour dénicher tel ou tel vestige, une statuette, un débris de machine, n'importe quoi, mais c'était hier que ça en valait la peine. C'est toujours hier! (Ovations.) Ils disent : « Ça vaut tant, et tant, et tant. » Il n'y a pas à discuter, les flingues des gardes sont prêts à partir. Un fouilleur de merde descendu, ça ne compte pas. Un garde volant descendu, c'est la guerre. Ils vous paient une misère, et puis ils vous demandent ce dont vous avez besoin. De gas-oil? de conserves? de matériel de rechange? Et vous énumérez, et ils font le compte de ce que vous pouvez vous permettre, ou de ce qui vous restera à toucher en liquide. Et ils repartent, après vous avoir laissé ce bulletin des cotes qui sera périmé dans trois mois, après vous avoir signalé certains débris recherchés, mais dont plus personne ne voudra quand ils reviendront. Ils s'en vont, ils vous laissent dans les ruines, trois pièces en poche et une montagne de boîtes de haricots, quelques bouteilles de rhum rouge! Ils vous laissent là, en train de crever pour eux!

L'énorme cri roula une fois de plus. De taille à avaler la mer. Les mains de Kid étaient crispées sur la rambarde. Il transpirait. Il jeta un coup d'œil du côté d'Alano, intercepta le regard ahuri, inquiet et admiratif de celui-ci. Ses mains se décollèrent de la rambarde et se refermèrent sur la tige souple d'un micro.

— Et moi je dis : c'est de l'exploitation! C'est du vol! Je le dis, car vous le savez tous, vous le pensez tous, car c'est le principal sujet de conversation dans une équipe de fouilleurs de merde! Nous savons que nos trouvailles ne vont pas toutes aux bureaux de recherches, bien sûr, mais que la plupart échouent sur les tables des trafiquants et des vendeurs d'antiquités. Nous savons les prix pharamineux que ces débris atteignent! Imaginez tout le fric que cela représente dans la poche de ces trafiquants! Tout ce fric gagné sur vos malheurs! Ils n'ont jamais mis les pieds sur un Territoire de fouilles, mais ils ouvrent leurs poches! Imaginez le fric que cela représente dans les caisses des Volants! C'est ÉNORME!!! (Ovations.) C'est énorme, nous le savons, nous savons que ce trafic existe, mais nous n'y pouvons rien! Nous n'y *pouvions* rien, car nous étions isolés, entretenus dans une concurrence infernale par ceux-là mêmes qui nous exploitent. Je vous l'affirme : il y a quelque chose à faire! Nous pouvons nous défendre, à présent. Vous savez ce que vous êtes : une force compacte, avec laquelle il faut compter. Vous existez en tant que masse pesant sur les règles du jeu social. Groupez-vous! Unissez-vous! Vous avez démontré que vous pouviez le faire, à propos du carburant que j'ai trouvé. Les autorités n'y croyaient pas, elles se moquaient de mon idée, et vous avez prouvé que l'union était possible. Continuez! Groupez vos trouvailles, instaurez un groupe d'évaluation autonome et faites vous-mêmes vos prix! Visez le plus haut possible, en refusant de vendre si les Volants ne veulent pas vous écouter. Ils finiront par vous écouter, je vous le dis, car personne, à votre place, ne viendra fouiller les ruines – et surtout pas ceux qui profitent de votre travail! Unissez-vous en force pour une action commune et pour vous défendre contre le possible téléguidage de troupes à la solde des trafiquants : ces malheureux, plus malheureux que vous encore, vous les engloberez dans vos rangs! Créez cette coopérative d'exploitation de vos trouvailles, et tirez-en vous-mêmes les ficelles. Il ne s'agit pas de refouler en bloc le rôle des Volants, mais il s'agit de minimiser leur action et de briser un monopole qui vous serre à la gorge jusqu'à vous étouffer! J'ai pensé à tout cela, car *il est écrit* que c'est mon devoir. Des cassettes ont été enregistrées, expliquant en détail plusieurs plans d'action possibles. Elles sont à votre disposition gratuitement! Gratuitement, car je ne cherche pas à m'enrichir à vos dépens, et vous le savez bien : il faut parler au nom des autorités pour prétendre le contraire et répandre de telles calomnies!

Il se taisait depuis cinq minutes. La foule criait toujours. Vurdin et quelques autres se démenaient comme des diables pour empêcher les gens de grimper sur le Trax.

Tous les journaux tiraient à boulets rouges et ne

déguisaient plus leur cible. Kid Jésus était démasqué : il n'était qu'un agitateur, autonome ou à la solde de quelque souterraine manigance au niveau du Conseil Confédéral Planétaire, on ne savait pas encore, mais on espérait bien que la lumière éclaterait. Il était un agitateur, oui, capable de lever la plus formidable armée à laquelle personne n'avait jamais songé : l'armée des laissés-pour-compte (et dans un système social pyramidal fonctionnant selon les lois de la jungle — fussent-elles très adroitement déguisées en différentes sortes de *valeurs* —, ils sont nombreux, les laissés-pour-compte!) et des dépossédés.

Il était le Mal. Le Danger. Mais il était aussi la Puissance. Ceci posant cela hors d'atteinte des coups directs dans l'affrontement brutalement déclaré. Kid Jésus aurait dû être abattu dès le début, tout au début, quand il n'était encore que l'ange des putains. A présent, c'était trop tard, et il faudrait compter avec lui, l'élimination discrète n'était plus de mise. Du moins si l'on voulait éviter un cataclysme.

FIN DE L'ÉTÉ 2354

Huit ou dix mille personnes se pressaient au bord du fleuve, dans le secteur nord-ouest du Territoire F. Le service d'ordre et de protection était composé de fouilleurs, mais aussi d'étrangers venus de l'extérieur. Kid Jésus parla pendant quatre heures.

Il y avait douze mille personnes sur la côte ouest, secteur nord, du Territoire F. Kid Jésus parla essentiellement de la Coopérative des Evaluations mise sur pied quelques jours plus tôt. Des contacts avaient été pris avec l'organisation des Volants — ils étaient positifs et les Volants se montraient très coopérants : ils ne pouvaient se permettre une autre attitude.

Les menaces de mort étaient anonymes, évidemment. Kid Jésus en parla devant trente mille personnes, dans la vallée de la Norte, un matin brûlant. Il accusa les forces occultes des réseaux de trafiquants (il ne pouvait se permettre d'accuser ouvertement les Volants qui, sous leur attitude mielleuse n'en cherchaient pas moins un moyen de se sortir de ce guêpier). Une garde personnelle fut formée le jour-même. Alano ne suffisait plus.

– Ecoute ça! dit Kid. Ecoute...

Il se tenait debout au centre du salon richement décoré de cet engin blindé que les fidèles avaient mis à sa disposition. Son visage était émerveillé, comme celui d'un enfant qui reçoit un splendide jouet.

– Que j'écoute quoi? fit Alano.

Kid avait maigri. Il flottait dans sa combinaison jaune. Il dit :

– Il pleut, n'est-ce pas?

– A seaux.

– Tu entends quelque chose?

– Bon Dieu... non. Rien.

Kid ferma les yeux.

– Voilà. Il pleut et on n'entend rien. C'est le calme. Pour la première fois depuis bientôt six ans, Alano, je me trouve dans un abri, par temps de pluie, sans entendre l'averse tambouriner sur le toit de la cabine...

Il y avait douze ou quinze mille personnes. Kid parla deux heures.

Alano dit :

– Ils voudraient bien t'entendre à Singert, et à Belavil, à Mantraque, Cité-Soleil. Et... partout.

– Non, dit Kid. Pas encore. Je ne quitte pas le Territoire F. C'est mon champ de bataille.

– Hagose ne s'est plus manifesté?

– Non. Apparemment, les Volants se tiennent tranquilles et ont accepté l'idée qu'une Coopérative d'Evaluation puisse exister, et fixer les prix – et mener le bal avec eux.

DÉBUT DE L'AUTOMNE 2354

On retrouva Pol Vurdin sous la coque du vieux Trax de Kid, avec neuf balles dans le corps.

Kid devint très pâle, mais ne dit rien. Rien, rien, rien.

Le lendemain, il entra dans une violente colère en lisant les journaux qui parlaient de querelles intestines et de règlements de comptes au sein de l'équipe des « sous-fifres ». Vurdin était celui qui s'était chargé des contacts avec l'organisation des Volants, et il avait plusieurs fois envoyé valser Hagose en personne lorsque celui-ci tentait de temporiser.

On ne retrouva point le ou les meurtriers. Plus de trente mille personnes campaient dans la vallée autour du bull blindé de Kid, cette nuit-là.

Pol Vurdin avait soixante-dix ans. A ce qu'on disait.

Kid décida de quitter le bull blindé et réintégra son Trax. Rien ni personne ne put lui faire changer d'avis.

HIVER 2354

L'homme qui disait représenter Buck Maltus – membre du Conseil Territorial pour le Territoire F. en statut actuel de Territoire de fouilles non intégré – rencontra Kid Jésus le premier jour de la saison froide. La rencontre eut lieu dans la cabine-habitat du Trax. Les seuls témoins étaient Alano Teeshnik et le garde du corps (ou le secrétaire?) du représentant de Buck Maltus.

Kid avait changé. Les débuts de la transformation remontaient à cette époque, pas si lointaine, où il avait amorcé le virage d'une orientation nouvelle de son idéologie. Il avait changé « intérieurement », mais aussi physiquement. Son discours faisait maintenant la part belle aux préoccupations matérielles des fouilleurs et de tous ceux qui se reconnaissaient du même lot d'exploités, au détriment de cette philosophie de la fraternité qui devait transformer l'humanité et lui accorder à plus ou moins long terme la grâce des Migrants ainsi que le mérite d'un nouveau voyage en Nouvelle Terre. Bien sûr, il en parlait toujours, n'ayant pas oublié que c'était sur ces bases de l'ancestral mysticisme qu'il avait pris appui, au début, pour se hisser aussi vite et aussi haut jusqu'à sa position actuelle. Il n'oubliait pas davantage que c'était en grande part grâce à cette orientation spécifique du discours qu'il voyait les rangs de ses « fidèles » prendre de telles proportions – et leur nombre croissait régulièrement, le phénomène était maintenant planétaire. Si l'on excluait les fouilleurs de tous les Territoires de fouilles qui s'unissaient et commençaient un peu partout à créer ces fameuses Coopératives, ralliées à la première souche du Territoire F., il restait plusieurs millions de fidèles, et qui étaient-ils? En règle générale, tous les calamiteux possibles et imaginables, les rebuts d'une société très dure et férocement compétitive au sein de laquelle ils avaient été oubliés dans la distribution des pouvoirs et des armes pour le combat soi-disant équitable : il ne leur restait qu'un espoir, une croyance. Cette croyance : l'existence réelle d'une Migration qui s'était produite aux sources embrumées du passé; la punition inscrite dans leurs mémoires amputées, pour quelque faute à expier, quelque démérite honteux à effacer péniblement au fil du temps; et les traces, les preuves de l'existence de cette civilisation incompréhensible, dont les richesses scientifiques avaient permis la Migration vers les étoiles. Cet espoir : que soient remboursés au centuple, un jour, les sacrifices endurés qui étaient le lot de leur basse condition; que les Migrants reviennent et leur ouvrent les bras. C'était leur unique et future richesse. Ils étaient des millions, ils avaient entendu s'élever la voix de Kid Jésus, cette voix qui était leur voix, et Kid Jésus se disait « élu », détenteur de signes indiscutables, et il fallait qu'il fût un être hors du commun pour réussir un tel bouleversement social en presque rien de temps... Donc, pas question pour Kid d'abandonner la théorie du rachat par l'amour et de la fraternité transformée en capital égalitaire qui faisait fi des barrières sociales. Il n'abandonnait pas. D'ailleurs, ses préoccupations très pragmatiques concernant l'organisation des fouilleurs n'avaient rien de contradictoire avec cette grande idée de fraternité, au contraire : c'était tout simplement un exemple concret.

Tout simplement... Mais ce n'était pas si « simple », dans l'esprit de Kid. La ligne directrice de son action n'était plus tranchée net, coup de rasoir dans le temps à venir, comme il l'avait voulu naïvement aux premiers instants de sa course. Des bifurcations sournoises s'ouvraient à tous les niveaux, des chausse-trappes et des fausses indications de routes à suivre. Kennie Berthaud disait vrai. Des gouffres insoupçonnés, terriblement profonds, menaçaient la rectitude en trompe-l'œil de son itinéraire. Il avait mis le pied, et même les deux pieds, sur le nid de frelons. Cela vrombissait dangereusement autour de lui. Les frelons avaient déjà tué Vurdin.

La mort de Vurdin semblait avoir marqué Kid très durement, comme si l'événement avait catalysé tous les tourments internes qui planaient jusqu'alors sans véritablement se dévoiler. Ses sourires étaient devenus rares et le petit diable qui lui dansait au fond de l'œil avait été atteint, c'était sûr, par une des balles tirées sur

Pol Vurdin. Il avait perdu des cheveux; à vingt et un ans, de nombreux poils blancs argentaient sa barbe de chaume. Des rides profondes gravaient un éternel souci sur son front trop haut, tandis que d'autres, qui avaient été jadis le signe de la gaieté, au coin des yeux, s'affaissaient maintenant pour marquer davantage son regard de myope. Comparé à certaines photographies qui représentaient en gros plan son visage de fouine rieuse, le Kid d'à présent était presque méconnaissable. C'était un animal aux aguets : la fouine rieuse s'était transformée en furet prêt à mordre, sur le qui-vive en permanence.

Les deux hommes se retrouvèrent en face du furet. Mais ils étaient tous de la même famille.

Kid les accueillit dans la cabine-habitat du vieux Trax. Le décor n'avait pas changé, la couche de poussière était la même, peut-être plus épaisse, à certains endroits. Kid était vêtu de sa désormais légendaire combinaison jaune acide; il avait le teint plombé, les cheveux ébouriffés en mèches raides, et des poches fripées soulignant le regard tranchant qui filtrait entre les paupières fatiguées – la vivacité de ce regard contrastait violemment avec l'aspect plutôt amorphe de cette maigre silhouette étriquée, perdue dans les plis de la combinaison, tassée sur la couchette. Kid resta assis, coudes aux genoux et mains ballantes dans le vide.

– Je vous écoute, dit-il, sans même saluer les deux hommes, ni les inviter à s'asseoir (mais s'asseoir où?), ni leur offrir à boire, ni rien.

Alano était debout à côté de lui, son fusil, tout aussi légendaire que la combinaison de Kid, dans les bras. On aurait pu le prendre pour un frère de Kid – certains, d'ailleurs, s'y étaient laissés prendre.

L'homme était de taille moyenne – son « secrétaire » le dépassait de deux bonnes têtes –, vêtu d'un pantalon de gros velours râpé qui tirebouchonnait sur ses souliers cloutés, d'une veste de méchant cuir fourrée qui ne parvenait pas, en dépit du rembourrage, à corriger la courbe en chute libre de ses épaules tombantes. Il était bizarrement proportionné, avec des bras trop longs, des jambes trop courtes, un torse cylindrique. Son visage était rond, son crâne dégarni; une barre moussue de sourcils roux pesait sur son regard glauque. Une série de fossettes très creusées (ou bien était-ce une cicatrice?) fripaient le centre de son menton fuyant. Le secrétaire était vêtu sur le même modèle, portait tout aussi mal que son patron ce déguisement destiné à les faire passer inaperçus au milieu d'une foule de fouilleurs... (quatre ou cinq gaillards du même acabit attendaient dehors, mêlés à la garde de Kid, mains plantées négligemment dans leurs poches bossuées d'une façon caractéristique). Ce type avait la tête de quelqu'un qui sort son revolver dès qu'une feuille sèche se décroche d'un arbre sur son passage.

– Je m'appelle Martin, dit l'homme.

Sa voix n'était qu'un souffle rêche. Il avait l'air de s'ennuyer beaucoup et le fait de se trouver en face de Kid ne l'impressionnait certainement pas le moins du monde – ou alors c'était un génie de la dissimulation et du stoïcisme! Il était là parce qu'il devait être là, parce qu'on le lui avait ordonné, et rien d'autre.

– Martin, dit Kid.

– Martin, répéta l'autre. C'est suffisant.

– Bien sûr, fit Kid. Nous avons donc à parler, vous et moi?

– Il me semble que oui.

Kid soupira. Il dit :

– Prenez place... où vous voulez. Cet endroit n'est guère confortable, mais c'est ma maison depuis bientôt six ans.

Martin regarda les coussins aplatis, au sol, le tabouret. Il hésita, se décida pour le tabouret. Il s'assit, fut à peine moins grand que debout, plia ses longs bras et posa sagement ses mains sur ses genoux. Deux pas en arrière, le secrétaire à la mine avenante ne broncha pas d'un poil, serrant sous son bras gauche sa serviette de grosse toile.

– Combien sont-ils? demanda Martin. Je veux dire : dehors, sous cette neige... J'ai pu voir un certain nombre de tentes ainsi que de véhicules excavateurs divers. Mais je n'évalue pas précisément, j'en ai peur. Trois mille? Davantage?

– Pas plus de deux mille. Un tiers de fouilleurs.

– Oui-oui-oui, fit Martin. Deux mille. Que vont devenir ces pauvres gens lorsque la neige tombera véritablement et quand le froid se fera très dur?

– Je ne sais pas. Ils repartiront d'où ils viennent. Et moi aussi, je m'en irai. Depuis quand vous intéressez-vous aux pauvres gens, monsieur... Martin? Et à leur sort?

Le sourire de Martin valait la peine d'être vu...

– Ce n'est pas nécessaire de me jouer cet air-là, Kid. Pas à moi. N'oubliez pas que je viens en ami.

– Je n'oublie pas. J'attends.

Martin acquiesça. Il était très droit et tout ce qu'il y a d'immobile sur son tabouret, remuant juste le coin gauche de sa bouche pour laisser tomber des phrases hachées.

– Ils sont toujours autant? demanda-t-il. Je veux dire : là, à camper autour de votre...

– Ce ne sont pas toujours les mêmes. Parfois, ils sont en nombre inférieur, parfois en nombre supérieur. Cela dépend.

– De quoi?

– Du trajet que nous suivons, j'imagine. Certains marchent derrière moi depuis plusieurs mois.

– Pas de problème majeur avec les fouilleurs?

– Pas de problème majeur avec les fouilleurs. Nous évitons de traverser des secteurs en activité, ce qui nous laisse un certain espace pour nous déplacer sans ennuyer ceux qui travaillent. Vous savez, le

Territoire F. aura bientôt donné tout ce qu'il avait dans le ventre.

– Je sais, précisément... A moins de tomber sur une cache du genre de celle que vous avez vous-même mise à jour? Un fameux coup de chance, pas vrai?

– J'appelle ça autrement.

– Oui-oui-oui... C'est vrai, vous appelez ça autrement. Vous dites un « signe », je crois. Oui-oui-oui. Et ce n'est pas le seul. Je veux dire : de signe. Vous en auriez « reçu » d'autres, vous confirmant dans votre rôle d'élu, ou de chef spirituel, ou de chef politique, ou de chef tout court... Oui. C'est ce que je veux dire.

– Je comprends très bien ce que vous voulez dire.

Martin leva sa main droite, frotta longuement son front du bout de son index, au-dessus des sourcils. Il reposa sa main sur son genou. Il regarda Kid droit dans les yeux. C'était absolument impossible de dire ce que ce gars-là avait derrière la tête. Peut-être rien. Peut-être simplement ce qu'on y avait mis, ce qu'on lui avait appris pour qu'il puisse jouer ce rôle particulier dans ces circonstances particulières.

– Je suis chargé de vous féliciter, dit Martin. Pour votre... ascension spectaculaire. C'est en effet une performance qui mérite l'admiration. Et nous vous admirons. Vous êtes en train d'inventer de nouvelles règles du jeu, Kid. Vous le savez? Oui, vous le savez. Cela se lit sur votre visage. On y lit également que vous avez dépassé le stade de la griserie, que vous envisagez les ouvertures possibles avec infiniment plus de sérieux et peut-être... d'appréhension? Je me trompe?

– Etes-vous venu pour lire sur mon visage?

– Pourquoi non?... Mais je tenais à vous communiquer ce que je viens de dire. Vous devez savoir que nous vous prenons très au sérieux, Kid.

– *Nous?*

– Celui que je représente, en cet instant.

– Il s'appelle Buck Maltus.

Martin, une fois encore, tordit les lèvres sur un de ses petits sourires glacés.

– Mieux vaudrait ne pas trop prononcer ce nom, dit-il. Ce n'est pas nécessaire. Je vous l'ai dit : vous avez dépassé le stade de l'autosatisfaction grisante, et le fait de prononcer à haute voix le nom de celui que je représente et qui a demandé à vous rencontrer ne doit raisonnablement plus avoir la moindre vertu flatteuse... car vous êtes maintenant l'égal de certains personnages importants, vous en avez le poids. Et cela n'est même plus excitant... au contraire, je dirai que vous connaissez les craintes et les angoisses d'une sorte d'explorateur parachuté en pays inconnu... et hostile. Je me trompe?

– Croyez-vous sincèrement être du genre à vous tromper lorsque vous développez un sujet de votre choix?

– Non. Soyez certain d'une chose, monsieur l'explorateur : le pays est hostile, mais vous y comptez néanmoins des amis.

– Dont vous êtes. Ainsi que Bu... l'homme que vous représentez.

– Après tout, dit Martin, prononcez son nom si vous le désirez. Vous l'avez fait une fois, déjà, et en admettant que nos propos soient enregistrés...

– Ils ne le sont pas, dit sèchement Kid. Cela vous gênerait donc?

– Evidemment non. Buck Maltus n'est pas un sot : il me sacrifierait en niant tout contact avec ma personne, et pourrait le prouver.

– Ce qui, personnellement, glissa Kid, ne vous dérange pas le moins du monde... Dans quel bois êtes-vous taillé, monsieur Martin?

Petit sourire-tranche-de-glace.

– La jungle abrite une faune très étrange, Kid. Grands fauves et petits prédateurs, proies de toute sorte. Pour survivre, certains de ces petits prédateurs sont obligés... disons de rester dans l'ombre des grands fauves et de les servir. C'est là l'unique alternative, le seul rôle possible.

– Dans quelle catégorie me classez-vous?

– Voyons... vous le savez fort bien, Kid. Me serais-je trompé? Les flatteries qui rassurent vous seraient-elles encore nécessaires?

Kid soutint un moment le regard du petit homme contrefait assis sur le tabouret.

– Que me proposez-vous? demanda-t-il.

– Bravo. Vous n'avez pas dit : qu'attendez-vous de moi.

– Et je répète : que m'offrez-vous?

– Les preuves accusant l'assassin de Pol Vurdin, déjà.

Kid accusa le coup par un raidissement imperceptible des épaules, le plissement accentué des paupières.

– L'assassin de Vurdin se nomme Hagose, dit-il sourdement.

– Exact. Ou, plus exactement, le commando qui a exécuté votre vieil ami agissait sous les ordres d'Hagose. Tous ceux qui n'ont pas la naïveté de croire ce qu'ils lisent dans la presse s'en doutent – mais voilà : beaucoup de vos fidèles sont parmi ces naïfs, et, donc, une petite mise au point imprimée ne ferait pas de mal. Encore faut-il des preuves indiscutables sur lesquelles puisse s'appuyer une pareille information. Ces preuves sont à votre disposition. Mobile du crime : la vengeance pure, et cela tombe sous le sens. Après le coup porté aux compagnies des Volants, et donc à leur dirigeant, vous vous attendiez certainement à la réaction de celui-ci – une réaction qui chercherait à vous faire payer cher votre action, et par tous les moyens possibles, pourvu qu'ils demeurent dans l'ombre. Seulement voilà : nos services sont très... efficaces. Nous avons la confession écrite d'un membre du commando. Plus quelques petites bricoles.

– Obtenues par quels moyens?

– Cela n'a pour vous strictement aucune importance. Sachez simplement que ces preuves sont d'une solidité à toute épreuve, qu'elles sont réelles et que vous pourrez les utiliser quand bon vous semblera.

– En échange de quoi?

– Nous vous demandons de ne pas les utiliser.

Kid fut incapable de cacher son étonnement. L'œil rond, il attendit.

– Je m'explique, dit Martin. Nous vous donnons ces preuves, pour vous être agréable. Oui-oui-oui. Ne vous méprenez pas : ce n'est pas là pure philanthropie, générosité gratuite. Il se trouve simplement que vous luttez dans le même sens que nous. Nous sommes – vous l'ignorez peut-être – des alliés. Disons que ces preuves de l'assassinat de Pol Vurdin sont un cadeau d'alliance que vous offre... Buck Maltus. Mais ce n'est pas tout. Ce cadeau s'accompagne d'une offre, pour une action commune. Je vais vous faire cette offre. Vous l'accepterez ou vous la refuserez, selon votre conscience. Vous êtes libre. Si vous refusez, vous pourrez néanmoins utiliser ces preuves. Si vous acceptez, cela ne sera pas nécessaire, et le résultat sera le même... avec en sus, pour vous, des avantages non négligeables.

Martin se tut. Il attendait un signe, quel qu'il soit, de la part de Kid pour poursuivre plus avant. Kid hocha la tête.

– Parfait. Continuez.

– Il va naturellement de soi, dit Martin, que pour le cas où vous refuseriez cette proposition, et si un enregistrement quelconque...

– Je vous ai déjà dit que notre conversation n'était pas enregistrée. Et puis, je sais : Maltus nierait en bloc, et il aurait, lui, toutes les preuves de sa bonne foi... Ne soyez pas inquiet, Martin... Puisque nous sommes alliés, à ce qu'il paraît...

Martin tordit sa bouche d'une manière particulière –

pour acquiescer, sans doute. Sans finasser davantage, il plongea :

– Vous l'avez dit vous-même, Kid : le Territoire F. aura bientôt rendu tout ce qu'il avait dans le ventre. Dans quelques années, au plus, il aura été ratissé, labouré, retourné, pressuré jusqu'à la moelle, si je puis employer cette expression. Il deviendra Territoire ouvert à la colonisation, intégré dans la Confédération planétaire. Il sera donc gouverné par un conseil territorial constitué par trois ou quatre membres représentatifs et un gouverneur élu – lequel gouverneur siègera également sur les bancs du C.C.P. Bien. Les membres de ce conseil territorial sont désignés, après avoir fait acte de candidature, par le Conseil Confédéral Planétaire – ils sont d'ores et déjà connus, et depuis longtemps, pour ce qui est du Territoire F. Il y en a une dizaine, à l'heure actuelle, et parmi ceux qui ont le plus de chances d'accéder au poste de conseiller, citons Krawt Ferken – qui se voit déjà gouverneur, et qui en a le poids –, Jebewer Addier, Oaks Dezpype et Buck Maltus. Ils sont quatre. On peut dès maintenant supposer que ce chiffre est le bon pour représenter le Territoire F. Les membres du conseil territorial seront donc élus par les colons inscrits pour l'occupation de ce Territoire, et par les électeurs des Territoires limitrophes civilisés. Les conseillers élus par le peuple désigneront à leur tour un gouverneur. Nous sommes d'accord?

– Naturellement, souffla Kid.

– Nous sommes d'accord. Je poursuis : toutes les estimations concordent pour aligner les quatre pré-cités à la sortie des urnes. Le plus influent des quatre étant Ferken, et comme il a lui-même soutenu la candidature de Dezpype et Addier... il se retrouvera gouverneur. A moins... à moins que surgisse un nouveau candidat de poids qui par miracle ferait basculer ces prévisions dans le néant.

– Vous pensez à quelqu'un de précis? interrogea Kid sur un ton détaché.

– Non, sourit Martin. Non... je ne pense pas. Nous ne pensons à personne. Pas même à vous, Kid. Votre candidature, si par hasard vous envisagiez de la poser, ne serait de toute façon pas soutenue par le C.C.P. Vous avez acquis de l'importance, certes, mais d'une manière... qui n'a rien d'orthodoxe. Et puis, cela dit sans vouloir vous blesser, cette importance n'est rien, aux yeux du C.C.P. Elle ne peut vous permettre de rivaliser sur un pied d'égalité avec les seigneurs des hautes castes. Vous le savez.

– Oui, je le sais. Et je ne vois toujours pas où vous voulez en venir.

– A ceci : Ferken est un personnage plus que douteux. Une crapule. De cela aussi, nous avons la preuve.

Pour la première fois depuis le début de l'entretien, Kid se permit une grimace amusée. Il dit :

– Buck Maltus est décidément un homme très renseigné... et qui aimerait bien être élu gouverneur à la place d'un certain Krawt Ferken...

– Vous pouvez le penser, rétorqua Martin sur son habituel ton soufflé – et se moquant totalement de ce que pouvait penser Kid. Votre réaction est en partie fondée : c'est exact, Buck Maltus vise le poste. Mais ce n'est pas si simple, et ce n'est pas *que* cela... quoiqu'il serait hautement préférable pour tout le monde, et pas seulement pour le Territoire F., que Buck Maltus fût élu gouverneur. (Il fit une pause, très courte, comme s'il reprenait sa respiration ou bien classait quelques idées avant de continuer :) Vous dénoncez ardemment les trafics de toutes sortes, Kid. Vous l'avez fait en accusant les organisations de Volants, et indirectement Hagose, qui s'octroient des pièces rares ayant la faveur des antiquaires et qui traitent ces marchés par l'intermédiaire de trafiquants professionnels. C'est en songeant à cela que je parlais d'alliance entre vous et nous, de concordance de points de vue. Vous aviez raison : ce trafic existe. Mais il n'est rien. Il y a bien plus important, dans le genre. Le trafic de secrets militaires scientifiques, le trafic d'armes. Le Chaos d'où nous sommes issus dut être particulièrement atroce, Kid. La planète en porte les blessures... Laissons donc de côté un instant, voulez-vous, ces multiples théories concernant l'histoire pré-chaotique et chaotique. Oublions même celle qui semble vous agréer : la Migration. Laissons cela, et concentrons-nous sur l'hypothèse de réflexion qui a *peut-être* – je dis peut-être... – la faveur dans les milieux gouvernementaux confédérés. A savoir : *Les peuples de Terre divisés ont commis l'impitoyable erreur de se livrer à une guerre affreuse, inimaginable, dont le résultat fut ce que nous savons, c'est-à-dire notre présent.* La lente, très lente remontée vers la surface d'une civilisation aux neuf dixièmes balayée de la surface de la planète. Et nous creusons, nous cherchons... et nous trouvons certains débris, certains vestiges qui nous sont incompréhensibles... mais qui ne le seront pas toujours. Nous avons la preuve que certains personnages, dont Ferken, s'intéressent de beaucoup trop près à un secteur particulier des recherches et des études effectuées sur les vestiges arrachés au sol des Territoires de fouilles : *les recherches et études qui pourraient aboutir à la construction d'armes dont le pouvoir destructeur serait fantastique. Ces armes qui, peut-être, ont provoqué tous ces brasiers qui s'allumèrent sur la planète, à un certain moment.* Ferken détourne à son profit certaines découvertes, il possède ses propres équipes de techniciens, dirige un réseau d'étude tentaculaire infiltré dans les structures de la recherche officielle.

Kid ouvrit et referma ses mains. Elles étaient poisseuses. Il avait pâli; les paroles de Martin se plantaient dans son crâne et grésillaient curieusement. Non seulement il avait posé le pied sur un nid de frelons, mais il était en train de s'y enliser tout entier.

– Il n'y aurait pas eu de Migration? dit-il. Il n'y aurait...

– Voyons, sourit posément Martin. Je dis : *c'est une hypothèse...* Ce qui est sûr, c'est que Ferken est un homme dangereux, assoiffé de pouvoir et de puissance, et que si on le laisse manœuvrer il est capable de faire basculer l'équilibre mis en place depuis près d'un siècle. Au sein même du C.C.P., un certain nombre de Représentants sont en train de se poser à ce sujet de très sérieuses questions. Maltus est soutenu par ces hommes.

– Qu'attendez-vous pour agir?

– Agir? Agir au niveau du C.C.P. serait peine perdue. Ferken possède des appuis, de la part de certains qui tomberaient morts de rire si l'on accusait ce grand homme. Les preuves seraient étouffées, les méfiants risqueraient de mourir bêtement... Inutile de dire qu'une accusation lancée par Maltus ne serait pas davantage prise au sérieux. Et qu'il risquerait sa vie, lui aussi. Mais un homme, actuellement, peut se permettre de dévoiler cette affaire, sans courir de risque, car il tire derrière lui une force bien spécifique que nul autre ne possède : le soutien inconditionnel d'une population. Et cet homme, c'est *vous.*

– J'avais compris, murmura Kid.

– Voici notre offre : accusez Ferken de trafic de documents de recherche scientifique portant sur les armements. Accusez-le, comme vous avez accusé les Volants. Faites le plus de brassage et de chahut possible, présentez les preuves suffisamment compromettantes que nous vous donnerons. Manipulées par vous, elles seront suffisamment compromettantes, ce qui ne serait pas le cas si elles étaient divulguées soit par Maltus, soit par quelque Représentant du C.C.P. : on penserait à une manœuvre politique visant exclusivement le discrédit de Ferken, on compterait des cadavres signant ce règlement de comptes. Dans votre cas, c'est exclu : vous ne visez aucun pouvoir effectif, vous ne faites que parler au nom des intérêts du peuple. L'accusation que vous porterez vous mettra automatiquement à l'abri de tout... accident – accident qui signerait dans l'opinion publique la culpabilité reconnue de Ferken. Ce battage provoquera les enquêtes nécessaires qui permettront de confondre radicalement ce traître.

– Et Maltus, que je soutiendrai, sera élu membre du conseil territorial, puis inévitablement gouverneur...

– Et il vous en sera reconnaissant, votre position n'en sera que plus... stable, admirablement bien placée. La meilleure place possible : dans les coulisses.

– Dans les coulisses... répéta Kid.

Il avait la tête en feu.

– Sans compter, dit Martin, que le scandale fera tomber du même coup Hagose, sérieusement impliqué au carrefour des filières du trafic.

– Et si je voulais autre chose, encore?

– Par exemple?

– Par exemple... une révision des lois d'occupation sur les Territoires colonisés. La promesse faite par Maltus, sur ma suggestion publique, que les fouilleurs seront payés en terres, ou en postes, selon leur capital de découvertes, en juste paiement de retour pour le travail fourni au long de leur vie?

Martin réfléchit un moment.

– Je ne m'attendais pas à cela, dit-il. Je me demande ce que cela cache... Il m'est impossible de me prononcer; j'en référerai à qui de droit et je vous tiendrai au courant.

– Moi aussi, dit Kid. Moi aussi, je vous tiendrai au courant. Pouvez-vous me laisser ces preuves, ou me les faire parvenir?

– En partie, oui. Nous en avons des photocopies dans cette serviette.

Le « secrétaire » posa la serviette sur la table. Il reprit son immobilité de statue.

– Ce n'est qu'une partie, évidemment, dit Martin. Faites-nous savoir si vous acceptez de nous aider, et vous recevrez le reste, ainsi que toute information utile concernant leurs sources – lesquelles sources seront immédiatement prises en considération, n'en doutez pas, et neutralisées.

Martin se leva. D'un seul jet. Il avait apparemment jugé que l'entretien pouvait se terminer là. Il avait récité sa leçon.

Longtemps après, Alano se décida, incapable de réfréner son impatience.

– Tu vas le faire, Kid?

Kid regardait au-dehors par le hublot. La neige tombait à gros flocons. Il se retourna. Il leva une main, paume vers le bas, doigts serrés. Il ouvrit les doigts. Sa main tremblait terriblement.

– Possible, dit-il.

ÉTÉ 2363, 12 h 14

O'Quien jeta un coup d'œil très éprouvé en direction du toit de tôles; les plaques auraient été chauffées au rouge qu'il n'en eût pas été autrement surpris. La chaleur qui régnait maintenant dans l'étroit cagibi dépassait certainement les 40 ou 45 degrés. Il n'y avait pas le plus petit souffle d'air. Dans cette étuve, les odeurs âcres, fortes, de transpiration dégagées par les trois occupants rendaient encore l'atmosphère plus difficilement respirable. Le soleil tombait droit sur la lucarne; la violente lumière traversait le rideau de plastique en lambeaux exactement comme s'il n'avait pas existé, pour s'écraser en plein sur la caisse d'emballage, devant O'Quien. Des mouches bleues de plus en plus nombreuses voltigeaient bruyamment dans cette colonne de lumière incandescente.

O'Quien changea la bobine. Sans un mot, Alano avait tiré l'étui de sa chemise et l'avait lancé sur la caisse. Il regardait O'Quien occupé à recharger l'appareil. Lorsque la bobine enregistrée fut placée dans l'étui, Alano ne fit pas un geste pour s'emparer de nouveau de l'objet. Il considéra simplement l'étui d'un œil grave, sans rien dire et sans bouger.

O'Quien était littéralement trempé. Il avait noué son mouchoir autour de son cou. La sueur ruisselait sur son visage, coulait en grosses gouttes sur ses tempes et le long de son nez. C'était pareil pour Alano – à la seule différence que celui-ci ne se souciait absolument pas du phénomène de sudation qui avait progressivement transformé sa chemise en serpillière bonne à essorer. Lolies était très pâle, de lourds cernes sous les yeux, des mèches de cheveux collées sur son front et ses joues. Elle avait résisté un moment mais paraissait maintenant plutôt mal en point, comme au bord du malaise. Quelques instants auparavant, juste au moment où la bobine d'enregistrement s'immobilisait en bout de course, Lolies avait ouvert un carton et sorti une bouteille d'eau. Elle en avait bu la moitié du contenu, avant de la passer à O'Quien. Elle se tenait assise en tailleur, le dos courbé, avec sa tunique rendue transparente par la sueur qui coulait sur la peau de ses épaules et le dessus de ses seins.

O'Quien avala goulûment deux ou trois gorgées d'eau. Il grimaça, fut secoué par une série de haut-le-cœur. L'eau était tiède, dégueulasse, avec un fort goût de vase.

Il déplia ses jambes ankylosées, se leva... et se cogna le sommet du crâne contre le toit. Il posa sa main contre la tôle, mais la retira bien vite : c'était brûlant. Il fit un pas en direction de la lucarne-tabatière.

– Sortez-vous de là! dit Alano. N'approchez pas cette fenêtre.

– J'aimerais bien respirer un peu d'air frais...

– Il n'y a pas d'air frais à respirer par-là! trancha l'homme accroupi dans les matelas. Ne touchez pas à ces lanières, c'est tout. On pourrait vous repérer.

Une lueur d'agacement traversa le regard de O'Quien. Mais il fit un effort sur lui-même et se contenta de bougonner :

– Qui donc pourrait nous repérer? Vous vous faites peut-être des idées, Alano. Vous ne croyez pas?

Alano ignora la question. Ses yeux clairs étaient levés vers O'Quien – c'était comme un regard aveugle, tout à coup.

Il dit :

– *N'approchez pas de cette fenêtre, Kid. Cela ne servirait à rien, personne ne vous verra.*

– Pardon? fit O'Quien.

La sueur coulait sur le visage immobile d'Alano. Une veine battait sur son cou décharné, sous la crasse. Les innombrables cicatrices qui recouvraient son visage, parmi les nœuds de poils de la barbe blanchie, avaient pris une teinte violacée. O'Quien grimaça imperceptiblement, comme si la laideur du masque de cet homme accroupi devant lui le touchait seulement. Il jeta un coup d'œil rapide en direction de Lolies, mais celle-ci paraissait essentiellement occupée à respirer profondément, suçant à pleine bouche l'air cotonneux. Il reporta son attention sur Alano Teeshnik.

– Que voulez-vous dire?

– Rien, fit Alano. Rien du tout.

Son regard était de nouveau présent. Un tic nerveux faisait sursauter en cadence les muscles de ses pommettes. Il dit, d'une voix forte et sur un ton passionné :

– C'était dans ce bordel qu'il avait mis les pieds! Dans cet inimaginable bordel où seuls des types décervelés du genre de ce Martin pouvaient évoluer à leur aise! Ouais... Encore que... Il y pataugeait à plaisir, le malheureux! Il s'y sentait bien... qu'il croyait. Il se croyait malin, le bougre, il se croyait de taille à se creuser son trou, dans cet infâme bordel! Vous n'imaginez pas.

– Peut-être un peu, si.

– Non! Personne ne peut imaginer. Tant qu'on n'est pas planté soi-même dans cette merde, on n'imagine pas... Pourtant, il y avait de quoi sentir venir l'orage. Il y avait de quoi devenir cinglé, tout net. Tout foutait le camp, tout s'effilochait. La réalité, je veux dire. La réalité se fondait dans le brouillard. Oui, y avait de quoi s'inquiéter. Qu'est-ce que ça voulait dire, cette histoire d'armements et de recherches détournées? Ça voulait dire que pour les autorités l'hypothèse de la guerre était la bonne : la guerre qui aurait créé le Chaos. Rien de mieux. Ça voulait dire que ces histoires de Migration n'étaient que des foutaises. *Qu'ils connaissaient la vérité, mais qu'ils la cachaient et laissaient courir ces légendes pour mieux utiliser l'énergie et l'espoir du peuple.* C'était commode de laisser croire au retour des Migrants, et qu'à force de volonté et de travail on parviendrait à acquérir les capacités nécessaires pour envisager une nouvelle migration. C'était commode. De belles et de faciles motivations...

– Kid ne s'est pas posé des questions, à ce sujet?

Alano ricana.

– Il arrêtait pas de s'en poser. Il perdait pied, tout doucement, mais trop mariolle pour vouloir l'admettre, pour vouloir reculer. Il était là, dans ce bordel, à se poser des questions, avec la réalité qui foutait le camp... parce que l'histoire servie par Martin, c'était peut-être aussi de la blague! Les preuves de la culpabilité de Ferken, c'était peut-être de la pure fabrication, ou Ferken n'était pas dans le coup, ou il existait bel et bien un trafic dans ce sens, mais sans que ce gros bonnet y soit impliqué... Il nageait là-dedans. Ça le grisait, et en même temps ça le tuait. Il pesait le pour et le contre, il se demandait comment, de toute manière, dans ce tourbillon, il pourrait tirer sa carte.

– Et il a pris cette décision.

– Ouais. Ouais, il a pris sa décision. Il a plongé plus profond dans la vase, en se disant qu'il en ferait toujours bien surface, avec sa chance. Parce qu'il y avait cela, aussi : sa chance. On n'arrive pas où il était arrivé en un an si on n'a pas de chance. Le fait d'avoir mis la main sur cette cassette, c'était de la chance. Et les citernes de carburant, c'était quoi? Nom de Dieu... la chance.

– Il a divulgué ces documents, dit O'Quien.

Alano acquiesça, garda le silence un court moment, le regard de nouveau très flou. Puis :

– C'est ce qu'il a fait. Il a choisi de se trouver au centre du Territoire F., bien à l'abri, entouré de fouilleurs – il vivait dans la Tri-pelle de Vurdin, par prudence, mais le Trax suivait toujours, et c'était Naidoc qui s'en occupait. C'est de là-bas qu'il a fait ses révélations, au début de la saison froide 54. Le scandale a pété comme une bombe... oui, vraiment : une bombe. Maltus avait vu juste : Kid était intouchable, il avait derrière lui plusieurs millions de croyants très excités...

– Mais des croyants qui parlaient d'amour et de fraternité, de non-violence, dit O'Quien doucement. Comment cela pouvait-il représenter une force?

L'œil d'Alano pétilla. Il essuya longuement la paume de sa main sur la cuisse de son pantalon.

– C'était une sacrée force. Amour, non-violence, oui... mais cette attitude-là était réservée à leurs rangs. Ça n'avait rien à voir avec le combat qu'ils étaient prêts à mener contre ceux qui, justement, utilisaient la violence pour les écraser. Bon Dieu, le trafic de Ferken, c'était peut-être pas un projet de violence?... Kid a bien su manipuler tout cela. Il a fait un joli brassage de toutes les théories sur la genèse, en utilisant pas mal de révélations faites par Martin au sujet de cette supposée guerre totale. Il y est allé à fond, mais toujours en se débrouillant pour ne rien affirmer – il ne pouvait rien affirmer. Si la guerre planétaire avait eu lieu, c'était bien une cible pour les théories non-violentes toutes neuves. Il ne fallait pas que ça recommence, pas vrai? Et du même coup, il épargnait les croyances concernant la Migration, sans trop s'appesantir, toutefois. Mais personne parmi les fidèles ne cherchait à le faire. Oui, après tout, la guerre pouvait avoir eu lieu *après* la Migration; elle pouvait en être la conséquence directe. Et tout ça n'écaillait même pas les hypothèses de Blackswitch. C'était bien mené. Si bien que Ferken a été déboulonné. Victoire de Maltus, victoire de Kid – avec quelques millions de convertis ou d'admirateurs en plus.

– Jamais le nom de Maltus n'a été prononcé, pas vrai? Lors de la dénonciation faite par Kid, en tout cas.

– Naturellement, opina Alano. La version officielle était que les fouilleurs au service de Kid avaient glané leurs informations et ces documents auprès de trafiquants soudoyés. Le nom de Maltus a été prononcé plus tard, lorsqu'il a épaulé Kid dans la bagarre, lorsqu'il l'a représenté, en quelque sorte, au niveau politique et gouvernemental du C.C.P. C'est comme ça que Buck Maltus s'est retrouvé avec le soutien des partisans de Kid, et Kid a tout fait pour que les choses soient ainsi. C'était la règle du jeu. Maltus promettait de présenter la loi et de la faire passer – la loi sur la priorité donnée aux fouilleurs dans l'occupation des Territoires colonisés. Oui, c'est comme ça que ça s'est passé... Il était jusqu'au cou planté dans les frelons, et il trouvait encore le moyen d'agiter les pieds. Allez savoir : il se croyait capable de survivre à toutes les piqûres... ou alors il se prenait pour un frelon, lui aussi. Il était là, comme ça, à voleter et à faire du bruit sans savoir, en espérant qu'un jour, par chance, il trouverait un appui, quelque chose. Un appui.

Alano se tut, et garda la bouche ouverte. Ses lèvres tremblaient. Le tic nerveux lui secouait la face. Le silence, brutalement, pesait dix fois plus. Des larmes coulant sur les joues du manchot ne l'auraient pas davantage inondé.

– Il n'y avait pas d'appui, souffla-t-il.

De nouveau, le temps s'immobilisa.

Alano regardait sa main valide posée sur sa cuisse, paume en l'air. Ses doigts tremblaient.

Un minuscule bonhomme, tassé dans une niche au creux du matelas puant. Le soleil, la chaleur, comme l'éclair figé d'une bombe. Les mouches bleues.

O'Quien expulsa lentement l'air contenu dans ses poumons. Il dit :

– Je dois aller respirer un peu d'air... Il le faut vraiment. Et puis j'ai soif. Faim.

– Cherchez dans les cartons! dit sèchement Alano dans un sursaut qui le tira de ses pensées.

O'Quien regarda du côté de Lolies.

– Vous n'allez pas essayer de filer, hein? fit Alano – il leva son fusil. C'est pas fini. Tu as dit que... Vous avez dit que vous m'emmèneriez. C'est pas fini : il reste le plus beau du morceau.

– Je ne veux pas m'en aller. Il faut que je respire un peu, c'est tout. Ne craignez rien.

– Je vais avec lui, dit Lolies.

Alano lui lança une œillade suspicieuse. Elle se mit debout et décolla la fine étoffe de sa tunique de la pointe de ses seins.

– Vous allez me laisser tout seul, et ils...

– Une minute, dit Lolies, fatiguée. Juste une minute.

Elle fit un signe de tête à l'adresse d'O'Quien, lui indiquant la porte. Ils sortirent.

La nuit blanche, plus ces quelques heures passées dans l'étuve de la cabine, avaient cruellement marqué le visage de la jeune femme. Elle s'essuya le front sur la manche de sa tunique, puis elle saisit le vêtement au niveau de la poitrine et agita le tissu. Il y avait longtemps que O'Quien n'avait pas montré ses dents en or.

Il dit :

– La chaleur est la même, ici...

Il fit quelques pas, sur le chemin qu'ils avaient pris pour venir, mais Lolies l'arrêta :

– Pas par là. On pourrait nous repérer.

– Vous y croyez... réellement?

– Je vois encore la tête de ce cinglé que *vous* avez descendu, répondit Lolies.

Sur ces paroles, elle se dirigea vers les engins rassemblés. O'Quien la suivit. Ils louvoyèrent entre les carcasses métalliques, sans bruit. Lolies était nu-pieds. La tunique collait et formait des cloques mouvantes sur ses reins, au rythme de sa démarche. Le cuir de son pantalon émettait de petits bruits soyeux à chaque pas.

Ils quittèrent le couvert du hangar, s'immobilisèrent dans une petite zone à l'air libre, près de la porte disloquée directement opposée à celle par où ils étaient venus, le matin. Devant eux s'étendait le terrain vague encombré de toutes sortes de décombres, puis une haie de buissons, et au delà, des arbres. Derrière les arbres, il y avait la ville. On apercevait quelques toitures. Les bruits qui venaient de là-bas étaient très étouffés. Et le ciel bleu pesait.

– Il est... sérieusement malade, n'est-ce pas? dit O'Quien.

Lolies passa ses deux mains dans ses cheveux rouges qu'elle ébouriffa vigoureusement.

– Il est comme je l'ai toujours connu. Quoiqu'il vous en ait dit cent fois plus en quelques heures que ce qu'il m'a jamais raconté depuis... depuis que je le connais. Parfois, il débloque sérieusement. Il a dû se taire trop longtemps. Et maintenant plus que jamais. Il a peur.

– Peur de ces rumeurs? De ceux qui veulent à nouveau se servir de la renommée de Kid?

– Ça se comprend, non? Ils ne sont que quelques dizaines, ici, mais toutes les conditions sont réunies pour que ça éclate à nouveau. Il ne veut plus en entendre parler.

– Il aurait pu... je ne sais pas : changer de personnalité. Se faire oublier.

– Il l'a fait pendant de nombreuses années.

– Je veux dire qu'il aurait pu...

– Je sais ce que vous voulez dire. Mais il ne l'a pas fait. Probablement parce qu'il ne l'a pas pu, précisément. Vous imaginez ce que ça peut donner, dans sa tête?

O'Quien soutint le regard de Lolies.

– Vous êtes une drôle de fille, Lolies.

– Possible. Et vous un drôle de type.

– Vous vivez avec ce... ce pauvre homme. On vous regarde, l'un à côté de l'autre, et on se demande si on n'est pas fou.

– Peut-être que vous êtes fou.

– Oui, qui sait... N'empêche, je ne comprends pas.

– Je vous ai expliqué.

– Mais je ne vous crois guère. Pardonnez-moi.

Lolies contempla ses orteils, qu'elle remua un court instant, dans la poussière. Elle dit, tête penchée et regardant O'Quien par en-dessous :

– Ne pensez pas que ça m'étonne, si vous ne me croyez pas. Vous n'êtes pas du genre à comprendre, ni à admettre ce genre de situation qui ne correspond à rien de ce que vous prenez pour la raison. Qu'une putain essaie de s'imaginer qu'elle compte pour quelqu'un, et pour autre chose que ses fesses, ça vous parait risible. D'accord. En fait, je ne sais pas pourquoi je m'occupe de ce type. Mais je sais que ça me plaît. Et qu'au début je comptais sur son coup de poing. Il aurait une seule fois essayé de se faire payer en retour... bon, je n'aurais pas dit non, mais je me serais tirée. Et puis... (Elle le regarda en face, avec un sourire étudié :) c'est pas si mal, que je sois restée avec lui, non? Sinon, je ne vous aurais jamais rencontré.

– Ce qui signifie?

– Que vous êtes un drôle de type, je vous le répète. Et que vous avez dit que vous nous emmèneriez loin d'ici, lui et moi. Vous allez le faire?

– Je l'ai dit.

– Vous allez le faire?

– Je crois que oui. Et vous... vous irez chercher la voiture de location?

– Comme prévu, dit Lolies. Derrière ces buissons, là, il y a un chemin. C'est là que j'arriverai. Vous savez... si vous ne l'emmenez pas, il crèvera. Il est en train de crever, dans son cachot, là-haut. Il est capable de se bagarrer très durement pour éviter qu'on le remette dans le circuit. Ou bien il se flinguera. Il faut l'emmener. N'importe où. Lui donner un coup de main. Il mérite bien ça, non, après le cadeau qu'il est en train de vous faire?

– Oui, dit O'Quien. Il mérite bien ça. Je l'emmènerai. Et vous aussi. Vous méritez bien ça.

– Je n'en sais rien. Mais j'aimerais voir ce que ça va donner. Je suis curieuse. Evidemment, ça me plairait de quitter ce trou. Les bordels de vos villes, là-haut, ce doit être autre chose que sur la Frontière, non?

– Il n'y a pas que les bordels.

Lolies pouffa silencieusement.

– Ça, c'est une autre histoire.

– Vous n'avez pas confiance en moi, n'est-ce pas? demanda O'Quien.

– Pas très. Vous tombez trop juste, si vous voulez mon avis. Trop à pic, alors qu'on se remet à parler de K.J. Comme ça, comme par miracle, clac! Mais vous êtes là, et je ne tiens pas à vous lâcher avant d'avoir compris.

— Il n'y a rien à comprendre, dit O'Quien. Rien d'autre que ce que je vous ai dit. Je vous en donne ma parole.

— Ouais, dit Lolies. Ça va. On va aller le retrouver, maintenant. Ne faites pas la gueule, ça pourrait être pire comme conditions. Et les plus grosses chaleurs vont passer.

Ils retraversèrent le hangar aux bulls. Au pied de l'escalier, Lolies se retourna, posa sa main sur le bras d'O'Quien.

— Une chose... vous l'emmènerez, n'est-ce pas? Ce soir. Même si ça chauffe, même si c'est un cadavre... vous ne le laisserez pas aux mains de ces fanatiques? Ils seraient fichus de l'utiliser quand même comme ils ont utilisé l'autre.

— Je ne vois pas pourquoi je devrais emmener un cadavre. Il n'y a rien qui puisse laisser prévoir de telles éventualités.

— On ne sait jamais. Vous l'emmènerez?

— Oui.

— Autre chose. Quand vous avez couché avec moi, la nuit passée, c'était bien?

— C'était b... je ne...

— Vous avez aimé ça, oui ou non?

— Oui... oui... oui.

— Bon, dit Lolies. C'est pas si souvent qu'on me le dit. Et maintenant, faites gaffe aux marches. Ici... et ici...

La porte ouverte, une bouffée de chaleur odorante leur claqua le visage. Ils pénétrèrent dans le four.

Alano ne semblait pas avoir bougé d'un pouce. Son visage marbré de plaques rosâtres luisait.

Lolies déboucha une nouvelle bouteille d'eau au goulot de laquelle ils burent chacun leur tour, Alano le dernier, séchant le litre.

— Ça va, dit Lolies en reprenant sa place contre la paroi. C'est le calme plat.

– C'est le calme plat, répéta Alano en regardant O'Quien. Le calme plat précède la tempête, pas vrai?

– Il n'y a probablement pas lieu de vous inquiéter, rassura O'Quien – ce qui déclencha le petit rire sec et flûté d'Alano.

– Peut-être pas, c'est vrai. Mais comment être certain? La seule chose dont on puisse être sûr, c'est qu'il ne faut être sûr de rien. Vous avez de quoi fumer?

– Non, dit O'Quien. Je regrette.

– Ça fait rien. C'est mieux. Ils pourraient voir la fumée. Pourquoi êtes-vous ici?

O'Quien prit un air ahuri, mais Alano fit comme si de rien n'était et continua :

– Pour écrire un livre sur la vraie histoire de Kid. La vraie histoire de Julius Port. Et pour me tirer du même coup des pattes de tous ces cinglés. Pas vrai? En démolissant l'image que l'on a fabriquée. En mettant l'accent sur la démarche purement sociale de Kid. Exact?

O'Quien fit oui de la tête.

– Gardez vos bobines, dit Alano. Je m'en fous. C'est un livre que vous ne pourrez pas écrire, encore moins publier. Vous ne pourrez pas, ce qui fait que je ne saurai jamais si c'était vraiment ce que vous vouliez... à moins que je trouve la réponse véritable – mais où est la vérité, hein?

– Je ne comprends pas.

– Que vous dites. Vous n'imaginez pas qu'on vous laissera publier ce que je vous ai raconté? Qu'on vous laissera décapiter la statue, d'une part, et d'autre part faire la lumière sur les agissements de types comme Maltus, présentement gouverneur très populaire du Territoire F. Vous n'y croyez pas, tout de même? Ou alors ils vous demanderont de présenter vos sources, si vous vous sentez de taille à soutenir le poids du scandale. Je ne donne pas cher de votre peau... et pas question de m'exhiber comme témoin principal, hein? J'ai compris tout ça, pendant que vous étiez dehors. Votre truc est infaisable.

– On peut développer l'action purement sociale de Kid, dit O'Quien. Juste cela. Eclairer ce côté du personnage, en passant sous silence les épisodes... dangereux. C'est ce que je compte faire. Et cela gardera son utilité.

– En douceur, hein?

– Ma foi, si possible, oui.

Alano plissa les yeux. Le sourire s'élargit dans sa barbe.

– Je savais bien, dit-il, qu'il me répondrait quelque chose d'approchant. Réponse à tout... Je le savais. Vous aurez un fameux paquet de trucs à passer sous silence, pas vrai? Vous êtes un malin. Encore un de ceux qui jonglent, pour faire leur trou. Un malin... Et moi, je m'en fous. Vous ferez ce que vous voudrez. La seule chose que je vous demande, c'est de me tirer d'ici, de me planquer et de vous occuper... si vous pouviez...

– D'accord, dit O'Quien. C'est promis. (Il hésita, puis :) Vous auriez pu vous cacher mieux, non? Changer d'identité, par exemple... je m'en étonne.

– Changer d'identité, murmura Alano. Après ces deux années? Redevenir... rien. C'est ça : redevenir rien. Autre chose. Un coup de balai. (Il donnait l'impression de se parler à lui-même, comme si l'environnement avait soudain basculé au delà du cocon de chaleur.) Un coup de balai, c'est ce qu'il fallait. Me cacher dans la peau d'un autre, mais en restant parmi les gueux, n'est-ce pas? La dégringolade définitive. Comment devenir un autre parmi les forts, parmi ceux qui existent, au-dessus de la merde? Non. C'était aussi simple de... aussi simple d'être Alano Tesshnik.

Il releva le front. Son regard brûlait.

– C'était ma meilleure cachette : Alano Teeshnik, l'épave, le survivant, le moitié-fou, parmi les calamiteux des Territoires de fouilles et ceux de la Frontière.

– Ils ne vous ont pas recherché, *après*? Je veux dire :

ils n'ont pas essayé de vous garder parmi eux, à la tête du mouvement? Vous étiez le plus fidèle des compagnons de Kid. Ils auraient...

– Ils ont essayé, souffla Alano. Certains. Les autres pleuraient... C'est moi qui me suis caché, nom de Dieu, vous ne comprenez pas? Il ne voulait surtout pas se retrouver à la place de l'*autre,* Alano Teeshnik! Il en avait pris suffisamment dans les dents! Il avait vu ce que cela signifiait! Non, il ne voulait pas. Et personne n'a vraiment insisté. Il en avait pris un coup sérieux dans les idées, Alano. Il était comme... Il était mort, lui aussi, vous comprenez? Qu'est-ce que vous voulez faire avec un manchot cinglé capable de raconter n'importe quoi? Un manchot cinglé qui en sait trop – heureusement qu'il est cinglé, ça évite de prendre au sérieux ce qu'il raconte quand il est saoul. Mais il ne raconte rien. Il sait ce qui est bon pour lui, et ce qui est mauvais. Qu'il se tienne à sa place, c'est sa garantie de survie, et tant que ça durera, personne ne lui cherchera des histoires – parmi les amis de Maltus, par exemple, on se tiendra tranquille tant qu'Alano Teeshnik saura garder sa langue. Il la gardera, sa langue. S'il s'en sert, on lui coupera, ou on l'enfermera. C'est encore aussi bien de survivre à ras du fossé. Il en a pris un fameux coup, Alano Teeshnik, et il crèvera doucement. Voilà. On se fout pas mal de lui : ce qui compte, c'est le souvenir du grand homme!

Alano plissa les paupières, déglutit plusieurs fois.

– Aujourd'hui, je parle. Je raconte tout. Je me lessive la tête. Et je me fous des conséquences. Aujourd'hui, des pauvres types remettent ça et s'imaginent qu'ils vont pouvoir me replonger dans le bain! Ça recommence! Je raconte, oui, je raconte. Et toi, tu me planqueras, l'ami. Je te tutoie, hein? Je t'appelle mon ami. Je suis encore en train de me faire posséder. J'imagine que tu es un ami! Mais je m'en fous. C'est une chance, on ne sait jamais... La chance de pouvoir compter sur l'aide d'un type qui n'est pas un calamiteux, qui pourra peut-être maquiller pour de bon le souvenir d'Alano Teeshnik, en faire quelque chose de vivant pour ce qui lui reste de temps. D'accord?

– D'accord, acquiesça O'Quien, la voix rauque. Si je peux.

– Si tu peux, hein? (Alano pressa ses yeux du dos de sa main.) Je suis en train de me faire avoir, pas vrai? Mais je m'en fous. Tu ne pourras pas le publier, ton livre. Tu ne pourras pas sans risquer ta vie – et la perdre. Et ça te fera tellement suer, camarade, d'avoir appris tout ce que tu vas apprendre et de ne pouvoir l'utiliser...

PRINTEMPS 2354

Depuis la passerelle du Trax, et devant une foule de trente mille personnes, sans compter les quelques millions de téléspectateurs qui suivaient la retransmission en direct de ce discours annoncé à grand bruit comme étant d'une haute importance, Kid Jésus avait lancé la bombe. L'onde de choc fut planétaire, mais particulièrement ressentie aux alentours immédiats de l'épicentre sismique, à savoir les Territoires et Pays du Premier Continent – le Territoire F. occupait d'ailleurs une position géographique quasi centrale sur ledit continent.

Toutes les précautions avaient été prises concernant la sécurité de Kid. Elles lui avaient été dictées en partie, confidentiellement, par les services du très secret Martin. Kid en personne, secondé par Alano Teeshnik et l'état-major aux ordres de Naidoc, avait supervisé l'élaboration de ce dispositif de sécurité. En premier lieu, et sous aucun prétexte, il ne quitterait le Territoire F.; plus précisément, il ne sortirait pas d'une zone de quelques kilomètres carrés situé dans la région la plus accidentée de ce Territoire, au cœur des montagnes du plateau central. La superficie du Territoire F. contrôlée par les fouilleurs était déjà un rempart naturel sérieux contre toute tentative d'agression, capable de mener la vie dure aux infiltrations d'éléments dangereux : le plateau en lui-même était le donjon inexpugnable de cette forteresse naturelle de désert. Un blockhaus.

Les journaux avaient commencé à parler de la formation de groupuscules plus ou moins structurés, très flous, dont la caractéristique principale (et qui les reliait tous) était l'opposition plus ou moins marquée à l'ascension de Kid Jésus. Ils étaient partiellement issus des milieux purs et durs blackswitchiens, et dans ce cas s'opposaient au personnage mystique de Kid qui prêchait l'existence et le retour possible des Migrateurs, l'amour, la fraternité étant les conditions essentielles pour provoquer ce retour. Ou encore, ils prenaient source dans les milieux purs et durs des théoriciens de la Migration, et reprochaient à Kid l'ambiguïté de sa démarche et la belle part qu'il accordait aux préoccupations très matérielles et présentes des déshérités de tout poil. D'autres, aussi, reprochaient à Kid de ne pas suffisamment tenir compte de l'existence (qu'ils tenaient, eux, pour certaine!) des autochtones de Nouvelle Terre alliés aux Migrants. Et d'autres, enfin, l'accusaient tout simplement et en vrac de viser au pouvoir personnel, de fumisterie, d'escroquerie, de mensonges, d'être l'agent téléguidé de puissances souterraines au service des gouverneurs, ou au service d'un complot visant le déboulonnage global des gouverneurs et le renversement du C.C.P.

Les groupuscules existaient sur le papier des journaux. C'était plus difficile de les trouver bien vivants dans la réalité, d'autant plus que tous se rejoignaient plus ou moins pour contester le système gouvernemental du C.C.P. par la bande, et que se dévoiler au grand jour n'était peut-être pas très prudent de leur part.

Dans une certaine mesure, ces groupuscules pouvaient fort bien n'être qu'une invention pure et simple des autorités. Une contestation créée de toutes pièces, admirablement noyautée et manipulée à distance, jouant un rôle de leurre et de piège à glu vers lequel seraient attirés tous les contestataires imaginables (l'éventail était suffisamment large pour que chaque mécontent y trouve une famille!), qui seraient donc efficacement contrôlés. Ou bien ces groupuscules serviraient de têtes de Turcs, de boucs émissaires pour un travail plus ou moins « propre » à effectuer le cas échéant.

Cette éventualité admise, on pouvait penser que l'un ou l'autre des groupuscules en question obéissait aux forces rassemblées par Krawt Ferken, que ce dernier, après l'accusation portée contre lui par Kid Jésus, aurait recours à ces troupes de l'ombre pour la riposte. C'était de là que pouvait venir le danger.

Un hélico, par exemple, lâcherait une bombe sur le campement du plateau – et on accuserait ensuite un des groupuscules sacrifiés à l'occasion de manière à se garantir, au niveau des autorités, contre la fureur populaire que ne manquerait pas de déclencher l'attentat.

Ces informations et mises en garde avaient été en grande partie divulguées par Buck Maltus, via Martin, mais Kid avait abouti, seul, aux mêmes conclusions – il commençait à avoir l'esprit suffisamment tordu pour cela.

Le campement avait été admirablement camouflé – vu du ciel, ou d'hélico, c'était un rassemblement de quinze ou vingt véhicules, sur un plateau accroché à flanc de montagne dont la seule voie d'accès était un chemin raide. Le chemin arrivait au plateau par le nord, le traversait et redescendait au sud. Une vingtaine de véhicules, donc, parmi eux le Trax de Kid. Mais Kid ne vivait pas dans le Trax : il campait dans une des nombreuses grottes percées dans le flanc montagneux. Naidoc avait tout organisé. Il avait personnellement sélectionné les cinquante fouilleurs qui constituaient la garde de l'endroit. L'habituelle foule de fidèles était exceptionnellement interdite d'accès et attendait dans le val à plusieurs kilomètres de là. Sitôt après son discours, Kid et sa garde avaient gagné le refuge dans la montagne.

Même une armée d'hélicos et un mitraillage abondant n'étaient pas de taille à effacer Kid de la surface de la terre.

Il n'y eut pas d'hélicos. Pas de mitraillage. Les révélations de Kid provoquèrent un énorme scandale et un tourbillon de passions tel qu'on n'en avait jamais vu de pareil sur Terre depuis un siècle. Au niveau des groupuscules, l'un d'entre eux qui s'intitulait Rassemblement de la Foi et de l'Attente (très forte tendance mystique, pro-Migrateurs) se montra particulièrement virulent et publia dans la presse quelques déclarations tonitruantes. Ils furent les seuls à accuser franchement Kid de complicité avec « ceux qui visaient la mise hors-jeu de Ferken pour assouvir leur soif personnelle de pouvoir aux postes de commandes du futur Territoire F. colonisé ». Ils lui reprochèrent en outre son hérésie avouée et son retournement de veste spectaculaire, puisqu'il basait ses accusations sur une théorie de guerre mondiale antéchaotique qui niait l'existence de la Migration. Ce qui était faux, d'ailleurs, Kid ayant pris le soin d'épargner cette croyance : s'il avait mis l'accent sur cette possibilité de guerre totale, et donc sur l'existence d'armements abominables que Ferken aurait cherché à étudier pour son compte et à refaire surgir des ruines, il avait laissé sous-entendre que cela ne s'opposait nullement à la théorie de la Migration, la guerre ayant pu avoir lieu après cette Migration – à la limite, elle avait pu être provoquée, directement ou non, par la

Migration. Mais le Rassemblement de la Foi et de l'Attente avait délibérément saboté ces propos. Si l'on osait attenter à la vie de Kid, nul doute que la signature serait celle de ce groupuscule.

Il n'y eut pas d'attentat, il n'y eut pas de signature.

Il y eut un commando de trois obscurs vagabonds en armes, repéré dans les montagnes et marchant vers le campement, décimé par les hommes de Naidoc.

Il y eut quelques rixes, en Territoire F. et ailleurs, entre partisans fanatiques de Kid et opposants divers.

Il y eut un certain nombre de tentatives de prises de contact qui émanaient de personnalités floues prétendant parler au nom de Ferken – ce qui était probablement vrai. Kid ne répondit à aucune. Il attendait que passe l'ouragan. Dans le silence.

Il y eut quelques millions de nouveaux adeptes convaincus qui voyaient soudain en lui la Vérité faite homme, l'Elu des pauvres, la Parole sur Terre des Migrateurs attentifs au sort des abandonnés temporaires, l'Ange (non plus celui des putains) mais l'Exterminateur, le Nettoyeur de boue, le Guide.

Buck Maltus se garda bien, lui aussi, de se signaler trop tôt à l'attention publique. Il avait eu raison. Il avait tout prévu : la colère indignée de Ferken et les accusations portées par ce dernier, un peu dans toutes les directions (il évita de relever celles qui le visaient personnellement, et cette attitude fut celle de tous ceux que Ferken attaquait), le chaos qui roula sur les hautes sphères du C.C.P., l'incrédulité première des autorités. Il avait prévu le bouleversement général et la période trouble des quelques jours suivant la déclaration de Kid, le raz-de-marée d'accusations portées contre ce dernier. Il avait prévu la formidable poussée des masses populaires qui recevaient cette révélation comme un cadeau personnel, y puisaient une foi toute neuve dans cet avenir qu'on semblait vouloir enfin mettre entre leurs mains propres; il avait prévu que cette marée, cette puissance, obligerait l'enquête sur les activités de Ferken tout en abritant Kid de l'indifférence, d'une part, et de la réaction défensive ouvertement déclenchée, d'autre part.

L'enquête fut suivie d'une autre, puis d'une autre, et de plusieurs, entrecroisées, contrôlées de telle sorte qu'elles tissèrent rapidement le filet dans les mailles duquel Krawt J. Ferken se retrouva immobilisé et bâillonné. Il fut reconnu coupable (à partir de là, Buck Maltus montra le nez, prit position publiquement pour soutenir l'action salutaire entreprise par Kid Jésus, offrit ses services pour assurer et renforcer sa protection, bref, se transforma en avocat particulièrement brillant de la cause de Kid Jésus...) et son réseau de recherches clandestines démantelé. Les preuves que possédait Maltus – ces documents et photos qu'il avait donnés à Kid – étaient donc vraies. Le réseau existait donc. Ou alors... avait-*on* décidé que la culpabilité de Ferken ne pouvait plus être mise en doute à partir du moment où Kid Jésus l'accusait, avec derrière lui plusieurs millions de personnes qui attendaient la condamnation? Cette éventualité traversa l'esprit de Kid. Elle impliquait la fabrication d'un réseau, de documents, l'arrestation et la condamnation de plusieurs centaines de personnes innocentes dans les milieux des trafiquants, ceux des techniciens officiels accusés de travailler pour Ferken, parmi les proches et collaborateurs de celui-ci, et dans les rangs des Volants. Ceci pour les inculpés « de pointe ». S'il s'agissait d'une machination, cela voulait dire également la fabrication de centaines de « témoins » et de petits complices divers, accusés pour un temps... et relâchés plus tard dans la nature, les poches lourdes d'une gratification dûment méritée... C'était effarant. Mais pas inconcevable.

Ferken était peut-être réellement coupable, son complot existait peut-être véritablement. Comme son réseau. Peut-être.

Probablement.

Il y avait quatre-vingt-dix-neuf chances sur cent pour que cette affaire fût le reflet de la réalité.

Restait une chance sur cent pour que cette réalité fût fabriquée minutieusement, diaboliquement.

Une chance sur cent.

C'était suffisant pour que Kid avale un nouvel appât. Car si la simple parole – sa parole – était capable de provoquer semblables bouleversements...

Si c'était vrai... si c'était possible...

Lorsque vinrent les premières chaleurs d'été, Kid et sa garde quittèrent le campement du plateau. Les remous du scandale achevaient de se dissoudre, après un mois de grande effervescence. Ferken et quelques têtes fortes avaient été jugées, condamnées pour crime et trahison – et les têtes fortes, dont celle de Ferken, étaient tombées. Kid avait reçu les félicitations d'un bon nombre de gouverneurs membres du C.C.P. – notamment ceux qui avaient soi-disant soutenu l'action de Buck Maltus à travers Kid Jésus : mais ils n'en disaient rien... La popularité de Maltus en tant que membre futur du conseil territorial du Territoire F. (et probablement gouverneur de ce Territoire), avait fait un bond spectaculaire – mais qui n'avait cependant rien de comparable avec le succès remporté par Kid. Les groupuscules, étrangement, étaient retombés dans un oubli presque total...

Kid Jésus retrouva cette mer de fidèles qui l'attendaient dans le val. Il prononça un discours (le premier depuis la dénonciation) dans lequel il félicitait l'action des fouilleurs vigilants, puisque la version officielle attribuait à ceux-ci la découverte du complot; c'était bien la preuve, disait-il, de l'efficacité dans l'unité; la preuve que les obscurs étaient de taille à diriger eux-mêmes les intérêts de tous s'ils avaient foi en leur mission de fraternité.

Il reçut de nombreuses invitations, venues de tous les continents. Certaines émanaient de joyeux farfelus à la mode et à la pointe de l'actualité qui ne cherchaient qu'à consolider et raffermir leur image de marque en exhibant l'homme le plus en vogue de la planète au cours d'une soirée. D'autres étaient lancées par de hauts personnages gouvernementaux, parfois même des gouverneurs du C.C.P. Kid Jésus n'accepta aucune de ces invitations. (Maltus, toujours via Martin, lui avait conseillé de ne pas se laisser tenter, par prudence, mais Kid ne l'avait pas attendu pour prendre sa décision.) Il ne voulait toujours pas quitter le Territoire F., qui était son domaine et qu'il contrôlait parfaitement sans avoir besoin pour ce faire d'un poste de gouverneur. Le Territoire F. était sa chance. Egalement son abri. Si le scandale provoqué l'avait hissé très haut, il y avait également un revers à la médaille : hors ses frontières, Kid demeurait à la merci d'une action violente toujours possible dirigée par ceux qui pleuraient Ferken. Et puis, surtout, Kid ne tenait pas le moins du monde à s'afficher en compagnie de cette élite qu'il combattait plus ou moins franchement et qui chercherait peut-être à le discréditer aux yeux de ceux, tout en bas de l'échelle, qu'il avait mis en mouvement. Il ne tenait pas à ce que les fouilleurs et autres calamiteux de ses fidèles puissent nourrir le moindre doute quant à ses objectifs humanitaires et sociaux. S'il parlait, c'était pour eux, non pour se servir personnellement dans la malle aux pouvoirs.

Il bouillonnait de projets confus, brûlants, qui visaient à lui faire effectuer un nouveau bond en avant – sans l'aide de personne, sinon la foi de ses fidèles. Et qui sait, peut-être que Buck Maltus lui-même, si malin qu'il fût, ne résisterait pas à ce raz-de-marée... Le fait de savoir Maltus derrière lui, dans l'ombre, aux aguets, l'irritait de plus en plus, l'énervait, le minait.

Parfois, il laissait Alano formuler quelques remarquer critiques. Mais il n'écoutait pas réellement. Il avait cet œil vague et ce demi-sourire particuliers qui disaient bien que son esprit était ailleurs – loin. Mais, au moins, il laissait Alano parler.

Alano disait :

– Le jour où tu m'as ramassé, il m'est arrivé un drôle de truc, pas vrai? Pourquoi est-ce que ça m'est arrivé à moi, à moi plutôt qu'à un autre, ça, je me le demanderai toujours! Tu es un drôle de type, Kid! Bon Dieu, si j'arrivais seulement à comprendre... Comprendre ce que tu cherches, par exemple. T'aurais tout le fric possible, si tu voulais. Mais non. Tu te laisses entretenir par les dons de tous ces gens, et encore : un minimum, le reste, tu le redistribues.

– Jamais on ne prouvera que j'agis pour l'argent, répondait Kid distraitement – quand il répondait.

– Tu aurais toutes les filles, si tu voulais, poursuivait Alano. Mais non. Un désert. Tu prêches l'amour, mais c'est comme si t'étais au régime, de ce côté-là. Tu peux être sûr que si j'étais à ta place... J'aimerais comprendre. En mettant le paquet sur ces histoires de Migration, il y aurait encore plus de gens pour te suivre, c'est sûr. Au lieu de quoi, qu'est-ce que tu fais? De plus en plus, tu t'orientes vers cette théorie de la guerre ancestrale qui aurait provoqué le bordel. La Migration, c'est tout juste si tu t'en souviens. Ça inquiète certains. Tu ne vas pas jusqu'à affirmer carrément que le C.C.P. détient une vérité qu'il camoufle – et principalement au sujet de ces armements, avec l'affaire Ferken –, mais c'est tout juste. Ils auraient les preuves de l'inexistence de la Migration, hein, mais ils laisseraient courir, parce que ça fouette l'imagination et l'espoir, ça fait remuer le peuple. C'est sûr que non, tu le dis pas franchement, mais bon dieu ça se sent. J'aimerais comprendre, Kid. Tu y crois vraiment? Tu t'es mis à vouloir réellement que les calamiteux se sortent de l'ornière?

Alano hochait la tête. Il se grattait le front et la barbe. Il tapotait le capuchon de cuir qui recouvrait son moignon.

Alano disait :

– Ça me plairait assez de comprendre, Kid. Ce que Maltus, ou Martin, comme tu veux, t'a laissé entendre au sujet de certaines vérités détenues par le C.C.P. n'avait rien de concret. Si tu veux t'attaquer à ce truc, pour une fois, tu n'as aucune preuve... et certainement pas l'appui d'un de ces types du gouvernement. Ça risque de ne pas plaire beaucoup à Maltus. Non seulement « ça risque », mais ça ne lui plaît certainement pas. Fais gaffe avec tout cela, Kid : si tu mijotes quelque chose dans ce sens, uniquement parce que tu penses que ça servira les intérêts de ceux qui croient en toi, tu vas te faire casser la gueule. Sûr et certain. Ils sont les plus forts, en face, et tu n'as été que leur outil dans l'affaire Ferken. Pas leur allié. Ils ne t'ont pas accepté parmi eux, et ils ne le feront jamais : tu es trop dangereux avec tes millions de partisans. Ils ne t'accepteront pas : ils essaieront de te contrôler.

Alano disait :

– Qu'est-ce que tu as dans le crâne, Kid? Où veux-tu en venir, dis? Tu ne vois pas que plus tu t'avances dans ce cirque et plus tu es coincé. Tu vas te mettre bientôt à jouer leur jeu, avec leurs règles – c'est ça que tu as dans la tête! c'est ça qui te met les yeux de travers, comme si tu avais la fièvre! Tu en es au stade où tu dois te cacher... tu ne vois pas? C'est donc ça, ta puissance? Te cacher sur ce putain de Territoire F. et ne pas oser en sortir. Alors, ta puissance, ça signifie donc être prisonnier?

Kid ne répondait pas. Quand il en avait assez, il grommelait :

– Attends un peu, Alano. Tu verras.

Durant toute la saison chaude, Kid Jésus multiplia les réunions de fidèles, et il se remit à aller et venir à travers le Territoire F. Il se démenait comme un beau diable, ignorait superbement les conseils de prudence d'Alano : tous ses discours étaient maintenant axés sur des attaques de plus en plus directes contre le C.C.P. qui détiendrait des secrets inavoués concernant l'Histoire de la planète. Ce qui, indirectement, portait un coup sévère aux théoriciens et adeptes de la Migration. Mais la foule innombrable de ceux qui existaient pour la première fois individuellement et en tant que force de masse n'était pas spécialement dérangée par la cassure. Comme s'ils flairaient un nouveau cataclysme, provoqué une fois de plus par leur leader qui ne craignait pas de viser très haut... et, bien sûr, ils seraient les premiers à bénéficier des effets produits par ce cataclysme. Les protestations des convaincus de la réalité de la Migration (on ne parlait plus de groupuscules) étaient balayées par l'enthousiasme des fidèles de K.J.

Lorsque Kid Jésus s'écria un jour que la Nouvelle Terre n'était pas dans le ciel, perdue parmi les étoiles à jamais inaccessibles, mais au contraire à créer sur Terre, maintenant et de toutes pièces (toujours selon les mêmes principes d'union et de fraternité, d'égalité, d'amour entre les hommes), lorsqu'il prononça ce discours-là, premier d'une longue série, ce fut du délire.

AUTOMNE

C'est dans le milieu de la saison morte de cette année 2354 que l'événement le plus ahurissant se produisit, parmi tous ceux qui constellaient l'itinéraire de Kid Jésus.

Il y eut ce miracle.

Ce type, ce paralysé, qui écoutait un discours enregistré de Kid, à l'autre bout de la planète, et puis qui se leva, qui se mit à marcher – et qui d'ailleurs tomba dans les pommes au bout de trois pas, tant l'émotion fut grande. Il avait des témoins, on lui donna des claques, il revint à lui, se redressa, se remit aussitôt à trotter comme s'il n'avait fait que cela toute sa vie. Or, toute sa vie, il avait été paralysé.

La nouvelle se répandit à la vitesse d'une traînée de poudre enflammée. Lorsqu'elle parvint aux oreilles de Kid, quelques jours plus tard, deux autres cas de guérisons miraculeuses avaient été signalés : un sourd de naissance qui recouvrait l'ouïe – et la première chose qu'il entendit fut la voix de Kid Jésus, retransmise par la radio, dans cette pièce où la famille du sourd écoutait l'émission –, un muet qui se mettait à parler – lui aussi après avoir entendu Kid Jésus.

Naturellement, le paralysé se serait peut-être levé de la même façon, à cet instant, s'il avait écouté un disque de chanteur à la mode. On n'aurait pas ébruité l'affaire, il aurait fait partie de ces cas de « guérisons » inexplicables qui se produisaient ici et là, de par le monde, depuis toujours. Mais il était en train d'écouter Kid Jésus, il était persuadé de l'influence de cette voix sur sa guérison. C'était un miracle.

Les deux autres cas également.

Dans les semaines qui suivirent, il devait s'en produire d'autres.

A l'annonce de la première guérison miraculeuse, Kid ne dit rien. Il fut probablement aussi surpris qu'Alano ou quelques autres. Il pâlit un peu, sans plus.

Puis il apprit que sa voix avait guéri huit autres personnes. Il garda un silence absolu pendant plusieurs jours, totalement isolé dans la cabine-habitat de son Trax, refusant même de voir Alano, s'alimentant à peine.

Lorsqu'il sortit de la cabine, son visage était celui de quelqu'un qui a vu le diable. Ou le paradis. Ou n'importe quoi d'autre, quelque chose d'aussi déraisonnable, aussi fou, quelque chose que la conscience humaine n'est absolument pas capable d'imaginer. Jamais son regard n'avait flambé à ce point, jamais les cernes de ses yeux n'avaient été plus lourds, ses rides plus creuses, ni ses mains si tremblantes.

Et jamais il n'avait été si près de perdre définitivement la raison.

Alano ouvrit la bouche sans que le moindre son ne franchisse sa gorge.

– Comme lui, souffla Kid.

Alano recula, se retrouva très machinalement à portée de main de son fusil posé sur le tableau des commandes du Trax.

– Hé! dit-il, en s'efforçant de sourire. Qu'est-ce que tu as, Kid?

– Comme lui! s'écria Kid, brandissant un objet noir et plat dans sa main droite.

– Bon Dieu, Kid!

Alano reconnut la cassette.

Kid se laissa tomber sur un siège. Il serrait la cassette à deux mains, comme s'il voulait ce faisant empêcher les tremblements de ses doigts. Il regardait Alano. Progressivement, l'expression extatique qui déformait ses traits disparut, mais cela ne fit que raviver le feu de ses yeux.

– C'est dans cette histoire! dit Kid. Ce type, là-dedans, lui aussi faisait des miracles! Ses mains guérissaient, et sa voix! Je l'avais décrypté, mais je n'en étais pas certain : maintenant, je le suis. Comme lui, Alano! *Exactement comme lui*! Je n'ai pas découvert cette cassette par hasard, j'en suis sûr! Et je faisais fausse route!

C'est un signe, le plus important de tous les signes, Alano! Ils sont là-haut, ils existent et ils m'ont choisi! Il faut croire en eux, ils reviendront! ILS REVIENDRONT, ALANO, SI NOUS CROYONS SUFFISAMMENT FORT!

– Kid! souffla Alano. Merde, alors, est-ce que tu vas bien?

– Je vais très bien, dit Kid. Mieux que jamais.

Il allait mieux que jamais et se dépensa désormais sans compter. Il était l'Envoyé, le Choisi, et ne manquait plus de le répéter à la moindre occasion. Il oublia dans ses discours d'attaquer et de suspecter le C.C.P. – il se bornait à répandre le message de paix et d'amour qui devait décider, s'il était entendu, le retour des Migrants supérieurs – et de leurs alliés extra-planétaires, cela allait sans dire.

Il avait implicitement reconnu être à l'origine des miraculeuses guérisons, n'en doutait pas le moins du monde, et cela suffit à rassembler une fois de plus derrière lui tous ceux qui lui accordaient suffisamment de confiance aveugle pour se laisser balader au hasard de ses changements d'opinions. Ceux-là même qui étaient prêts, quelque temps auparavant, à « construire ici et maintenant, sur Terre, le paradis de Nouvelle Terre » étaient tout disposés à donner jusqu'à leur dernière force pour mériter le retour des ancêtres supérieurs. Kid Jésus avait suffisamment prouvé sa valeur par le passé pour qu'ils fussent automatiquement convaincus par tout ce qu'il pourrait dire, à jamais. Il avait réussi ce tour de force : rassembler les loups, instiller dans les rangs sans cesse grandissants des fidèles une foi inébranlable et aveugle : la foi *en lui.*

Il mangeait rapidement, et n'importe quoi. Il dormait trois heures par nuit. Le reste du temps, il méditait, ou bien il recevait ceux qui voulaient le toucher, le voir, lui parler.

HIVER

Les neiges étaient tombées depuis plus d'une semaine.

Kid Jésus posa ses mains sur les paupières du vieillard qui se tenait devant lui, et le vieillard vit.

C'était la première fois qu'il accomplissait une guérison miraculeuse *directement,* de ses mains. Jusqu'alors, cela n'avait donné aucun résultat.

Les neiges couvraient le sol d'une couche épaisse.

Kid posa ses mains sur les jambes du jeune homme qu'on avait porté jusqu'à lui, et le jeune homme se mit à marcher. C'était la deuxième guérison qu'il accomplissait de ses mains. Il y en avait d'autres, de temps en temps, ici et là dans le monde.

Kid méditait moins. A nouveau, il s'alimentait correctement, passait des nuits raisonnables. La foule était énorme, autour du campement, mais Kid ne recevait plus que trois heures par jour pour les cérémonies d'imposition des mains.

L'an 2355 approchait.

Cette sérénité hors du temps qu'on pouvait lire sur le visage de Kid avait disparu. Il était de nouveau nerveux, fébrile, le regard flamboyant. Peut-être s'était-il habitué à son pouvoir et aux signes qui prouvaient indiscutablement son élection.

Lorsque Buck Maltus lui fit savoir qu'il l'invitait hors du Territoire F., chez lui, Kid accepta.

– Fais gaffe où tu vas mettre les pieds, dit Alano.

Kid lui répondit par un de ses (rares) sourires chargés de rouerie, disant :

– Je ne serai pas seul. Et puis je ne risque rien. Plus maintenant... et vous allez vous occuper efficacement de ma sécurité, pas vrai?

– Fais gaffe, répéta sombrement Alano.

Il savait, de toute manière, que si Kid avait pris sa décision, rien ni personne ne pourraient lui faire changer d'avis.

Si Kid acceptait l'invitation de Maltus, c'était une fois de plus pour rendre service à ce dernier (qui devait se forger dans l'affaire un prestige à toute épreuve en devenant à la face du monde l'ami avoué de Kid Jésus), mais également parce que Maltus lui promettait en contrepartie de très sérieux avantages. Il rencontrait Maltus chez lui, savait que cette décision lui serait payée au centuple.

Il avait tout pesé, tout calculé.

Et il s'était trompé.

HIVER 2355

La rencontre eut lieu dans la ville d'Astic, qui était une importante ville-frontière entre le Territoire Soleil-est et le Territoire F. Un important et discret dispositif de sécurité avait été mis en place. C'était dans les derniers soubresauts de la saison froide, à la fin du premier mois de cette nouvelle année 2355.

Buck Maltus reçut Kid Jésus dans ses appartements modestes, de ce qui pouvait s'appeler le quartier « résidentiel » de la ville. Il avait fait de cette maison construite sur la colline sud-est qui dominait Astic, son Q.G. permanent, en attendant les élections futures qui le désigneraient probablement gouverneur du Territoire F.

Pendant trois jours, Kid Jésus fut l'hôte de Maltus, lui et l'équipe chargée de sa sécurité. Trois jours durant, Kid Jésus et Maltus demeurèrent enfermés dans la maison, à l'exception d'une brève apparition, chaque jour, au soir venu : ils se laissaient photographier par la presse, répondaient aimablement aux questions qui fusaient. Ils paraissaient très décontractés, de bonne humeur.

La visite officielle prenait fin le quatrième jour. Dans la matinée, un cortège de voitures (il y en avait quatre) escorté par un grand nombre de gardes motocyclistes quitta la maison de Maltus, se dirigeant vers le port d'embarquement sur la rivière Blève, où Kid Jésus devait prendre un bateau qui l'emmènerait en Territoire F. Kid Jésus avait pris place, en compagnie d'Alano, dans la seconde voiture. La foule était énorme, enthousiaste, massée le long des trottoirs.

Un seul projectile fut tiré. Mais il était d'une grande puissance et dans les premiers temps de l'enquête il fut établi de façon indiscutable que le bazooka avait été soit entièrement fabriqué, soit bricolé à partir d'un modèle connu. On ne retrouva jamais l'engin, ni le tireur. On sut qu'il s'était posté sur le toit en terrasse d'une maison abandonnée du quartier des docks, dans le prolongement de la rue qui venait du centre de la ville et plongeait vers les quais – mais il fut impossible d'expliquer comment il avait pu y accéder sans se faire remarquer par les gorilles de la sécurité... quant à expliquer sa fuite, c'était plus facile, compte tenu du fait qu'il laissa derrière lui deux cadavres : deux des trois agents en faction devant la maison. Le troisième agent disparut corps et âme. Une foule d'hypothèses, toutes plausibles, expliquaient la volatilisation de ce troisième gorille. Peut-être était-il le tireur? Ou fut-il enlevé, en otage, par le terroriste soucieux de protéger sa fuite, et abattu plus tard? Ou encore prit-il peur et préféra s'évaporer dans la nature, sachant très bien que puisqu'il avait eu le malheur d'être l'unique survivant on ne manquerait pas de lui faire porter le chapeau de la responsabilité et de la faute...

La voiture explosa littéralement.

Kid Jésus fut déchiqueté, éparpillé. On retrouva des lambeaux sanguinolents de sa combinaison, des débris de chairs, à plusieurs dizaines de mètres à la ronde. Reconstituer le corps fut impossible – le plus gros fragment était un morceau de pied droit écrasé au fond d'une portion de soulier.

Le chauffeur de la voiture fut également déchiqueté, le garde installé sur le siège avant, près du chauffeur, mourut décapité et le tronc cisaillé à hauteur du bassin – on retrouva sa tête éclatée à deux cents mètres, sur le trottoir. Le garde assis à l'arrière perdit ses deux bras et eut la face emportée : il mourut quatre jours plus tard. L'unique survivant de la voiture fut Alano Teeshnik, brûlé au visage et sur tout le corps.

Les occupants de la troisième voiture furent plus ou moins touchés par les éclats. Dans la première, Buck Maltus eut l'épaule droite entaillée, ainsi que le flanc droit, et la hanche. Le garde assis à son côté eut l'oreille gauche sectionnée.

On dénombra dix-sept blessés et quatre morts dans la foule.

Très sérieusement commotionné, Alano Teeshnik fut soigné pendant quatre mois dans un hôpital d'Astic. On le disait irrémédiablement fou. Après quatre mois de traitement, et en désespoir de cause, Alano quitta l'hôpital. C'était un homme qui n'avait plus toute sa raison, un homme fini, qui ne comptait plus.

Six années après la mort de Kid Jésus, Buck Maltus élu membre du conseil territorial fut nommé gouverneur du Territoire F.

Le Territoire F. fut déclaré ouvert à la colonisation. Il faisait désormais partie du Conseil Confédéral Planétaire.

ÉTÉ 2363, 15 h 20

La tache de soleil tombant de la lucarne-tabatière s'était lentement déplacée; elle avait glissé sur le sol et les innombrables bouteilles vides qui le jonchaient, sur la caisse et sur le boîtier de l'appareil enregistreur. A présent, comme un feu de projecteur, la tache de soleil avait atteint Alano pour l'épingler au fond de sa cachette dans les matelas. La lumière était dure, l'éclairage féroce.

Alano était retombé dans un de ses silences profonds, hors du temps, qui ponctuaient de plus en plus fréquemment le fil de son récit. Ses paupières lourdes étaient presque entièrement retombées sur un regard absent, sa respiration était faible, difficilement décelable. Il transpirait toujours d'abondance, comme si toute l'eau ingurgitée depuis le matin, bruyamment tétée au goulot des bouteilles, ne pouvait être plus longtemps contenue dans cette enveloppe de peau prématurément vieillie, fissurée, craquelée.

O'Quien laissa tourner la bobine un instant, puis il l'arrêta. Il regardait Alano. Il regardait le si jeune vieillard accroupi au fond de son terrier de matelas, dans la lumière mouvante du soleil, perdu sur le flot de ses pensées, avec ce visage embroussaillé de barbe blanche, ces traces d'anciennes brûlures qui se disputaient la meilleure part du maquillage avec les balafres de crasse... la main valide couturée de cicatrices, posée sur un genou... le bras amputé, son moignon ficelé dans une bande de toile, et le crochet de fil de fer tortillé posé sur la détente du fusil...

O'Quien fut secoué par un frisson, comme s'il revenait à la conscience après avoir partagé les pensées d'Alano. Il ouvrit la bouche, et la garda ouverte, sans dire un mot. Il écoutait.

Des éclats de voix s'élevaient au dehors, montaient dans l'air brûlant pour traverser le cocon moite qui pesait sur les trois occupants du minuscule réduit suspendu sous le toit du hangar. Il était difficile de situer la provenance des voix, ou la distance à laquelle se trouvaient ceux qui parlaient. Mais on entendait monter les bourdonnements comme des bouffées de vibrations sourdes qui planaient dans l'air tremblant et venaient échouer sur le rideau en lambeaux de la lucarne.

Lolies avait entendu, elle aussi.

Et Alano.

Il était comme un chat que l'on croit endormi mais qui ouvre l'œil au plus petit craquement, au moindre raté dans le silence, prêt à bondir sur ses pattes. La seconde d'avant, il était encore enlisé dans ses pensées, au cœur d'événements qui s'étaient déroulés huit ans plus tôt... en une fraction de seconde, sa silhouette tassée de momie décharnée qu'on aurait pu croire sur le point de s'effriter d'un seul coup, cette ombre de vivant, s'était redressée. L'œil vif, tous les sens en alerte.

Du temps s'écoula. Au-dehors, les bouffées de voix humaines s'estompèrent petit à petit.

Lolies se leva, traversa la pièce en deux ou trois enjambées pour venir se poster près de la lucarne. Avec beaucoup de précautions, elle écarta les lambeaux plastifiés, jeta un coup d'œil à l'extérieur. Puis elle tendit l'oreille pendant encore quelques minutes. Elle dit :

– Ils sont partis. Ils devaient se trouver derrière les dépôts, du côté des tas de planches, sur le terrain vague.

– Qui, « ils »? demanda O'Quien.

Lolies ignora la question. Elle regardait Alano.

En cet instant, Alano n'avait plus rien d'une bête traquée, au contraire – c'était assez ahurissant, cette faculté qu'il avait de passer en quelques secondes du personnage apparemment très abattu, presque mort, à celui de l'homme d'action brûlant d'énergie concentrée.

– Ils nous tomberont dessus avant la nuit, dit-il.

Fatalement. Ils n'ont pas cessé de chercher, depuis que vous avez descendu un des leurs. Ils savent bien que vous devez vous planquer dans ce secteur – et moi avec vous, naturellement.

Lolies ne répondit point. Elle soupira, puis regagna sa place habituelle, contre la cloison, mais elle resta debout. Alano avait posé son regard fiévreux sur O'Quien. Ou bien il attendait que ce dernier prît la parole, ou bien il se contentait de réfléchir en fixant un point quelconque, droit devant lui, ce point quelconque, en l'occurrence, étant O'Quien. Il dit :

– Il va falloir quitter cet endroit. Le bateau coule. Il va falloir filer, et vite. Très très vite, et très très loin. On ne peut plus attendre ce soir. Ils nous auront avant.

O'Quien avala un peu de salive. Il prit la pochette-étui contenant les bobines et la mit dans la poche de sa veste posée au sol à son côté. Lolies et Alano le regardaient faire.

– Nous avons peut-être une chance, fit O'Quien. Je veux dire... ce n'étaient peut-être pas ceux qui vous...

– Tais-toi! trancha Alano. Et écoute bien : ils me cherchent depuis des jours. Cela signifie qu'ils ont retourné une bonne partie de la ville. Ils sont peut-être cinglés, mais pas idiots, tu comprends? Je ne sais pas combien ils sont, exactement, dans cette putain de ville. Une centaine, ou bien plus, ou bien moins, ça ne compte pas. Ce qui compte, c'est qu'ils sont nombreux ailleurs, un peu partout, et qu'ils sont en train de se réveiller sérieusement. Ça m'est arrivé de tomber sur l'un ou l'autre, dans les années passées : on les reconnaît entre mille à leurs yeux... et après les avoir laissé discuter deux minutes. Ils s'amenaient, comme s'ils cherchaient à savoir où en était le pauvre Alano, comment ça allait dans sa tête. J'ai toujours fait l'andouille, mais ça ne les dérangeait pas. Je ne peux pas te dire ce qu'ils me veulent exactement, parce qu'on ne peut jamais savoir ce qui se cache réellement dans la tête de ce genre de types. Ça, je peux te l'assurer, je peux t'en parler en connaissance de cause.

Alano se tut, tendit l'oreille un instant. Il reprit :

– Je ne connais pas leurs intentions profondes. Ce dont je suis certain, c'est qu'ils pensent pouvoir m'utiliser, que ce soit en se servant de l'Alano vivant, ou encore de ses souvenirs, ou encore de sa mort – tout comme la mort de Kid en a aidé quelques-uns! C'est tout ce que je sais, et je ne veux pas en entendre parler... Ils savent que je n'ai pas quitté la ville. Ils ont procédé par élimination, en se gardant pour la bonne bouche ce secteur des anciens dépôts qui offre un grand nombre de cachettes possibles. Et ce matin, vous en avez descendu un dans les parages. Ils savent que Lolies est directement liée à moi : la preuve, c'est qu'ils vous ont interceptés. Donc, ils se sont mis à fouiller le secteur. Compte là-dessus. Avant ce soir, on les aura dans les pattes. Il faut se tirer d'ici le plus rapidement possible. Les prendre de vitesse.

– Aller où? demanda O'Quien.

– N'importe où. Ailleurs. Hors de la ville, pour commencer. Tu me l'as promis, O'Quien, n'oublie pas ça. (Alano plissa les paupières.) On dirait que tu es bien embêté de te retrouver avec un vieux fou et une fille sur les bras... Tu ne t'attendais pas à ça, quand tu courais après moi, pas vrai? Les choses ne sont pas toujours telles qu'on les imaginait, hein? Moi, par exemple... je n'imaginais pas que tu débarquerais pour me poser ces questions, et je ne pensais pas que j'y répondrais. Pourquoi est-ce que je t'ai raconté tout ça? Et j'en ai encore à te raconter, sur l'attentat... Je pense que tu es une chance, pour moi. Au bon moment. Pile au bon moment. Je ne vais pas te lâcher, crois-moi.

– Vous vous trompez, dit O'Quien. Je ne suis pas ennuyé... pas au sens où vous l'entendez.

– Qu'est-ce qui ne va pas, alors?

– Je me demande comment nous pourrons quitter cette ville sans être vus, c'est tout.

– Et pour après?

– Après... il sera toujours temps d'y songer, non?

Alano acquiesça lentement. Le soleil posait un masque luisant sur son visage humide.

– Je ne crois pas que nous ayons le choix, dit Alano après un temps de réflexion silencieuse. Il n'y a pas trente-six solutions. On ne pourra pas se tirer de leurs pattes et quitter la ville sans voiture. On va faire comme on avait dit. Lolies ira chercher ta voiture à ton hôtel, elle l'amènera ici et on sautera dedans. Hop. (Il s'adressa à Lolies :) Il faut que tu y ailles tout de suite, Lo.

– Et si elle se fait pincer? dit O'Quien.

– Qu'est-ce que tu cherches? lui renvoya sèchement Alano. Tu veux placer un truc du genre : Lolies court un grand danger, je ferais mieux d'aller avec elle... C'est ça? Lolies ne court pas plus de danger qu'hier. C'est toi, n'oublie pas, qui a descendu ce type – et ils le savent certainement. Montre-toi, et tu risques une balle aussi sec. Lolies connaît la musique, elle saura se faufiler. Pas vrai, Lo?

La jeune femme hocha la tête machinalement. Elle regardait tantôt O'Quien, tantôt Alano, d'un œil plutôt vague.

– N'oublie pas, continua Alano à l'adresse de O'Quien. Tu es dans le même bain que nous – tu es venu y plonger, personne ne t'avait appelé. (Son regard brillait malicieusement, comme s'il venait de songer subitement à ce qu'il était en train de dire, comme si l'évidence de la situation ne lui était pas apparue plus tôt : il tenait un argument très solide, miraculeux, et l'étalait au grand jour...) Les cinglés me recherchent, moi, mais sauf erreur ils n'en veulent pas à ma peau. Ce serait même tout le contraire. Ils recherchent Lolies, mais à cause de moi ils ne lui veulent pas de mal. Quant à toi... toi, tu as déjà brûlé un des leurs, à ce qu'il paraît. S'il y en a un, ici, qui a tout intérêt à se retrouver ail...

– Compris, coupa O'Quien. J'ai dit que je vous aiderai. Allez chercher cette voiture. Elle se trouve dans le garage de l'hôtel, sur le parking. Un modèle Varek 1700 de couleur grise. Mais si vous dites que ces personnages me cherchent, rappelez-vous qu'ils surveillent certainement l'hôtel.

– On y pense, dit Alano. Il y a bien une clef de contact, non, pour ce genre de voiture?

O'Quien fouilla dans la poche de sa veste. Il lança la clef à Lolies.

Alano dit :

– On t'attendra devant le hangar, en bas. Dans une heure?

– Dans une heure. Soyez sur vos gardes. Je klaxonnerai deux fois.

– C'est bien, dit Alano.

Le pas de Lolies décrut, sur les marches de l'escalier. Le silence retomba.

Les mouches bleues bourdonnaient.

Alano déplia ses jambes. Il se mit d'abord à genoux, puis debout, enjamba les caisses et objets qui recouvraient le sol. Il alla se placer à l'endroit occupé précédemment par Lolies. Son pantalon était deux fois trop grand pour lui, sa chemise pendait jusqu'à mi-cuisses, extraordinairement sale et lourde de transpiration. La manière qu'il avait de tenir son fusil serré contre son flanc gauche, soutenu à la fois par son coude et le crochet de fil de fer contre la détente, révélait une longue habitude. De sa main droite, il remonta son pantalon et palpa les poches sur ses fesses. Il dit :

– J'ai aussi un revolver. Quand Lolies reviendra, je te donnerai le fusil. Ce sera plus facile. En attendant, ne vas pas croire que tu peux me jouer un tour.

– Je n'ai pas l'intention de vous jouer un tour, et je

vous le répète encore, dit O'Quien, irrité. Vous tenez vraiment à vous méfier de moi?

– J'y tiens pas. Mais je me méfie. Ce projet de livre que tu voudrais écrire m'intrigue de plus en plus, à la réflexion. Surtout depuis que je sais que tu ne pourras jamais l'écrire et raconter la vérité. Je n'ai pas à te faire confiance, puisque tout ce que tu pourras écrire au sujet de cette histoire ne pourra en aucune façon me secourir ou me mettre à l'abri... Faire un portrait du Kid « social », comme tu le veux, viendrait trop violemment à contre-courant de cette nouvelle vague qui se lève. Et puis... je t'ai dit que si tu voulais être pris au sérieux avec cette version amputée des faits il te faudrait solidement prouver ce que tu avanceras. Ne compte pas sur moi pour t'aider. Et le simple fait d'essayer de prouver ce que tu écriras transformera ton livre en bombe qu'il conviendra de désamorcer rapidement, ce qui signifie : empêcher sa parution. Je me demande... si tu as jamais eu l'intention d'écrire ce truc. Je me demande pourquoi tu es là.

– D'accord, capitula O'Quien. Je ne discute plus. Nous allons sortir d'ici, et ensuite vous serez bien obligé de constater ma bonne foi.

– C'est ça.

– Et je trouverai un moyen, pour publier ce texte. Un moyen qui ne vous mettra pas directement à contribution, et qui ne comportera pour moi aucun danger.

– Tu sais comment?

O'Quien fit une grimace, montra ses dents en or.

– Je trouverai.

– Et tu t'occuperas de moi? de Lolies?

– J'ai dit que je le ferai.

O'Quien referma le boîtier de l'enregistreur. Il plaça l'appareil dans la poche de sa veste.

Il attendit, avec Alano, dans le silence.

A un moment, il demanda :

– Ces miracles... je veux dire : est-ce que Kid a réellement guéri par imposition des mains?

– C'est ce que j'ai vu, de mes yeux vu, dit Alano. Plusieurs fois... Tu crois que je mens? Que je suis fou?

– Je voudrais comprendre, c'est tout. Qu'avez-vous d'autre à me dire, au sujet de l'attentat de 2355?

– Quand on sera sortis d'ici.

Ils attendirent.

O'Quien jeta un coup d'œil à son chrono-bracelet.

– Il est 16 h 20, dit-il. Normalement, elle devrait être là dans une dizaine de minutes.

– On y va, dit Alano.

Il était de nouveau très nerveux, tout entier secoué de frissons et de tremblements.

O'Quien ramassa sa veste, l'enfila. Il descendit le premier, prenant garde aux marches piégées. Alano sur les talons, il traversa le hangar encombré. Ils se retrouvèrent à cet endroit où O'Quien et Lolies étaient venus respirer un peu d'air, dans le milieu de la journée. Dehors, c'était toujours le silence, à part cette rumeur flottante, sur la ville. Les ombres s'allongeaient lentement. Le ciel était toujours d'un bleu parfait.

Alano se laissa glisser contre l'embrasure de la porte. Il était essoufflé, comme s'il avait fourni, pour venir jusque-là, un effort surhumain.

– Comment vous sentez-vous? demanda O'Quien, une lueur d'inquiétude au fond des yeux.

– Ne crois pas que je vais flancher, dit Alano. Fais seulement attention à ce qu'ils ne rôdent pas dans les environs : ils pourraient t'allumer avant même que tu aies dit ouf.

– Si j'avais votre fusil, je pourrais me défendre.

– Attends. Quand Lolies sera là. Quelle heure est-il?

– La demie.

– Elle va venir, souffla Alano. C'est une fille capable. Elle va venir et les entortiller tous... Un jour, tu sais, elle a pris ma défense. Je ne demandais rien.

– Je sais, dit O'Quien. Et je sais que vous n'avez jamais posé la main sur elle. C'est ce qu'elle dit.

– Elle dit juste. (Il hoqueta, ricanant amèrement.) Alano Teeshnik le baiseur est mort le jour de cet attentat... Il est devenu dingue, et il est mort, pour ce qui est des femmes, ce jour-là.

Une voiture approchait. Ils aperçurent presque aussitôt la poussière qui montait au-dessus du rideau des arbres. La voiture freina. Il y eut deux coups brefs de klaxon.

Le visage d'Alano était illuminé par un grand sourire. Il se mit sur ses pieds et dit :

– Quand Lolies dit : je ferai ceci, elle le fait.

Il hocha la tête pour inviter O'Quien à marcher en pleine lumière, vers la voiture cachée dont on entendait ronronner le moteur au ralenti. Ils entrèrent dans le soleil et se dirigèrent vers les buissons. Alano avait une curieuse démarche, moitié boitement, moitié pas de danse.

15 h 55

Lolies choisit de quitter le secteur des anciens dépôts et de gagner la ville en construction par le chemin le plus court. C'est-à-dire ce chemin de terre sèche qu'elle emprunterait au retour, au volant de la voiture, si tout se passait bien. Elle marchait sur le bas-côté, dans l'ombre bleue des arbres et des broussailles que les élagueuses n'avaient pas encore fauchées, prête à sauter dans le fossé au moindre signe de danger. En dépit de la chaleur, elle avait passé sa veste; dans la poche droite, sa main était refermée sur la crosse du petit revolver, deux doigts repliés sur la détente.

De curieuses sensations vibraient en elle. Des sensations qu'elle ne parvenait pas à analyser. Elle ne disposait pas du temps nécessaire à la réflexion, afin d'y voir clair; depuis quelque temps, les événements se succédaient trop rapidement à son gré et elle n'était pas de taille à maîtriser les effets de ce tourbillon. Le jour de sa naissance (ou quelque temps après : cela revient au même), on avait posé Lolies dans une barque à fond plat; depuis ce temps-là, le frêle esquif descendait le cours du torrent... La barque était toute nue, une simple coque, sans voile, sans rames, sans gouvernail. A sa manière, Lolies avait appris à éviter les récifs les plus méchants, mais elle ne comptait plus les plongées dans le cœur vif de toutes sortes de bouillonnements d'écume. Elle les sentait venir et, de très loin, percevait leur grondement...

Voilà qu'une fois de plus elle se trouvait dans un tourbillon, qu'une fois de plus elle l'avait entendu mugir lorsque Alano s'était mis à trembler, quand ces bandes de cinglés avaient parcouru les rues de la ville en criant au miracle après avoir vu une pluie de météorites. Et cet homme avait surgi, et il avait si bien su présenter ses intentions que Lolies l'avait réellement cru capable de venir en aide à Alano. (D'ailleurs, et d'une certaine manière, grâce à la voiture, il lui viendrait en aide effectivement...) Les remous, cette fois-ci, n'étaient pas du genre à clapoter gentiment. C'était très sérieux... au point qu'un des cinglés y avait laissé sa peau.

Lolies avait l'impression de flotter un peu en dehors d'elle-même. La fatigue y était certainement pour beaucoup, et le manque de sommeil, et cette quasi-immobilité, des heures durant, dans l'étuve du réduit. Elle n'avait rien mangé depuis la veille au soir, mais elle n'avait pas faim. Trop chaud. Par contre elle avait soif, en dépit des deux ou trois litres d'eau tiède absorbés. Soif, soif, soif... et la vessie douloureusement gonflée...

Elle avait longuement réfléchi, tout en écoutant Alano raconter cette histoire – entre parenthèses, jamais elle n'avait entendu Alano parler aussi longuement; en fait, jamais non plus elle n'avait provoqué ses confidences – le fallait-il? Comme tout le monde, elle connaissait son histoire, grosso modo. Elle n'avait pas très bien saisi certains détails et certains développements de la narration d'Alano. Ce qu'elle avait compris, par contre, c'était qu'il devait être sérieusement paniqué, prêt à saisir la première perche tendue qui le tirerait du guêpier. Lui aussi s'était laissé prendre au jeu de ce type, et il avait espéré pendant un moment... Elle avait donc réfléchi et progressivement s'était faite à cette idée que la nuit passée était la dernière de sa carrière de putain dans cette ville. C'était une belle idée. Une séduisante perspective. Cela ne signifiait nullement qu'elle sût précisément de quoi serait fait demain – mais au moins, se disait-elle, demain sera différent d'hier et d'aujourd'hui, et ce n'est pas négligeable. Si elle était encore et toujours putain, demain, elle le serait dans des conditions différentes. Peut-être pourrait-elle choisir ses clients? Cette chambre puante, sans électricité, à l'étage d'un minable bordel de Frontière, c'était fini. Terminé.

Bien sûr, il y avait ce type. Dyran O'Quien. Elle était obligée, tout comme Alano, de lui faire confiance. Pour que demain soit différent, il fallait faire confiance à O'Quien. C'était la première fois qu'elle rencontrait un tel homme. Probablement il se trouvait en grande partie responsable du malaise indéfinissable qui la tourmentait. Elle ne trouvait rien de précis à lui reprocher... sinon son manque d'enthousiasme flagrant, lorsque Teeshnik y était allé de son petit chantage. C'était sûr que O'Quien ne s'attendait guère à être piégé de la sorte lorsqu'il avait pris la décision de rencontrer Alano. D'ailleurs, il n'était certainement pas du genre à pavoiser, pour quelque raison que ce fût. C'était un flegmatique, qui se cachait derrière ses sourires tout en or. Il avait commencé par descendre un de ces fanatiques, et n'avait pas très bien récupéré... ensuite les révélations d'Alano, si elles l'intéressaient visiblement, n'étaient pas faites pour arranger son moral en faisant couler à pic ses projets... pour couronner le tout, Alano l'embarquait dans la danse. Evidemment. Tout cela ne devait pas spécialement inciter à l'euphorie la plus débridée...

Lolies pénétra dans la ville sans avoir rencontré âme qui vive. Elle se sentait sale et poisseuse, avait mal aux pieds. Son ventre était pesant, en feu, au point qu'elle devait faire un effort pour ne pas grimacer à chaque pas. Les bruits de la ville avaient enflé sans qu'elle y prenne réellement garde, ni qu'elle leur accorde une attention consciente. D'un seul coup, ils éclataient dans sa tête, elle émergeait au cœur de toutes ces résonances barbouillées de soleil. Coups de marteaux des charpentiers, hurlements des scies, concerts échevelés des moteurs de cent machines, chacune braillant sa propre chanson : compresseurs et marteaux pneumatiques, grues, bétonnières, camions... Les bâtiments levés de chaque côté des rues étaient pour la plupart terminés; le gros du travail s'effectuait au delà de ces façades neuves et rutilantes qui sentaient bon le crépi frais ou la peinture et que les nuages poussiéreux crachés par les chantiers environnants semblaient épargner généreusement. Des camions-bennes chargés de sable, de graviers, de pierres, ou encore vides, allaient et venaient dans les rues blanches; parfois, les tournoiements de poussière étaient tels que l'on ne distinguait plus le trottoir d'en face.

Lolies entra dans le premier bar venu. Il y faisait sombre, l'air brassé par les énormes pales d'un ventilateur pendu au plafond était d'une fraîcheur surprenante. La salle était pratiquement vide, à l'exception de deux vieux ivrognes, comme on en trouve des dizaines dans toutes les villes de la Frontière (et dans les autres aussi), attablés dans un angle. L'un d'eux siffla. Depuis que Lolies avait chaussé sa première paire de hauts talons, on sifflait sur son passage. Elle n'entendait plus vraiment. Au barman somnolent, mais dont l'œil s'alluma une seconde, Lolies commanda un café froid. Le café était tiède : un cube de glace achevait de fondre à la surface. Lolies avala le breuvage en deux gorgées. Elle paya et sortit.

Quatre ou cinq voitures étaient rangées sur le parking, au fond, devant les garages de tôles ondulées. Le sol de terre sèche réverbérait crûment une blancheur éblouissante. Lolies repéra tout de suite la Varek 1700, tout au bout de la rangée des voitures. C'était la seule décapotable et décapotée. Elle traversa l'espace blanc. C'était désert. Elle était entrée dans la cour de l'hotel, puis dans ce parking, sans même rencontrer un gardien. Derrière les garages, un compresseur ronflait puissamment pour accompagner en bruit de fond les cascades de hoquets d'un pneumaTic.

Lolies enjamba la portière et se laissa glisser sur le siège de la voiture. Le faux cuir était brûlant et l'obligea à se tenir les reins arqués, décollée du dossier, pendant un bref instant. Puis elle sortit la clef de sa poche et l'engagea dans le contact.

Les quatre portières de la voiture voisine s'ouvrirent en même temps.

Avant même de les voir surgir du véhicule, Lolies comprit qu'elle était tombée dans le panneau. Un frisson de panique descendit le long de sa colonne vertébrale; elle fut glacée, dans l'épouvantable chaleur. Sa main était figée sur la clef de contact.

– Attends un peu, dit un des hommes.

Lolies déglutit péniblement; elle avait tout à coup la gorge et la bouche plus sèches que le sol de ce parking. Elle s'attendait à reconnaître l'un des trois rencontrés le matin – ou, plus exactement, l'un des deux survivants de cette rencontre. Mais ce n'était pas le cas. D'ailleurs, ils ne ressemblaient pas à des fanatiques, ne portaient pas la boucle d'oreille argentée qui était le signe distinctif des nouveaux adeptes de K.J. Ils ressemblaient... à n'importe qui, à des hommes travaillant dans une ville sur la Frontière. Une seconde, Lolies se dit qu'ils en avaient après elle pour une tout autre raison. Elle porta la main droite à la poche de sa veste (jamais elle ne s'était laissée violer une fois, dans toute sa carrière!), mais le premier des hommes, celui qui avait déjà parlé, fut plus rapide qu'elle : il se projeta par-dessus la portière et retomba à côté d'elle, refermant une main sur son poignet et, de l'autre, fouillant sa poche. Il extirpa le revolver, qu'il considéra un court instant avant de le transférer dans sa propre poche. Il lâcha le poignet de Lolies.

Ils étaient cinq, sortis de cette voiture. Et trois autres quittèrent à leur tour le troisième véhicule de la rangée.

Ils se rassemblèrent à gauche et à droite de la Varek 1700, à hauteur des portières.

Lolies s'entendit demander :

– Qu'est-ce que vous me voulez?

L'homme à côté d'elle eut un sourire sans joie :

– Tu le sais bien. On se demandait si vous utiliseriez cette voiture... Vous aviez trois solutions : essayer de filer à pied, voler une voiture, utiliser celle-ci. On attend ici depuis avant midi... C'est avec ce revolver que notre camarade a été tué?

Lolies ne répondit pas.

– Bon, dit l'homme. Je vois que tu as compris.

Il avait un visage curieusement plat, avec un nez qui tombait tout droit, très écrasé. Un visage dont l'expression ne reflétait aucune animosité particulière, pas plus que le ton de la voix. Il demanda :

– Qui est-ce?

Lolies ouvrit des yeux ronds. Mais elle avait compris

de qui voulait parler cet homme à la face plate. Elle n'avait plus peur, savait qu'elle vivrait encore un peu...

– Qui est-il? répéta l'homme. Il tourne dans cette ville depuis deux jours, mais on l'a signalé auparavant dans la ville voisine. Pourquoi cherchait-il Teeshnik?

Et Lolies dit ce qu'elle savait. En quelques phrases laconiques, précises. Elle n'avait pas trouvé utile de mentir.

L'homme leva les yeux vers ses amis, puis regarda de nouveau Lolies.

– Il viendrait du Pays des Lacs de Mer? Pour écrire un livre sur Kid Jésus... quel genre de livre?

– Un livre, dit Lolies, haussant les épaules. Je ne sais pas vraiment. Je n'ai pas tout compris.

– Tu n'as pas tout compris, mais tu es venue chercher cette voiture... Il est venu enlever Alano Teeshnik, n'est-ce pas? Où veut-il l'emmener?

– Il n'en sait rien. C'est Alano qui le lui a demandé. Alano ne veut pas entendre parler de vous. Il va devenir totalement cinglé, dingue, si vous lui cherchez des histoires.

– On ne veut que son bien, dit l'homme, avec un accent de totale sincérité. On ne lui cherche pas d'histoires. Nous aussi, on aimerait qu'il nous parle de Kid Jésus.

– Vous savez bien qu'il est malade. Qu'il n'a plus sa raison. Il faut le laisser en paix.

– Mais cet homme ne l'a pas laissé en paix. Il est venu l'écouter, comme s'il voulait se rendre compte, précisément, de son état mental...

– Il est venu... dit Lolies – puis elle se tut : les propos tenus par cet homme cachaient une arrière-pensée qu'elle ne saisissait pas.

L'homme eut encore ce sourire creux qui plissait à peine ses lèvres. Il fit glisser sa main droite, les doigts joints, sur ses cheveux coupés court. Quelques gouttes de sueur brillaient sur les ailes de son nez aplati.

– C'est un long voyage, dit-il, depuis le Pays des Lacs de Mer. Et ce... voyageur n'a pas le moindre bagage. Nous avons vérifié, dans sa chambre d'hôtel. Pas même un sac. Rien. Il a loué cette voiture à la Frontière, deux jours après l'apparition des lumières dans le ciel. Et le voilà. Le voilà, qui cherche Alano Teeshnik, premier apôtre de Kid Jésus – Kid Jésus qui nous a appris à espérer et à croire au retour des Migrants.

16 h 35

Le nuage de poussière ocre retombait mollement. La carrosserie de la voiture brillait à travers la haie de broussailles.

O'Quien écarta les branches et les maintint recourbées, laissant passer Alano. Ils prirent pied sur le chemin à l'instant précis où un homme se dressait à côté de Lolies, dans la voiture. Un deuxième, allongé sur les sièges arrière, émergeait pareillement, tenant à deux mains un énorme revolver qu'il braquait en direction d'Alano et O'Quien.

Le moment se figea.

Lolies regardait droit devant elle, les deux mains sur le volant.

La poussière retombait, dissolvant lentement ses grasses volutes.

L'homme à côté de Lolies tenait lui aussi un revolver, mais plus petit que celui de son compagnon, et il semblait coucher nonchalamment Lolies en joue. Il dit :

– Je vous en prie, nous ne vous voulons aucun mal. Lâchez ce fusil, Alano.

Il appuya sur le klaxon. Dans les secondes suivantes, une deuxième voiture fit son apparition, traversa la poussière et s'immobilisa à quelques mètres derrière le premier véhicule.

Le type au gros revolver mit pied à terre. Il alla, en

reculant, s'asseoir sur l'aile de la seconde voiture.

– Je vous en prie, répéta doucement celui qui parlait.

O'Quien était très pâle. Il regarda Alano. Le visage de celui-ci était totalement inexpressif. Rouge, violacé, mais tout aussi fermé qu'une tranche de marbre. Ses lèvres se mirent à trembler, comme un enfant sur le point de fondre en larmes.

– Ecoutez ce qu'il dit, souffla O'Quien. Ça ne servirait à rien.

Toujours droite, raide, le visage sali par la sueur et la poussière, Lolies articula distinctement :

– Laisse tomber ton fusil, Lano. Je t'en prie.

Alano écarta de son corps son coude gauche, donnant en même temps une petite secousse au crochet de fil de fer qui terminait son moignon. Le fusil tomba à ses pieds, sur la terre sèche. Son regard était toujours vide, mais les cicatrices violettes de son visage semblaient plus marquées.

– Je vous remercie, dit l'homme à côté de Lolies.

Il se leva et s'assit sur le dossier du siège, son revolver toujours dirigé vers Lolies, sans en avoir l'air.

Lolies dit :

– Ils ont à te parler, Lano. Ils m'attendaient au parking. Je n'ai rien pu faire.

– Je sais ce qu'ils ont à me dire! couina Alano, soudainement agité.

Ses yeux, d'un seul coup, brûlaient de haine.

– J'en ai assez de vous! cria-t-il. Je ne veux plus vous voir et vous ne m'aurez pas! Foutez-moi la paix! Nom de Dieu, foutez-moi la paix!

Il en fallait beaucoup plus, apparemment, pour démonter l'homme assis sur le siège de la voiture. Son visage plat était empreint d'une expression très douce, presque affligée.

– Nous ne vous voulons aucun mal, Alano Teeshnik. Mais nous voulons savoir. Comprendre. Nous sommes les fidèles de Kid Jésus, et nous avons le droit de savoir.

– Savoir quoi? Qu'est-ce que vous voulez que je vous chante? Foutez-moi la paix, c'est tout ce que je vous dis!

– Nous voulons savoir qui est cet homme qui vous accompagne. D'où il vient, réellement. Pourquoi il est là. Nous voulons savoir s'il est venu vous chercher.

– Allez vous faire foutre! renvoya Alano. Et toi, descends de cette voiture.

Lolies n'avait pas bronché. Elle regardait droit devant elle. Le moteur tournait au ralenti, régulier. L'homme dit :

– Nous ne croyons pas que celui qui dit s'appeler O'Quien vienne réellement du Pays des Lacs de Mer. Des lumières ont été vues dans le ciel – et ce sont des vaisseaux de l'espace : certains d'entre nous ont pu prendre des photographies. Un peu plus tard, O'Quien est apparu. Il a loué cette voiture et il est arrivé. Il vous cherchait, Alano. Il vous a dit qu'il voulait écrire une histoire corrigée de Kid Jésus, et que cette histoire vous protégerait contre nous. N'est-ce pas? Sincèrement, Alano, le croyez-vous?

– Vous êtes fou! s'exclama O'Quien – il fit un pas en avant mais s'immobilisa net quand l'homme le coucha en joue.

– Vous niez les faits? demanda l'homme.

– Ces histoires de photographies, certainement! Vous êtes des cinglés nostalgiques, sans plus! des fous dangereux! L'enseignement religieux de Kid Jésus serait-il en train de s'effriter? Tous les moyens vous sont bons, pour raviver la flamme! Même une vulgaire pluie de météorites!

– Vous vous défendez bien ardemment...

– Je me défends ardemment, c'est vrai! Je me défends contre les élucubrations de malades qui me tiennent au bout de leurs armes! Vous mentez, et vous le savez!

– Je ne mens pas, assura l'homme. Des vaisseaux

ont été aperçus. Et vous êtes là. Vous êtes venu chercher Alano. Ou bien l'entendre. Nous avons le droit de connaître la vérité. Nous sommes les fidèles de Kid Jésus et sa parole est notre lumière. Il était l'élu des Migrants, il prêchait la foi, nous l'avons écouté. Aujourd'hui, nous voulons savoir.

O'Quien ouvrit ses mains nues, les referma. Il secoua la tête, hébété.

– Nous attendons cet instant depuis bien longtemps, reprit l'homme. Vous croyez peut-être que nous ne méritons pas de faire partie des élus, mais je vous assure du contraire. Je voudrais pouvoir vous convaincre... je voudrais pouvoir vous le prouver...

O'Quien haussa une épaule et il dit, sur un ton vaincu :

– Commencez donc par jeter votre arme...

– Soit, dit l'homme.

O'Quien s'attendait probablement à tout, sauf à cette réponse. Il ouvrit des yeux ronds en voyant l'homme jeter son revolver derrière lui.

Dans le quart de seconde qui suivit, Alano, toujours piétinant sur place, tira son propre revolver de ses haillons, le pointa et pressa la détente. Le deuxième homme armé cria en basculant par-dessus le capot de la voiture suiveuse et signa la culbute d'un arc de sang qui retomba en pointillé sur la tôle. Alano bondit vers la voiture en tirant une seconde fois sur l'homme désarmé qui sauta en l'air, atteint en pleine tête. Le corps de l'homme n'avait pas touché le sol qu'Alano plongeait sur les sièges arrière de la voiture, braillant quelque chose à l'adresse d'O'Quien.

Un coup de feu fut tiré de la voiture suiveuse. Lolies se plaqua contre le volant, grimaça, ouvrit la bouche et cracha un peu de sang. La scène n'avait pris que quelques secondes. O'Quien se décolla enfin du sol et se rua à son tour vers la voiture. Lolies était en train de pencher vers la droite. O'Quien lui tomba dessus de tout son poids, la repoussa vigoureusement d'une main, tandis que de l'autre il enclenchait la première vitesse. Une balle miaula au-dessus de sa tête.

Une autre piocha dans la tôle.

Le premier homme touché par Alano se relevait, il avait ramassé son revolver. En poussant un grand cri, dans le hurlement du moteur emballé, l'homme jeta son arme au sol et empêcha un de ses compagnons qui émergeait de la voiture de coucher les fuyards en joue... de peur, sans doute, d'atteindre Alano...

La voiture faillit se retourner cent fois. O'Quien conduisait le pied collé à l'accélérateur, avec une témérité folle qui pouvait aussi bien traduire, dans ces circonstances, un manque total d'expérience, ou, au contraire, une grande habileté... Il roulait au hasard. Et il roula longtemps.

Puis il ralentit, lorsqu'il fut certain que les fous n'avaient pas engagé de poursuite. Il s'arrêta, sur le bord du chemin, dans la tache d'ombre d'un bosquet. Le chemin menait à Narvit-Ville, au nord de Rivière Bleue – et de Narvit-Ville à la Frontière territoriale, il y avait environ quatre cent cinquante kilomètres.

Il ouvrit ses mains crispées sur le volant. La poussière marquait son visage et le creux de ses doigts. A son côté, Lolies était tassée dans l'angle du siège, appuyée contre la portière. Elle avait relevé ses jambes et les tenait serrées contre sa poitrine, embrassées très fort. Ses cheveux tombaient dans ses yeux. Du sang séché recouvrait son menton.

O'Quien tourna la tête. Alano souriait.

– Ils avaient raison, n'est-ce pas? dit-il. Vous êtes venu me chercher? Vous connaissez la vérité?

O'Quien ne répondit pas. Soutenant le regard halluciné de l'homme maigre, il hocha la tête – comme peut hocher la tête un homme qui se retrouve dans une voiture, perdu en pleine brousse sur un chemin défoncé, sans savoir si le contenu du réservoir lui permettra d'atteindre la plus proche ville, poursuivi, peut-être, par une armée de fanatiques, avec à bord une fille sérieusement blessée et un pauvre type qui, de toute évidence, n'avait pas supporté les derniers événements et plus ou moins perdu la raison.

O'Quien détourna les yeux. Il posa ses mains sur ses cuisses, les regarda encore comme s'il s'agissait de choses très étonnantes, puis il leva la gauche, la referma sur la poignée métallique et ouvrit la portière. Il posa ses pieds à terre. Fit deux pas sur le bas-côté.

– Hé! appela Alano.

Il pointait son revolver.

– Vous n'allez pas partir, dit-il. Vous n'allez pas me laisser...

O'Quien revint vers la voiture et s'appuya à la portière. Alano baissa son arme, disant :

– C'est au bout de cette route, n'est-ce pas, que les vaisseaux vous ont laissé... Vous êtes venu, pour entendre l'histoire de ma bouche. Bien sûr, *là-bas*, vous pourrez la raconter sans craindre qui que ce soit. (Sa voix monta d'un ton; il était en train de s'exciter une fois de plus...) C'est pour ça que... je pouvais bien vous dire : c'est une histoire impubliable! Ça ne vous dérangeait pas! Elle est impubliable *ici*. Mais pas *là-bas*... Vous allez m'emmener! J'en ai trop fait en espérant que les gens d'ici mériteraient votre retour! J'en ai tellement fait! J'étais choisi! Vous allez m'emmener, n'est-ce pas?

– Taisez-vous, souffla O'Quien.

Il regarda ailleurs. Du côté de Lolies.

– Je ne me tairai pas, dit Alano. Pas maintenant. Je ne peux plus me taire... Vous ne me croyez pas quand je vous dis que j'étais choisi?

O'Quien passa le bout de ses doigts sur ses lèvres craquelées. Puis il fit voler négligemment la poussière, d'une claque, sur le revers de sa veste. Il reprit place dans la voiture et regarda devant lui le chemin nu qui filait parmi les prés et les bosquets. Le soleil descendait vers le soir.

Alano se mit à parler.

HIVER 2354/2355, ce mercredi-là

Lorsqu'on regardait Buck Maltus, le Buck Maltus en chair et en os, on avait l'impression de figurer dans un de ses films de promotion électorale, tant il s'efforçait de coller dans la vie à l'image qu'il donnait de lui-même au « public ». Public était le terme convenable, plutôt qu'« électorat » : Buck Maltus était en représentation permanente, et ce depuis de nombreuses années – depuis l'instant où il avait décidé que sa carrière le verrait assis un jour sur les bancs du Conseil Confédéral Planétaire. Il était l'homme d'action par excellence, le fonceur, mais certainement pas un fonceur aveugle, de style bulldozer, qui écrase et réfléchit ensuite. Le rôle que jouait (et vivait) Buck Maltus était très étudié, pensé, et l'improvisation n'y trouvait pas sa place. Pourtant, comme c'est le cas chez tous les grands artistes-comédiens, cet énorme travail préparatoire était absolument indécelable.

Maltus était grand, bâti en athlète, le muscle lourd noyé dans un début d'empâtement. Quand il vous serrait la main, vous vous attendiez à entendre craquer deux ou trois phalanges. Il portait généralement un costume de sport de teinte claire dont il ne boutonnait jamais la veste. Il avait une tête bizarrement cylindrique, comme directement posée sur ses épaules, ou sur les bourrelets de chair dure qui lui mangeaient le cou. Ses cheveux noirs étaient plaqués sur son crâne, tel un casque étroitement ajusté, en longues mèches huileuses. Le regard clair en mouvement perpétuel, Buck Maltus parlait haut, et beaucoup.

Trois jours durant, il s'était démené dans ce rôle qu'il offrait à tous et à Kid Jésus en particulier – que cela fût en public, au cours des dîners organisés dans sa maison, ou en privé, en tête-à-tête avec son invité dans une petite pièce qui servait à la fois de fumoir, de bibliothèque et de bureau. Buck Maltus affichait la grande forme.

Ses intentions étaient très nettes et très floues en même temps. C'était l'évidence : en acceptant son invitation, Kid Jésus scellait à la face du monde l'alliance amicale qui l'unissait à Maltus, et celui-ci ne manquait pas d'en retirer pour son compte personnel un prestige de poids, non seulement vis-à-vis des fidèles de Kid, mais également dans les sphères du haut équilibre gouvernemental. Et si Maltus avait tendu la main de manière aussi spectaculaire à Kid Jésus, c'était, bien sûr, avant tout dans cette intention.

Par contre, si Kid Jésus avait accepté de jouer le jeu c'était parce qu'il comptait bien être payé en retour, et grassement. Il était en bonne position pour l'exiger, son personnage de « prophète » ou d'« Elu » lui en donnait le pouvoir... sans oublier une fameuse complicité entre Maltus et lui concernant l'affaire Ferken. Kid attendait donc que Maltus dévoile ses batteries et développe cette proposition d'alliance souterraine dont il avait été question au cours des préliminaires de la rencontre. Il attendait que Maltus définisse clairement cette position de force « dans la coulisse » qu'il disait pouvoir lui offrir, en paiement des services rendus.

Il attendait, et sa patience commençait à s'effriter. Plusieurs fois, il posa directement la question, au cours des entretiens en tête-à-tête qu'ils avaient dans le petit bureau. Pour toute réponse, Maltus souriait d'un air entendu, conseillait la patience (encore un peu de patience!) pirouettait et tournait la question. Il promettait que Kid ne regretterait rien, qu'avant la fin de son séjour il posséderait tous les éléments de l'offre et qu'alors il comprendrait...

Le troisième jour, et pour la dernière fois selon le programme établi, Kid Jésus et Maltus se retrouvèrent dans la petite pièce aux murs tapissés de livres, avec une fenêtre unique donnant sur les jardins. Alano était resté dans l'antichambre, en compagnie des gardes du corps de Maltus.

C'était le mercredi, dans la fin de l'après-midi. Le programme ne prévoyait plus rien, après cet ultime entretien. Les dernières prestations en public des deux hommes avaient eu lieu au cours du repas de midi. Le lendemain, Kid Jésus repartirait pour le Territoire F.

Les meubles de la pièce étaient réduits au strict minimum : une table de bois noir, deux fauteuils. Derrière un grand tableau pendu au centre des rayonnages, il y avait un bar camouflé. Sur la table, un téléphone et une lampe de bureau.

– Prenez place, dit Maltus en désignant un des fauteuils, face au tableau, toujours le même. (Il avait eu ce geste et cette phrase, à chaque fois.)

Comme d'habitude, il alla vers le bureau, le fit coulisser, prit dans la cachette une bouteille d'alcool blanc et deux verres. Il posa la bouteille et les verres sur la table, servit l'alcool.

– C'est donc l'instant, dit-il.

Et brutalement, Buck Maltus ne ressemblait plus à Buck Maltus. Son regard était posé sur Kid, sans ciller – un regard très calme... un visage très calme.

– Serait-ce... si pénible? tenta de plaisanter Kid.

Mais le ton de la voix trichait mal. Comme si... oui, bien sûr. Et d'un seul coup toutes les méfiances, tous les doutes levés de plus en plus fort au cours de ces trois jours, toutes les questions posées qui n'obtenaient pas de réponses, toutes les interrogations muettes, les suspicions avouées et les autres, refoulées parce que trop inconcevables, tous ces symptômes qui avaient peu à peu structuré le malaise s'effondrèrent sur eux-mêmes, en une boule dense qui percuta Kid Jésus de plein fouet. Avant même que Maltus n'ouvre la bouche, avant qu'il ne parle et n'*avoue*, Kid avait compris. Il n'expliquait pas encore le comment, ni le pourquoi, mais il savait qu'il avait commis une gigantesque erreur en se laissant attirer dans le repaire de Maltus. Il pâlit.

Maltus, étrangement, semblait plutôt embarrassé – c'était le plus inquiétant! –, sincèrement contrit par ce qu'il allait faire ou dire – mais de toute évidence dans l'impossibilité de ne pas le faire ou le dire. Il poussa un verre d'alcool en direction de Kid. Sa grosse main tremblait.

Kid ne broncha point, soutenant toujours le regard triste de Maltus. Avaler cette lampée d'alcool lui aurait fait le plus grand bien, mais il se sentait incapable de lever la main pour saisir le verre. Il savait qu'il tremblerait deux fois plus que Maltus.

Il dit :

– Appelez Alano, je vous prie.

Buck Maltus se contenta de secouer négativement la tête.

Kid haussa le ton, serrant trop fort, à deux mains, les accoudoirs de son fauteuil :

– Et si je criais?

Il se sentait vide, minuscule, tassé au fond de ce corps maigre qui ne lui appartenait plus, dans les plis de sa combinaison. Une onde de chaleur le noya, chauffant ses oreilles, piquant son cuir chevelu.

– Cette pièce est insonorisée, dit Maltus. Nous pourrions tirer des coups de fusil... Et la porte est automatiquement fermée.

Kid se mit debout. Il marcha vers la fenêtre. Ses jambes creuses menaçaient de se briser à chaque pas. La voix tranquille de Maltus le figea sur place :

– N'approchez pas de cette fenêtre, Kid. Cela ne servirait à rien, personne ne vous verra. La cour est vide. Les carreaux sont incassables, à l'épreuve des balles.

C'est donc de cette façon que se referme la trappe d'un piège? *N'approchez pas de cette fenêtre, Kid*... Et tout est dit.

Kid pivota lentement. Derrière la table, Maltus n'avait pas bougé. Kid regagna son fauteuil; avant de s'y laisser tomber, il se résigna à prendre le verre d'alcool et avala son contenu. Il reposa le verre vide, sans avoir renversé une goutte.

– Vous me séquestrez? demanda-t-il.

– Non, répondit Maltus.

– Alors, expliquez-vous. Expliquez-moi cette comédie, Maltus. Et trouvez des arguments solides... je n'ai pas besoin de vous rappeler à qui vous êtes en train de vous attaquer? Ni ce qu'une traîtrise de votre part pourrait déclencher. Vous êtes fou, inconscient, Maltus... et ça ne vous ressemble guère!

Le choc de la première surprise passé, Kid recouvrait un semblant d'assurance ainsi que ses facultés de raisonnement. L'attitude de Maltus était à ce point ahurissante!... la folie seule pouvait l'expliquer.

– Je suis désolé, dit Maltus. Je ne suis pas fou. Ni inconscient. Je me défends, tout simplement, et j'utilise les armes qui ont cours sur nos champs de bataille.

– Vous vous défendez? Contre qui? Contre moi?...

– Je suis désolé, répéta Maltus. Et croyez-le, je suis sincère... Mais vous le savez tout autant que moi... nous ne sommes pas des alliés, Kid. Oui, vous le savez. Vous avez accepté de me rencontrer ici parce que vous vous estimiez en position de puissance supérieure à la mienne. Vous avez accepté car vous pensiez que ce que j'avais à vous offrir conforterait encore votre puissance, c'est ce qui vous a décidé : d'un côté, la popularité de votre personnage garantissait votre sécurité, de l'autre, c'était l'occasion à saisir pour armer davantage encore ce personnage. Et en admettant que j'aie eu quelque chose à vous offrir en ce sens, vous n'auriez pas hésité à vous débarrasser de moi dans un avenir plus ou moins proche, vous le savez bien, à la première occasion. Nous avons trop de secrets en commun; ils nous enchaînent l'un à l'autre et cette alliance risque de se transformer un jour en carcan. Vous n'ignorez rien de tout cela.

– C'est... ridicule!

– Non, Kid. Non, Julius Port, ce n'est pas ridicule. C'est la règle du jeu. Vous avez décidé de vous inscrire pour la partie, et vous avez appris au fur et à mesure. Vous êtes doué, certes, mais vous n'êtes pas un joueur professionnel. La règle du jeu... vous n'en connaissez pas toutes les astuces, toutes les roueries. Tricher fait partie de la règle. Et il y a mille façons de tricher.

– Quel est le but du jeu?

Buck Maltus eut une grimace sans joie.

– Gagner. Survivre, à la plus haute place.

– Sans tenir compte des pions?

– Au contraire! il faut toujours tenir compte des pions. Ils sont à la base du succès. Mais il convient de toujours se rappeler que les pions sont là pour être *utilisés*. Même s'ils deviennent, pour un temps, des pièces maîtresses. Vous êtes un pion qui est devenu pièce maîtresse.

– Et que comptez-vous faire de cette pièce maîtresse? interrogea Kid.

Maltus saisit son verre d'alcool, en jeta le contenu au fond de sa gorge. Il reposa le verre, le remplit à nouveau, ainsi que celui de Kid. Il s'assit enfin dans son fauteuil.

– Nous allons la sacrifier, dit-il.

Après un long temps mort, une expression amusée grandit sur le visage exsangue de Kid, en même temps qu'un peu de couleur teintait ses pommettes. Il dit :

– C'est une plaisanterie.

– Je le voudrais, pour vous, Kid. C'est la vérité.

– Vous allez *sacrifier* Kid Jésus? Vous êtes fou, Maltus! vous ou n'importe qui, derrière cette mascarade! Vous n'avez pas *compris* qui je suis?

– Si. Vous êtes un pion qui a pris du galon et qui s'imagine pouvoir commander le jeu.

– Pauvre type! cracha Kid (il crispa ses poings sur les accoudoirs, se dressa à demi, comme s'il allait bondir... puis il se ressaisit et retomba sur le siège; il était de nouveau livide). Vous êtes un irresponsable, Maltus. Vous avez cru pouvoir m'utiliser à votre profit, une première fois lors de cette campagne de dénonciations au sujet des trafics que supervisait Ferken, une seconde fois en m'attirant ici, pour servir votre prestige et votre course personnelle au pouvoir! Je ne suis pas dupe! Si l'affaire Ferken vous a servi, ce n'est rien comparé à ce que j'en ai retiré moi-même! Et vous imaginez pouvoir me sacrifier, ici! Vous êtes ridicule, Maltus. Je suis l'Elu, je suis le Guide de plusieurs millions de personnes, qui m'écoutent et qui croient en moi. J'ai reçu les signes et les pouvoirs! Je parle au nom des Migrants, en doutez-vous?

– Pas vous? rétorqua Maltus, dans un murmure serein.

Kid en resta bouche bée. Il attendit que sa respiration s'apaise, que s'éloignent les bourdonnements qui lui emplissaient les oreilles.

– Vous croyez tout savoir, n'est-ce pas? dit-il. Mais pourtant vous ignorez tout des signes indubitables qui sont en ma possession. Ma route est tracée. Je le sais. Mes mains ont le pouvoir de soigner et de guérir – vous ne pouvez pas le nier.

– Ecoutez-moi, dit Maltus.

Il se pencha en avant, s'accouda au plateau de la table. Il croisa ses mains, fit bouger ses pouces, regarda franchement Kid assis en face de lui. Des gouttes de transpiration brillaient au-dessus de sa lèvre supérieure.

– Il va falloir redescendre sur terre, Kid. Violemment, j'en ai peur. Durement... Je l'admets volontiers : vous êtes le guide, le héros, presque un dieu, un surhomme, pour quelques millions d'individus sur cette terre. Personnellement, Kid, je ne suis pas convaincu de l'existence des Migrants. Ou, plutôt, en admettant qu'ils existent (j'admets que c'est dans le domaine du possible), je ne crois pas qu'ils se soucient de nous. Ma position est partagée par d'autres, vous le savez. Je ne pense pas qu'il soit possible de mériter le retour des supposés Migrants; s'ils sont vraiment partis pour les étoiles, je doute que nos recherches dans le passé nous fournissent jamais la preuve indiscutable de cette migration; et nous ne découvrirons pas avant longtemps, très longtemps, de nouvelles sources d'énergie qui nous permettraient d'envisager de tels voyages. Je ne crois certainement pas que cette foi en un homme meilleur puisse être la condition première d'un subit intérêt de la part des Migrants... Mais je n'avouerai jamais mes convictions purement blackswitchiennes à d'autres que vous, car il est bon, pour la recherche, que les hommes s'imaginent pouvoir gagner par leur travail une part de paradis – où qu'il soit. S'ils croyaient travailler pour le présent, le résultat serait tout autre. Pour le présent, ou même pour un futur à l'échelle humaine d'une vie : il est bien évident que les blessures laissées par le Chaos seront très longues à cicatriser... Quant à vous, vous vous êtes servi de cet espoir et de cette croyance populaires pour rassembler une foule considérable derrière vous. N'imaginez tout de même pas naïvement que le monde entier vous suit. Vos meilleurs supporters sont ceux qui n'ont jamais eu la possibilité ou le désir de réfléchir sérieusement à ces problèmes, ceux qui n'ont pas l'information et l'instruction nécessaires : ils sont bien heureux de trouver un homme fort qui se charge de s'intéresser à leurs vies, de penser pour eux, etc. Je ne vous ferai pas de dessin. C'est également pour se décharger d'une certaine responsabilité qu'un électeur élit un représentant – puisque le cercle vicieux du système social veut que de toute façon cet électeur ne puisse pas assumer cette responsabilité unique et spécifique –, lequel représentant se dépêchera d'oublier les préoccupations réelles de celui qu'il représente pour brûler ses forces dans la défense de ses intérêts et de ceux d'une classe sociale, la sienne, différente de la classe des électeurs de base. C'est l'évidence même. Et comment un seul homme, un pauvre petit bonhomme, pourrait-il *représenter* cent, mille, dix mille, cent mille individus? Comment cent mille individus pourraient-ils être *pensés* par un ou dix représentants, autrement que de manière abstraite? Chacun des dix mille représentés va pourtant s'imaginer que celui qui parle soi-disant pour lui le connaît, et connaît ses aspirations...

– Où voulez-vous en venir? interrogea Kid d'une voix rauque.

– A ceci : ce que je viens de dire, vous l'avez parfaitement compris. Vous l'avez mis en pratique pour votre compte, visant une catégorie sociale quantitativement importante que personne, jusqu'à présent, n'avait songé à utiliser. Les très basses couches de la population, les déshérités de tout bord, les rejetés qui n'étaient même pas capables de se regrouper. Vous les avez réunis. Ils ne savaient pas qu'ils existaient, et vous le leur avez prouvé. Vous leur avez montré comment utiliser leur seule richesse, leur seule force (chacun d'entre eux possédait cette richesse et cette force), la pauvreté, l'énorme faim d'existence et le besoin de s'élever au-dessus de la surface boueuse. Voilà comment vous les avez utilisés. En les unifiant d'abord, avec preuves à l'appui, démontrant l'efficacité de cette union, en utilisant leurs croyances simplistes, ensuite, que vous avez canalisées.

« Nous sommes pauvres, mais nous sommes purs, et cette pureté nous sera comptée. » Exact?

– C'était donc si mal de prendre parti pour ces pauvres gens?

Maltus sourit, décroisa ses doigts. Il posa ses mains à plat devant lui.

– La façon dont vous prononcez « pauvres gens » me... déplaît, je crois. Mais peu importe... Ne parlons pas de *bien*, ou de *mal*. Cela n'a rien à voir à l'affaire. Vous avez levé une force consciente de quelques millions de personnes, sans plus, mais cela compte. Elle était encore mouvante, vacillante, il y a quelque temps. Elle s'est raffermie, depuis vos... miracles. Et, avant, depuis l'affaire Ferken... Vous parlez de fraternité, d'entraide, de respect mutuel. Vous vous êtes battu pour les déshérités. C'est très louable, admirable, Kid. Ce combat n'avait qu'un seul défaut : il était livré par un franc-tireur qui ne respectait pas les règles en vigueur dans le grand tourbillon. Votre humanisme généreux était une belle idée, je le conçois. Une belle tentative... mais pour servir l'utopie vous êtes devenu guérillero – je ne pense pas, d'ailleurs, que vous aviez d'autre choix, du moins dans les premiers temps. Un guérillero qui s'est révélé très rapidement dangereux pour les « généraux » en place. Votre combat, *je le prends maintenant à mon compte, Kid; je me charge de l'inclure au programme et de le contrôler*. Oui, vous êtes devenu dangereux. Je vous ai mis en garde, mais vous n'avez pas écouté. Peut-être avez-vous cru sincèrement en ce que vous prêchiez : cette égalité, cette communion entre les hommes défavorisés. Je ne sais pas. Je sais tout juste que c'est grisant de se savoir porté par des millions de croyants. N'est-ce pas?

– Poursuivez, dit Kid, immobile dans le fauteuil.

– Vous avez eu le tort de ne pas vous cantonner aux croyances anciennes. Vous aviez su magnifiquement utiliser ces mythes de la Migration, de Nouvelle Terre et du retour des Migrants. Prêcher l'espérance et la foi en cette Nouvelle Terre ne nous dérangeait pas, au contraire. Mais vous avez porté le combat sur cette terre. Au ras du sol, si je puis dire. La Nouvelle Terre était à construire immédiatement, sur cette planète. Et vous avez attaqué les « profiteurs ». D'abord les Volants, puis grâce à moi certains fraudeurs en vue. Cela vous a saoulé. Vous avez continué, et la foule suivait. Vous vous en êtes pris au C.C.P. Aux institutions péniblement mises en place depuis un siècle. C'est le danger, avec ces luttes et ces philosophies égalitaires, humanistes, lorsqu'elles retombent de la pure spiritualité dans le présent et le quotidien. Les principes véhiculés doivent rapidement se transformer en quelque chose de concret, s'ils veulent survivre à ce niveau. Et il vaut mieux que les structures existantes, en place, les aspirent afin de les désamorcer, pour éviter l'éclatement.

– Vous avez peur! Vous crevez de peur! C'est le signe une fois de plus de ce pouvoir qui est en moi.

– Bien sûr, admit Maltus. Bien sûr, nous avons eu peur. Je dis bien, *nous avons eu*. Maintenant, c'est fini.

– Je ne pense pas! Vous ne pourrez pas me retenir ici! Vous ne pourrez pas m'effacer sans provoquer un immense bouleversement.

– Vous vous trompez, dit doucement Maltus.

Il se leva, fit quelques pas. Puis il revint vers la table et se tint debout à côté du meuble. Il dit :

– Ce mouvement contestataire, nous l'avons pris en charge, je vous l'ai dit. Aux yeux de vos fidèles, je suis votre ami. Ces trois jours passés le prouvent. Je représente, *légalement*, au sein des structures officielles établies, cette lutte pour une nouvelle égalité sociale. Ce sera mon cheval de bataille, et celui de quelques autres, mais le cheval sera dompté par nos soins. S'il rue, ce sera dans le corral. Comprenez-vous? Nous vous avons désamorcé, Kid. Vous nous avez obligés à agir de cette façon. *Vous êtes redevenu le prophète* qui parle au nom des Migrants. L'élu. *Vous n'êtes plus le combattant social qui sème la tempête*. Vous êtes un personnage... abstrait. Votre force est tout entière contenue dans votre spiritualité. La preuve que vous vous situez au-dessus des préoccupations terrestres? *Vous accomplissez des miracles*. Quelques millions de croyants sont persuadés de bonne foi que vous êtes doté de pouvoirs paranormaux, que vous êtes le guide indiscutable sur le chemin de Nouvelle Terre, le phare dont la lumière éclairera le retour des Migrants.

Kid ne dit rien. Une fois de plus, il fit mine de vouloir se lever, mais retomba assis, écrasé, dans le fauteuil. Un vacarme sans nom hurlait dans son crâne. Sa vision se brouilla un instant. Dans les lambeaux de brume qui se dissipaient, il vit Buck Maltus hocher la tête. Il l'entendit qui disait :

– Vous avez compris, je crois. *Ces guérisons miraculeuses n'étaient que des comédies contrôlées par nos soins*. La plupart, et les premières, en tout cas. Ensuite, toute guérison inexpliquée vous était automatiquement attribuée. Quant à celles que vous avez « provoquées » de vos mains... les figurants nous ont coûté entre dix et vingt mille dolcus. Voilà la vérité, Kid. Vos prétendus pouvoirs, c'est nous qui vous les avons donnés. Pour transformer le guérillero *dangereux* en prophète mystique *allié*. Pour désamorcer une bombe. Pour faire d'un homme une sorte de porte-parole des dieux. Les dieux sont moins encombrants que les hommes, pour qui sait les faire parler.

Kid secoua la tête, de gauche à droite. Ses yeux étaient baignés de larmes, qui bientôt coulèrent sur ses joues.

– Je ne vous crois pas, dit-il, dans un souffle. Vous essayez de me... je ne vous crois pas...

Les murs de la pièce dansaient, tournaient. Il était planté au cœur d'un univers clos en pleine désintégration.

– C'est la vérité, Kid, dit la voix plate de Buck Maltus. La preuve : *vous allez mourir*. Vous serez un martyr. Les martyrs sont encore moins encombrants que les dieux.

Et tous ces livres sur les rayonnages tournaient, tournaient, tournaient... et quelque part Buck Maltus expliquait :

– On vous verra, demain, quitter ma maison en ma compagnie. Il y aura un cortège de voitures. Je monterai dans la première. Vous dans la seconde, avec Teeshnik et d'autres gardes. Il y aura un attentat. Votre voiture explosera. Vous serez déchiqueté. Moi-même, je serai touché : ma voiture est blindée, mais les vitres éclateront tout de même quelques secondes après l'explosion, et un dispositif de simulation prévu provoquera sur ma personne quelques blessures sans gravité.

Buck Maltus redevenait visible; le décor se stabilisait. Buck Maltus disait :

– L'attentat sera naturellement attribué à quelques partisans vindicatifs de Ferken. Ou n'importe qui. On ne retrouvera pas les criminels. Kid Jésus sera un martyr. Il aura donné sa vie pour son idéal, il aura péri pour ce qu'il était. Ses fidèles trouveront en ma personne le juste continuateur de son œuvre.

– Vous êtes ignoble, prononça posément Kid.

– Non. Je joue le jeu, de la seule manière possible pour en préserver les règles. Je joue *ce* jeu. Je n'en veux pas d'autre. Et je vous aime bien, Kid, en dépit de ce que vous pensez.

– Vous ne pouvez pas croire que je me laisserai faire! cria Kid.

Il aurait voulu pouvoir se ruer sur Maltus. Attraper ce téléphone, ou la lampe, et frapper cet homme pour le tuer. Maltus lut sans difficulté ce désir sur le visage de Kid. Il dit :

– Non, Kid. Je ne courrai pas le risque de me défendre. Comment expliqueriez-vous votre geste? Et puis, même... nous avons d'autres moyens de trafiquer la réalité. Ecoutez-moi encore.

– Je ne vous suivrai pas! Je ne me laisserai pas tuer! Vous ne m'assassinerez pas, Maltus!

– Ce n'est pas non plus dans mes intentions, Kid. Je vous le répète : je vous aime bien, et vous m'avez grandement servi. Qui sait : vos sermons sur la fraternité m'ont peut-être touché?... Je pense avoir une dette envers vous. Kid Jésus mourra en martyr, mais *vous* aurez la vie sauve, si vous le voulez. Vous ne monterez pas dans cette voiture – et pourtant on vous verra y prendre place.

– Je ne... comprends pas...

– Mais vous êtes tout prêt à m'écouter. Je le sens. Et dans quelque temps, vous comprendrez que je ne vous en voulais pas personnellement... Deux hommes doivent disparaître, si nous voulons que cette mort de K.J. soit crédible : Kid Jésus, bien sûr, et son fidèle confident, Alano Teeshnik. Kid Jésus sera pulvérisé, Alano Teeshnik s'en sortira. *Je vous offre de devenir Alano Teeshnik.*

Bouche bée, Kid se dressa lentement sur ses jambes. Son regard exorbité était posé sur Maltus – lequel était presque aussi pâle que lui. Il se tint debout, dans cette position, puis, tout aussi lentement, se rassit à l'extrémité du siège. Ses mains tombèrent mollement sur ses cuisses. Il ne voyait plus rien.

Buck Maltus expliqua :

– Nous prétexterons une mise en scène, par simple mesure de sécurité. Vous demanderez à Teeshnik de jouer votre rôle : il passera votre combinaison, nous le grimerons juste ce qu'il faut (le travail ne sera pas bien important : il a votre stature, presque votre visage). Pour que les téléobjectifs des caméras ne remarquent rien, sur le trajet de la maison aux voitures, les vitres de ces voitures sont teintées. Alano Teeshnik devenu Kid Jésus baissera sa vitre et saluera sur le parcours. Un de mes gardes prendra la place d'Alano. Lequel sera casqué, par sécurité, et pour le masquer – quoique nous avons des hommes qui lui ressemblent d'assez près.

– Alors, prenez-en un qui jouera mon rôle!

– Impossible. Le vrai Teeshnik doit mourir, Kid. Nous ne pouvons le laisser en vie... Nous maquillerons sa main amputée : une prothèse et un gant. De la même manière, nous simulerons un moignon pour le garde qui jouera son rôle. Ils croiront à cette mesure de sécurité... A l'endroit exact où le faux Kid Jésus prendra place dans la voiture, une charge détonante est placée sous le siège, qui explosera lorsque le projectile atteindra la voiture. De cette manière, il ne restera rien du martyr. On relèvera les autres corps. Ne craignez rien : ils seront enlevés très efficacement. L'un d'eux, celui du simulateur Alano Teeshnik, sera décrété miraculeusement en vie : c'est l'information que nous donnerons plus tard. Brûlé, mais en vie. Et fortement commotionné.

Kid ne regardait, ne voyait rien.

– Je vous propose de devenir Alano Teeshnik, pour sauver votre vie, et parce que nous pouvons nous permettre cette substitution. Je ne tiens pas à vous voir mourir. J'ai de l'admiration pour vous, croyez-le ou pas. Nous vous amputerons de la main gauche et nous provoquerons chirurgicalement quelques brûlures, de manière notamment à effacer vos empreintes digitales, et pour laisser les traces de l'accident. Après quelques mois, nous vous libérerons. *Vous serez Alano Teeshnik*. Mais sérieusement « marqué » psychiquement. Vous ne représenterez plus aucun danger pour nous : même si vous racontez la vérité, on ne vous croira pas. Mais vous ne le ferez pas. Sinon, *vous risquerez de mourir assassiné par un compagnon de misère*. Le passé plus ou moins trouble de Teeshnik nous aidera à expliquer ce meurtre si besoin est... Mais ce ne sera pas utile, n'est-ce pas?

Kid leva sa main gauche et la considéra longuement. Des larmes chutèrent de sa barbe et s'écrasèrent sur ses doigts.

– Vous ne souffrirez pas, dit Maltus à mi-voix.

Kid demanda, sans le regarder :

– Pourquoi ne pas me tuer vraiment?

– Nous avons mis au point minutieusement cet attentat. Nous ne pouvons courir le moindre risque – et surtout pas celui d'une tentative d'évasion. Vous ne quitterez plus cette pièce jusqu'à demain. Si vous ne voulez pas parler à Teeshnik... eh bien, nous trouverons un élément de remplacement, mais cela ne changera rien : Teeshnik mourra tout de même, dans cette maison. Il vaudrait mieux, cependant, qu'il prenne votre place, en raison même de cette grande ressemblance avec vous. C'est une sécurité supplémentaire. Votre vie dépend totalement de la pleine réussite de cette mascarade, Kid. Nous ne permettrons pas la moindre fissure dans cette mise en scène... Normalement, Teeshnik doit accepter, s'il croit agir pour votre bien, et pour votre sécurité. L'homme qui le maquillera sera également le chauffeur de la voiture... Et ils seront les seuls à croire que nous opérons une substitution pour votre sécurité. Ils mourront sans souffrir, je vous l'assure. A aucun moment ils ne pourront se douter...

Kid acquiesça machinalement. Il se trouvait au fond du puits. C'était fini. Fini. Plus tard, peut-être, il serait capable de réfléchir. Plus tard, s'il vivait.

Il ne voyait que sa main gauche, et il allait *accepter* qu'on la tranche. Il allait *accepter* de devenir un martyr déchiqueté quand la voiture exploserait. Il allait *accepter* d'envoyer Alano Teeshnik à la mort, et de devenir Alano Teeshnik. Parce qu'il avait peur, abominablement peur, parce qu'il était minuscule et perdu, invisible, effacé au cœur d'une tourmente qu'il avait cru pouvoir un jour commander. Il allait *accepter*, pour survivre, tout simplement, pour tricher et survivre, avec la peur, l'abominable peur, perdu, minuscule, effacé.

– Pourquoi ne me tuez-vous pas? répéta-t-il.

Buck Maltus ne répondit pas. Il hocha la tête. Un peu de silence coula.

– Pourquoi? dit Kid.

Très doucement, Maltus lui répondit :

– Je vous l'ai dit. C'est donc tellement... incroyable? Je n'oublie pas que nous avons marché ensemble. Je n'oublie pas que les idées que vous avez soulevées ont une valeur indiscutable et nous les utiliserons. Votre mort réelle *n'est pas indispensable*, si nous pouvons agir autrement. C'est l'image de Kid Jésus qui doit disparaître.

Kid leva les yeux. Buck Maltus soutint son regard un grand moment, puis il détourna la tête.

ÉTÉ 2363, 23 h 15

Son histoire était-elle crédible? Lui-même ne savait plus très bien. En tous les cas, il craignait de l'avoir fort mal racontée. Mais il n'y pouvait rien. Il avait fait de son mieux.

Il avait résisté pendant si longtemps, au fond de son trou, dans les pauvres limites de sa conscience malmenée, résisté si fort aux assauts incessants de la folie... A présent, il sentait bien que c'était trop tard. Il glissait, glissait irrémédiablement sur cette pente raide à l'intérieur de lui-même qui ne pouvait déboucher que sur un gouffre abominable. Comment se défendre? Comment interrompre la glissade, quand tout ce qu'on a pu imaginer de solide et de réel se fond pêle-mêle en un brouillard mou, gris – et il suffit de vouloir fixer son attention sur un point quelconque du décor pour que celui-ci se mette à trembler, pour qu'il se rétracte, se résorbe comme une fumée que l'on aspire. Comment résister, quand cette fumée du dehors pénètre dans votre tête, s'y installe, y tournoie en grasses et rondes volutes saoulantes, devient si lourde, si opaque... tellement lourde et opaque, et noyant la mémoire au point qu'on ne sait plus exactement qui on est... on ne sait plus à qui, réellement, appartient cette pauvre tête calcinée par les tortures les plus atroces, raffinées, sournoises.

Tous, ils l'avaient trahi. Non seulement les personnes vivantes, mais l'univers tout entier. Ils l'avaient trahi. Et s'il était en train de se trahir lui-même, dans ce tourbillon écartelé? Ils l'avaient utilisé, puis rejeté.

Lui aussi, il avait trahi. Ç'avait été une torture supplémentaire. Lui avait-on laissé le choix?

Du fond de l'ouragan enfermé dans sa tête, il criait : « je n'ai jamais eu le choix, jamais! J'ai été désigné, investi de pouvoirs extraordinaires, surhumains; j'étais le sauveur élu par les Migrants pour indiquer à tous le chemin et la manière de mériter le Voyage! J'ai été désigné pour parler, pour dire à ceux qui se croyaient les plus démunis qu'au contraire leur position les avantageait peut-être et les plaçait en premières lignes d'une humanité nouvelle. J'ai prêché l'amour du prochain, et c'était un amour universel, qui signifiait également la lutte contre tous ceux qui exploitaient la misère! En aucun cas, cela ne signifiait abnégation béate, ni acceptation fataliste de tous les maux – car c'eût été, alors, soutenir la position des exploiteurs. Je parlais pour demain, mais aussi pour maintenant, et les monstres voraces se sont déchaînés. Aujourd'hui, les monstres voraces parlent de fraternité à leur tour; ils utilisent tous ces mots que j'ai prononcés à une certaine période, pour mieux tromper la foule immense des « jésuites ». S'ils parlent d'amour et de fraternité, c'est pour forger un état d'esprit davantage axé sur un futur meilleur que sur les choses terrestres du présent. Ils sont roués! Ils ont canalisé cette doctrine qui était mienne et la pratiquent, dans une certaine mesure, en « défendant » les droits sociaux des déshérités qu'ils manœuvrent simultanément en les gardant à leur place, préservant ainsi le cloisonnement du système! Je sais tout cela! Je le sais, je le sais! »

Et maintenant, c'était la nuit. La dernière. Il fallait que ce fût la dernière... son ultime chance de recouvrer une identité sans faille, indiscutable. Au bout de la nuit, il y aurait les vaisseaux de l'espace, et cet homme l'emmènerait avec lui. Enfin sauvé, enfin payé de tous ses sacrifices! Oh oui! il le fallait. D'ailleurs, les vaisseaux étaient visibles, à présent : trois taches de lumière suspendues dans le ciel, là-bas. Regardez! ils nous attendent! Ils sont là! Dépêchez-vous; ils nous attendent!

O'Quien se retourna sur son siège et jeta d'un ton excédé :

— Par pitié! taisez-vous! Ça ne sert plus à rien, maintenant, vous ne comprenez pas!

Non, l'homme recroquevillé sur la banquette arrière ne comprenait pas. Dans la clarté lunaire, son visage était blême, avec des ombres verdâtres du plus sinistre effet.

La voiture avait longtemps roulé. Elle était maintenant stoppée sur le bord du chemin, et la plaine était nue, immense, étalée à perte de vue sous les étoiles. De loin en loin, des franges de buissons cassaient l'uniformité. Il émanait du paysage nocturne une impression de totale désolation et d'abandon absolu. Loin, devant, l'horizon barbouillé confondait ciel et terre en une barre sombre, vaguement ondulée. L'air était chaud, pesant.

Le jeune homme maigre aux yeux fiévreux ébouriffa ses cheveux de sa main. Il dit :

— Ne vous arrêtez pas. Remets cette voiture en marche, O'Quien. Dépêchons-nous : ils nous attendent, n'est-ce pas? Je les ai vus dans le ciel.

O'Quien secoua la tête. Son visage était très marqué, ses traits creusés par une épaisse fatigue.

– Vous n'avez rien vu, Alano, dit-il. Rien d'autre que les étoiles et la lune. Faites un effort, je vous en prie...

– Je ne suis pas Alano! Je vous ai tout expliqué! Il faut me croire! *Je suis Kid Jésus*, vous entendez? Vous devez me sauver, m'emmener avec vous, *là-bas*. Vous me devez bien cela!

O'Quien soupira profondément. Il regarda le corps inerte de Lolies : ses jambes s'étaient dépliées quelques instants plus tôt, alors que la voiture était secouée par une série de cahots. Elle était assise (normalement), la tête renversée en arrière, les bras ballants. L'horrible tache de sang qui marquait sa tunique était noire, luisante. La balle était entrée quelque part dans le dos de la jeune femme pour ressortir quelque part au niveau du ventre.

– Taisez-vous, souffla O'Quien. D'accord, vous êtes Kid Jésus... Mais ces vaisseaux n'existent pas, et s'ils existaient je n'aurais rien à voir avec eux. Et cette voiture ne roulera pas un mètre de plus. Nous sommes coincés ici, vous entendez. A vingt ou trente kilomètres de Narvit-Ville, et je crève de fatigue, de faim, de soif. Nous sommes immobilisés dans cette voiture, et Lolies est morte, nom de Dieu!

Kid garda le silence un moment. On aurait pu croire qu'il réfléchissait à ce que venait d'énoncer O'Quien, mais il était tout à fait ailleurs – et il dit :

– Vous ne pouvez rien pour moi, si vous êtes ce type qui veut écrire ce livre. Vous ne l'écrirez pas. Ou bien écrivez-le, vous verrez : vous aurez la preuve que j'ai dit la vérité. Il sera interdit et vous collectionnerez les ennuis. Et moi, on me retrouvera mort un matin, parce que je n'ai pas su tenir ma langue. On retrouvera Alano Teeshnik, le fou, assassiné, ou suicidé... Mais vous pouvez l'écrire *là-bas*... C'est pour cela que vous êtes venu? Simplement pour cela? Pour informer ceux de *là-bas*?

Alors, oui... Oui, bien sûr. Ou bien vous êtes envoyé par Maltus? Avec ces bruits nouveaux qui couraient, il a pris peur... non. Vous m'auriez déjà tué, n'est-ce pas? Ou vous n'avez pas...

– Assez! souffla O'Quien.

Il passa une main lourde sur son visage, ferma les yeux. Il gronda :

– Lolies est morte. C'est peut-être la seule personne qui vous ait témoigné de l'intérêt! Elle est morte! Vous m'entendez?

Kid récita, les yeux dans le vague :

– Je suis Julius Port. Je suis né en tuant ma mère, qui était la meilleure femme au monde. Toux ceux qui m'ont suivi ont été trahis... (Il fut secoué par un rire silencieux; son œil brilla.) Et j'ai trahi Alano, je l'ai envoyé au massacre. Tu sais pourquoi Buck Maltus ne m'a pas sacrifié? Ce n'était pas de la pure amitié, ni de la pitié, ni rien de tel... Ils m'ont gardé quatre mois dans un hôpital, au secret. Ils m'ont charcuté tout le corps et le visage, les mains; ils ont fabriqué les marques de l'attentat... Oui. Mais ils ont attendu trois mois avant de se décider à me couper la main. Tu devines pourquoi? Parce que Maltus n'était pas certain des réactions des foules, et parce qu'en cas de bouleversements trop importants il se réservait le loisir de me remettre en scène. Kid Jésus n'aurait donc pas été tué, comme on l'annonçait, mais sérieusement blessé, presque mort. On aurait parlé de décès par mesure de précaution, et pour le protéger. Tu comprends, O'Quien? Il me gardait sous la main. Si les événements avaient mal tourné, hop!... Et j'aurais eu la vie sauve grâce à lui, et je n'aurais été qu'un pantin entre ses mains... Oui, mais le peuple a pleuré, bien pleuré, et il n'a pas rué dans les brancards. Le martyre suffisait. Alors ils m'ont tranché la main, ils m'ont transformé en Alano plus ou moins cinglé et ils ont pu me lâcher : je n'étais plus dangereux. Je pouvais dire tout ce que je voulais, personne ne croit les histoires racontées par un fou. Est-ce que tu es envoyé par Maltus?

O'Quien ne répondit pas. Il soupira encore, se retourna. Un instant, il resta immobile, puis il ouvrit sa portière et descendit de la voiture.

– Ne pars pas! cria Kid en se dressant sur sa banquette.

O'Quien, lentement, fit face. Il regarda le revolver braqué dans sa direction.

– Maltus a peur, n'est-ce pas? couina Kid. Peur que je me réveille, avec ce renouveau d'intérêt pour mon enseignement! Il a peur que dans ces circonstances exceptionnelles on me prenne au sérieux! Alors, il va envoyer ses tueurs! Non, tu n'es pas l'un d'eux. Mais ils vont venir. Il faut que tu m'aides! Il faut que tu m'emmènes avec toi! Et je parlerai! je crierai la vérité!

– Laissez tomber cette arme, dit O'Quien. Vous savez bien que vous ne pouvez pas me tuer. Je suis votre seule chance.

Il fit un pas en direction de Kid, tendit la main. Dans la lumière bleuâtre de la lune, un peu de sueur brillait sur son front. Kid posa le revolver dans la main tendue. Il se laissa retomber assis sur le siège. Il murmura :

– Ma mère est morte parce que je suis né. Vurdin est mort parce qu'il m'avait suivi. Alano Teeshnik est mort parce qu'il croyait me protéger. Tu ne mourras pas, toi, n'est-ce pas? Comme eux, comme Lolies, comme tous...

O'Quien avait empoché le revolver. Une lueur d'apitoiement chassa de son regard l'irritation et la fatigue.

– Vous savez, dit-il, vous allez m'attendre ici. C'est tout ce que nous pouvons faire. Il est hors de question, de toute manière, de pénétrer en ville avec un cadavre dans une voiture. Je vais aller jusqu'à Narvit-Ville. Je trouverai une autre voiture et je reviendrai vous chercher.

– Je vais avec vous!

– Il y a vingt ou trente kilomètres. Dans votre état, vous n'en ferez pas le tiers, sans manger ni boire.

– Je vais avec toi!

– Pas question, dit O'Quien. Vous pouvez me faire confiance, je reviendrai. Je vous ai amené jusqu'ici, non?

A genoux sur le siège, Kid crispait sa main sur la portière. Et d'un seul coup il se laissa aller, retomba assis sur ses talons. Une demi-douzaine de frissons le secouèrent. Son regard était éteint.

– Vous m'emmènerez, dit-il. Vous m'emmènerez avec vous, avec toi. Je veux aller *là-bas*. Je l'ai mérité. N'est-ce pas?

– D'accord, souffla O'Quien.

– Et tu me diras la fin de l'histoire de la cassette? Vous la connaissez certainement, *là-bas*. Pas vrai?

– D'accord. D'accord, oui.

Kid acquiesça en silence.

Il sourit :

– Je suis encore en train de me faire posséder, pas vrai?

O'Quien se racla la gorge et dit :

– Attendez-moi. Je m'en vais. Il ne faut pas perdre de temps. Attendez-moi, je reviendrai.

Il toucha brièvement la main de Kid, puis tourna les talons et s'en fut, marchant à grands pas. Pendant plusieurs minutes, Kid suivit des yeux la petite silhouette qui se détachait sur le ruban clair du chemin. La silhouette disparut. Avalée.

La lune était ronde et très blanche.

La nuit démesurée.

Dans la voiture, il y avait le corps sans vie d'une fille qui s'était appelée Lolies. Et puis, à l'arrière, cet homme jeune, ou tellement vieux, maigre, à la barbe et aux cheveux blancs, amputé de la main gauche, le corps couvert de cicatrices. Il appela :

– Lolies!

Elle ne répondit pas.

Alors, Kid soupira. Il releva ses genoux et serra ses jambes entre ses bras. Il posa son menton dans ce creux entre les deux genoux. Ferma les yeux. Il dit :

– Tu as raison. Il faut dormir un peu. Dormir et prendre des forces. Il reviendra, sois tranquille. Ne pleure pas, Lolies, il reviendra, il ne nous laissera pas comme ça.

Il souriait. Sa respiration se fit très régulière et sa tête pencha doucement sur le côté. Il souriait.

DATES, FAITS, PAROLES

Les Croyants, comme se nomment eux-mêmes les fidèles de Kid Jésus (ou encore *Jésuites*) situent aux alentours de l'année 2253 de l'ère de la connaissance le commencement de la Migration. Cette date est retenue plus ou moins officiellement par tous ceux qui admettent la possibilité d'une migration, qu'ils soient tenants de Blackswitch ou autres. Elle était connue et acceptée bien avant l'avènement de Kid Jésus.

2260 (env.) : La Migration prend fin. Elle est interrompue par les Migrants eux-mêmes, avec l'aide, ou non, des autochtones de Nouvelle Terre. Les Migrants font table rase derrière eux, effaçant toute trace de leur existence et de leur aventure. Le bagage culturel et scientifique de ceux qu'ils abandonnent est sérieusement amputé (d'autant plus qu'il s'agissait déjà d'une classe de basses couches n'ayant pas de relations profondes avec les sciences et technologies diverses). Blackswitch, dans sa théorie, parle en outre de manipulations génétiques probables, à grande échelle, pratiquées sur les « abandonnés » et transmissibles à leur descendance, de telle manière que la redécouverte des procédés scientifiques et technologiques orientés dans un certain domaine particulier (comme par exemple la recherche spatiale ou énergétique) soit définitivement bloquée.

2260-2270 (env.) : Temps du Chaos. Révolte des laissés-pour-compte, dans le silence des Migrants. Violences et convulsions sur toute la planète. Il existe une autre théorie du Chaos (que Kid Jésus utilisa d'ailleurs partiellement, durant une certaine période) qui accepte l'hypothèse de la Migration : le Chaos (guerre mondiale d'une extraordinaire violence) aurait pu provoquer la Migration d'une partie de la population terrestre. Ou bien : le Chaos aurait pu résulter de cette Migration partielle; ou encore : le Chaos aurait pu se produire sans Migration. Dans tous les cas, il pourrait être à la source des blocages mnémoniques et de la déchéance culturelle.

La Confédération Planétaire des Pays et Territoires date de l'année 2300. Officiellement. Elle compte cinquante-huit Etats, Pays et Territoires, dont plusieurs d'entre eux qui sont encore des Territoires de fouilles. Certains de ces Territoires de fouilles ne seront probablement pas ouverts à la colonisation avant longtemps. Ce sont des secteurs où l'atmosphère semble littéralement empoisonnée. Des plaies encore brûlantes dont la cicatrisation ne sera peut-être jamais effective.

Les fouilleurs ne sont plus vraiment les parias d'avant Kid Jésus. Grâce à ce dernier, ils gèrent maintenant en grande partie eux-mêmes leurs intérêts, fixent les valeurs et cotes, etc., négocient leurs trouvailles par l'intermédiaire d'une coopérative qui les représente plus ou moins efficacement au sein des commissions de

Volants. Depuis 2361, on leur accorde une priorité dans l'attribution des terres et postes sur les Territoires colonisés, et cela proportionnellement au travail qu'ils ont fourni sur ce Territoire.

Le véritable nom de Kid Jésus était Julius Port.

Kid Jésus naquit en 2333.

Il avait quinze ans lorsqu'il arriva en Territoire F. et se joignit à une équipe de fouilleurs sous le commandement d'un certain Pol (ou Paul) Vurdin.

Alano Teeshnik naquit en 2334. A dix-neuf ans, il s'enfuit des bas quartiers de sa ville après avoir commis un meurtre. Il passe en Territoire F., au volant d'un bull volé, après un second meurtre.

2353 : Alano Teeshnik rencontre Kid Jésus, qui lui sauve la vie et le prend sous sa coupe. Teeshnik ne quittera plus Kid jusqu'à la mort de celui-ci.

Selon certains, Kid Jésus entendit des voix, selon d'autres il trouva des « signes », selon d'autres encore il entendit des voix et trouva des signes qui lui annoncèrent sa désignation entre tous, pour répandre la parole de sagesse des Migrants et rassembler le peuple des nouveaux élus qui pourraient prétendre à un nouveau voyage. On parle de cassettes découvertes (mais on ne les retrouva jamais). Dans un premier temps (il y eut trois périodes distinctes dans l'itinéraire de ce prophète), l'essentiel de l'enseignement de Kid Jésus était d'ordre philosophique. Le voyage serait possible non pas grâce aux entreprises terrestres, mais par la volonté des Migrants, qui jugeraient du mérite des prétendants, de leurs qualités de cœur, etc. Dans un second temps, après les succès remportés concernant le statut social des déshérités (fouilleurs et autres), Kid

Jésus prêcha également l'instauration sur terre et tout de suite du paradis de Nouvelle Terre. C'est dans cet enseignement qu'il se montra le plus virulent, le plus sincère et passionné. C'est alors qu'il reprit à son compte les théories de la guerre totale qui aurait instauré le Chaos. Les qualités de cœur des hommes, fraternité, respect d'autrui, générosité, bonté, égalité, n'étaient plus seulement comptabilisées pour l'obtention d'un futur droit de passage, mais elles permettaient du même coup un changement profond des réalités de la vie sur terre, un bouleversement social considérable. Dans un troisième temps, Kid Jésus se consacra plus nettement à l'enseignement d'une croyance aux Migrants, développant une philosophie quasi déiste principalement tournée vers le retour des Savants Ancêtres. Il fit la preuve spectaculaire de son élection entre les hommes en accomplissant de nombreux miracles.

Kid Jésus mourut le jeudi 45 du printemps 2355. C'était la première fois qu'il quittait le Territoire F., et il venait de passer trois jours en compagnie de son ami, le futur gouverneur Buck Maltus. Sa voiture fut en partie pulvérisée. Des quatre occupants, Alano Teeshnik fut le seul survivant. Mais il devait rester profondément choqué, à jamais. Buck Maltus fut également blessé, sans gravité, dans l'attentat. L'auteur (ou les auteurs?) de cet abominable crime ne fut jamais retrouvé.

Alano Teeshnik vivait depuis un certain temps en compagnie d'une prostituée, dans la ville de Rivière Bleue, sur la Frontière, en Territoire F.

L'homme qu'on retrouva dans cette voiture abandonnée, avec le cadavre d'une jeune femme, ne fut pas immédiatement identifié. L'état du cadavre de la jeune femme semblait indiquer une présence prolongée (plusieurs jours) sous le soleil. L'homme se trouvait dans un état physique déplorable, et il avait perdu la raison.

Il fut dirigé sur l'hôpital de Narvit-Ville. On l'identifia alors comme étant Alano Teeshnik.

Alano Teeshnik était devenu fou, les propos sans suite qu'il débitait ne permirent jamais d'établir avec précision les causes de sa présence en ce lieu, ni pourquoi il avait tué sa compagne (il fut accusé de ce meurtre, bien qu'on ne puisse rien certifier catégoriquement – on ne retrouva aucune arme sur lui ou dans les environs). Il prétendait être Kid Jésus. Parlait de complots, de mystifications. Il nomma fréquemment un certain O'Quien, qui l'aurait rencontré, à qui il se serait confié, et qui projetait d'écrire un livre relatant la vraie vie de Kid Jésus. Mais il disait aussi que le mystérieux O'Quien était un envoyé des Migrants, revenu sur terre pour faire l'histoire des périodes post-chaotiques... Il disait qu'O'Quien viendrait bientôt le chercher.

On dit, dans les milieux des croyants, que des vaisseaux furent signalés dans les cieux. Qu'un homme rencontra Alano Teeshnik – qu'il serait venu pour le sauver, mais qu'il l'aurait abandonné en constatant qu'il était devenu fou. On dit que depuis longtemps, les Migrants reviennent et se cachent, qu'ils étudient, s'informent. Qu'ils emmènent les plus méritants.

Ces bavardages recoupent certaines déclarations de Teeshnik. Les croyants ont peut-être influencé Teeshnik, ou vice versa.

Toutes sortes de bruits courent. On dit qu'Alano Teeshnik a tué cette fille parce qu'elle voulait le quitter pour partir avec un étranger.

Un vieil ivrogne, du nom de Noc quelque chose, prétend avoir rencontré cet étranger. Il affirme que l'homme voulait effectivement écrire un livre sur Kid, et, pour se documenter, cherchait Alano. Noc serait celui qui aurait dirigé l'étranger sur la prostituée compagne de Teeshnik.

En tous les cas, aucun livre n'est paru, signé O'Quien,

ou signé n'importe qui, « relatant la vraie vie de Kid Jésus ».

Noc quelque chose dit : un étranger? sûrement! Mais pas tombé du ciel! Il avait une sacrée manière de faire tourner sa chope de bière quand il la reposait, le salaud!

Les croyants disent : aucun livre ne paraîtra, et c'est la preuve que cet homme était un de ceux qui nous visitent.

Il faut admettre cependant que si le mystérieux O'Quien existe réellement, et s'il avait l'intention d'écrire l'histoire de Kid Jésus (s'il n'est pas un visiteur de Nouvelle Terre), mieux vaut peut-être pour sa sécurité qu'il garde le silence, après tout ce battage...

Alano Teeshnik vécut une quinzaine de jours en clinique. Il eut droit à quelques articles dans les journaux. Et une photo. Le premier conseiller de Buck Maltus lui rendit visite officiellement. Replié au creux de sa folie, Teeshnik ne dit pas un mot, comme si la présence de cet homme le terrorisait. Le premier conseiller semblait très éprouvé en quittant l'hôpital.

On retrouva Alano Teeshnik le lendemain matin. Il était enroulé dans ses draps de lit, le crâne ouvert après une chute de six étages.

On dit... on dit... on dit...

On dit que la Terre tourne.

Et ça c'est vrai.

SCIENCE-FICTION et FANTASTIQUE

Dans cette série, Jacques Sadoul
édite ou réédite les meilleurs auteurs du genre :

ASIMOV Isaac
404*** Les cavernes d'acier
453*** Les robots
468** Face aux feux du soleil
484** Tyrann
542** Un défilé de robots
552** Cailloux dans le ciel
870*** La voie martienne

BLISH James
752** Semailles humaines

BOVA Ben
1028*** Colonie - 1
1029*** Colonie - 2

BRACKETT Leigh
734* Le secret de Sinharat
735* Le peuple du talisman

BROWN Fredric
767** Paradoxe perdu

BRUNNER John
848** Le long labeur du temps
1058** La planète Folie
1104**** Tous à Zanzibar - 1
1105**** Tous à Zanzibar - 2

CLARKE Arthur C.
349** 2001 - L'odyssée de l'espace
799*** Les enfants d'Icare
904*** Terre, planète impériale
966*** L'étoile
1047*** Rendez-vous avec Rama

CURVAL Philippe
595** Le ressac de l'espace
1020*** L'homme à rebours

DELANY Samuel
760*** Nova
1127*** Babel 17

DEMUTH Michel
693*** Les Galaxiales - 1
996*** Les Galaxiales - 2

DICK Philip K.
547* Loterie solaire
563** Dr Bloodmoney
567*** Le maître du Haut Château
613** A rebrousse-temps
633** Ubik
774** Au bout du labyrinthe
879*** Les clans de la lune alphane
910*** La vérité avant-dernière

DICK Philip K. et NELSON Ray
1067** Les machines à illusions

ELLISON Harlan
626*** Dangereuses visions - 1
627*** Dangereuses visions - 2

FARMER Philip José
537** Les amants étrangers
581* L'univers à l'envers
621** Ose
712** Des rapports étranges
885** La nuit de la lumière

FOSTER Alan Dean
1115*** Alien

HAMILTON Edmond
432** Les rois des étoiles

HARRISON Harry
741*** Prométhée en orbite
911** Le monde de la mort

HEINLEIN Robert
510** Une porte sur l'été

HENDERSON Zenna
1092**** Chronique du Peuple

HERBERT Frank
1139**** La ruche d'Hellstrom

HIGON Albert
761** Le jour des Voies

KAST Pierre
924*** Les vampires de l'Alfama

KEYES Daniel
427** Des fleurs pour Algernon

KING Stephen
835*** Carrie

KING Vincent
664** Candy Man

KLEIN Gérard
628** Les seigneurs de la guerre
935*** La loi du talion

KLOTZ et GOURMELIN
967*** Les innommables

LARSON et THURSTON
1083*** Galactica

LEIBER Fritz
694** A l'aube des ténèbres

LEVIN Ira
342** Un bébé pour Rosemary
434*** Un bonheur insoutenable

LOVECRAFT H.P.
410* L'affaire Charles Dexter Ward
459**** Dagon

LOVECRAFT et DERLETH
821** L'ombre venue de l'espace

MATHESON Richard
612*** La maison des damnés

MERRITT Abraham
557** Les habitants du mirage
574** La nef d'Ishtar
618*** Le gouffre de la lune
886*** Le visage dans l'abîme

MOORE Catherine L.
415*** Shambleau
700** La nuit du jugement

NOLAN William F.
1019** Retour à l'âge de cristal

OLIVER Chad
1116** Les vents du temps

OTTUM Bob
568** Pardon, vous n'avez pas vu ma planète?

PADGETT Lewis
689* L'échiquier fabuleux

PELOT Pierre
728** Les barreaux de l'Éden
773*** Delirium Circus
1048*** Parabellum tango
1140*** Kid Jésus

PRIEST Christopher
688*** La machine à explorer l'espace
725*** Le monde inverti
989*** Futur intérieur

RODDENBERRY Gene
1071** Star Trek

RUELLAN André
1006** Tunnel

SADOUL Jacques
Les meilleurs récits de :
532** « Astounding Stories » - 1
663** « Wonder Stories »
713** « Unknown »
731** « Famous Fantastic Mysteries »
784** « Startling Stories »
822** « Thrilling Wonder Stories »
880** « Fantastic Adventures »
923** « Weird Tales » - 3
988** « Astounding Science-Fiction » - 2

SILVERBERG Robert
585** Les ailes de la nuit
800** Un jeu cruel
997*** Les monades urbaines
1068*** Trips

SIMAK Clifford D.
373** Demain les chiens
500** Dans le torrent des siècles
609** Le pêcheur
847** Au carrefour des étoiles
903*** Une chasse dangereuse
956*** Mastodonia
1005*** Escarmouche

SPIELBERG Steven
947** Rencontres du troisième type

STEINER Kurt
657* Le disque rayé
779* Les océans du ciel

STURGEON Theodore
355** Les plus qu'humains
369** Cristal qui songe
829*** Les talents de Xanadu

TOLKIEN J.R.R.
486*** Bilbo le hobbit
1037*** Le Silmarillion - 1
1038*** Le Silmarillion - 2

VANCE Jack
707** Cugel l'astucieux
Cycle de Tschaï :
721** 1. Le Chasch
722** 2. Le Wankh
723** 3. Le Dirdir
724** 4. Le Pnume
836** Un monde magique

VAN VOGT A.E.
362** Le monde des Ã
381** A la poursuite des Slans
392** La faune de l'espace
397** Les joueurs du Ã
418** L'empire de l'atome
419** Le sorcier de Linn
463** Le livre de Ptath
475** La guerre contre le Rull
496*** Destination Univers
515** Ténèbres sur Diamondia
588** Des lendemains qui scintillent
659** L'homme multiplié
813*** Invasion galactique
934** L'horloge temporelle
975*** Rencontre cosmique
1057** L'été indien d'une paire de lunettes
1082** Les monstres

WALTHER Daniel
976** L'Epouvante

ZELAZNY Roger
1126*** Une rose pour l'Ecclésiaste

La série d'anthologie présentant les aspects les plus fascinants de la S F moderne

629* UNIVERS 03
650* UNIVERS 04
695* UNIVERS 06
714* UNIVERS 07
732* UNIVERS 08
754* UNIVERS 09
769* UNIVERS 10
786* UNIVERS 11
815* UNIVERS 12
837* UNIVERS 13
857* UNIVERS 14
887* UNIVERS 15
925* UNIVERS 16
958* UNIVERS 17
977* UNIVERS 18
1007* UNIVERS 19
1093*** Univers 1980

L'AVENTURE MYSTÉRIEUSE

BARBARIN Georges
A. 216* Le secret de la grande pyramide
A. 229* L'énigme du Grand Sphinx

BELLINE
A. 342** La troisième oreille
A. 345** Histoires extraordinaires d'un voyant
A. 356*** Un voyant à la recherche du temps futur

BERGIER Jacques
A. 250* Les extra-terrestres dans l'Histoire
A. 351** Visa pour une autre Terre
A. 361** La guerre secrète de l'occulte

BERGIER J. et GALLET G. H.
A. 374*** Le livre du mystère

BERLITZ Charles
A. 363** Le mystère de l'Atlantide

BERNSTEIN Morey
A. 212** A la recherche de Bridey Murphy

BIRAUD Fr. et RIBES J.-C.
A. 281** Le dossier des civilisations extra-terrestres

BROWN Rosemary
A. 293* En communication avec l'au-delà

CARMI Gabrielle
A. 347** Le temps hors du temps

CAYCE Edgar
A. 300* Visions de l'Atlantide

CHARPENTIER Louis
A. 325** Les géants et le mystère des origines
A. 364** Les mystères templiers
A. 367** Les Jacques et le mystère de Compostelle

CHARROUX Robert
A. 190** Trésors du monde
A. 372**** Histoire inconnue des hommes depuis cent mille ans
A. 378**** Le livre des secrets trahis
A. 382**** Le livre des maîtres du monde

CHEVALLEY Abel
A. 200* La bête du Gévaudan

CHURCHWARD James
A. 223** Mu, le continent perdu
A. 241** L'univers secret de Mu

DÄNIKEN Erich von
A. 322** Vers un retour aux étoiles
A. 365*** L'or des dieux
A. 377*** Le livre des apparitions

DEMAIX Georges
A. 262** Les esclaves du diable

EDWARDS Frank
A. 355*** Du nouveau sur les soucoupes volantes

FLAMMARION Camille
A. 247*** Les maisons hantées
A. 310*** La mort et son mystère
A. 311** Après la mort

GRANGER Michel
A. 349*** Terriens ou extra-terrestres?

HEMMERT D. et ROUDENE A.
A. 339** L'univers des fantômes

HYNEK J. Allen
A. 327**** Les O.V.N.I., mythe ou réalité?

IVERSON Jeffrey
A. 360*** Vivons-nous plus d'une vie?

KOWAKS Franz
A. 383*** Le dossier secret de l'île de Pâques

LE POER TRENCH Brinsley
A. 321** Les géants venus du ciel

LISSNER Ivar
A. 319** Civilisations mystérieuses

MANNING Matthew
A. 341** D'où me viennent ces pouvoirs?

MILLARD Joseph
A. 232** L'homme du mystère, Edgar Cayce

MOODY Dr Raymond
A. 379** La vie après la vie

NEUVILLE Pierre
A. 301** Ces autres vies que vous avez pourtant vécues

OSSENDOWSKI Ferdinand
A. 202** Bêtes, hommes et dieux

PERRIN R. Jack
A. 362**** Le mystère des O.V.N.I.

PIKE James A.
A. 285*** Dialogue avec l'au-delà

PLANSON Claude
A. 323*** Vaudou, un initié parle

PLAYFAIR Guy Lyon
A. 373**** La vie sans frontières

RAMPA T. Lobsang
A. 11** Le troisième œil
A. 210** Histoire de Rampa
A. 226** La caverne des anciens
A. 256** Les secrets de l'aura
A. 277** La robe de sagesse
A. 298* Les clés du nirvâna
A. 326** Crépuscule
A. 357* C'était ainsi
A. 366** Je crois
A. 375** Les trois vies

RANDALL Neville
A. 359*** La mort ouvre sur la vie

ROBINSON Lytle W.
A. 305*** Edgar Cayce et le destin de l'homme

ROULET Alfred
A. 320* A la recherche des extraterrestres

SADOUL Jacques
A. 258*** Le trésor des alchimistes

SANTESSON Hans Stephan
A. 332** Le dossier Mu

SAURAT Denis
A. 187* L'Atlantide et le règne des géants

SEDE Gérard de
A. 185** Les Templiers sont parmi nous
A. 303* La race fabuleuse
A. 316*** Le secret des Cathares
A. 343** L'étrange univers des prophètes
A. 358* La Rose-Croix

SENDY Jean
A. 371*** Ces dieux qui firent le ciel et la terre
A. 376*** L'ère du Verseau
A. 381*** Les temps messianiques

SOTTO Alain et OBERTO Varinia
A. 368** Au delà de la mort

TALAMONTI Leo
A. 317*** Univers interdit

TARADE Guy
A. 214** Soucoupes volantes et civilisations d'outre-espace

VALLÉE Jacques
A. 308** Chroniques des apparitions extra-terrestres

VANDENBERG Philipp
A. 336*** La malédiction des pharaons

WAMBACH Helen
A. 380** La vie avant la vie

WATSON Lyall
A. 354**** Histoire naturelle du surnaturel
A. 369*** Histoire naturelle de la vie éternelle

WEBB Dominique
A. 348** L'hypnose et les phénomènes psi

WILSON Colin
L'occulte :
A. 330*** 1 - Histoire de la magie
A. 331*** 2 - Les pouvoirs latents de l'homme

WINER Richard
A. 370** Le nouveau dossier du Triangle des Bermudes

Editions J'ai Lu, 31, rue de Tournon, 75006 Paris

diffusion
France et étranger : Flammarion, Paris
Suisse : Office du Livre, Fribourg
Canada : Flammarion Ltée, Montréal

Achevé d'imprimer sur les presses de l'imprimerie Brodard et Taupin
7, Bd Romain-Rolland, Montrouge. Usine de La Flèche,
le 15 décembre 1980
6710-5 Dépôt Légal 4e trimestre 1980. ISBN : 2 - 277 - 21140 - 0
Imprimé en France